열혈공작 플로렌

열혈공작 플로렌 3
김종휘 판타지 장편 소설

초판 1쇄 찍은 날 § 2004년 2월 23일
초판 1쇄 펴낸 날 § 2004년 3월 3일

지은이 § 김종휘
펴낸이 § 서경석

편집장 § 문혜영
편집책임 § 유경화
편집 § 권민정
마케팅 § 정필 · 강양원 · 이선구 · 김규진 · 홍현경

펴낸곳 § 도서출판 청어람
등록번호 § 제1081-1-89호
등록일자 § 1999. 5. 31
어람번호 § 제1-0459호

주소 § 경기도 부천시 원미구 심곡1동 350-1 남성B/D 3F (우) 420-011
전화 § 032-656-4452   팩스 § 032-656-4453
http://www.chungeoram.com
E-mail § eoram99@chollian.net

ⓒ 김종휘, 2004

ISBN 89-5505-960-4 04810
ISBN 89-5505-957-4 (SET)

열혈공작 **프로렌**

김종휘 판타지 장편 소설

3

가문의 재건

도서출판

청어람

목차

❸
가문의 재건

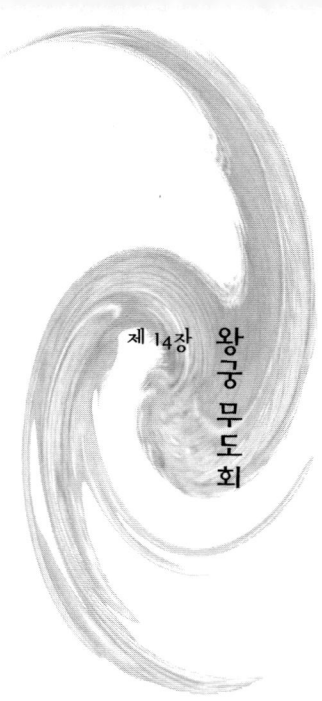

제 14장 왕궁 무도회

왕궁 무도회

"왕궁 무도회에 가라고?"

"예. 때를 본다면 이른 감도 적지 않지만 오히려 한참 발전하고 있
는 지금의 시점이 더 좋을 수도 있습니다."

게리오스의 말에 난 무엇이 좋은지 알 수가 없었다. 어차피 가면 분
명 톡톡히 망신만 당할 것이 뻔하기 때문이다.

"자네도 알다시피 우리 가문은 톤국의 다른 두 공작가에게 미움을
받고 있다네. 그곳에 가면 분명 왕국의 실세들이 다 모인 자리에서 망
신만 당할 텐데."

"하지만 그 탓에 힘이 있을 때 모를 것을 알지 않겠습니까?"

"힘이 있을 때 모를 것을 알다니?

"강한 힘을 가지고 있다면 분명 공작님에게 손을 드는 귀족들도 있
을 테지만, 그 탓에 적들 또한 판단하기 어렵습니다. 하지만 힘이 없는

지금이라면 적을 판단하는 것이 손쉬울 것이니, 차후를 위해서라도 한 번쯤은 살펴보는 것이 좋지 않겠습니까."

"아!"

확실히 그의 말은 틀리지 않았다. 만약 내가 다른 두 명의 공작과 마찬가지로 중앙 정계에 큰 힘을 가지고 있었다면 시세에 따라 흘러다니는 자들까지 나에게 섞여 들어올 것이다.

자신의 소신도 없이 시세에 따라 흔들리는 자들은 적이라면 오히려 나에게 도움이 되지만, 아군에 섞여 들어오면 주위의 물을 썩게 하는 불필요한 존재였다.

"자네의 말이 틀리지 않는군. 알겠네. 자네의 뜻에 따르도록 하지."

"그럼 왕궁으로 갈 준비를 해놓겠습니다."

이렇게 해서 난 처음으로 무도회라는 것에 가게 되었다. 하지만 무도회에 간다고 하더라도 그전에 몇 가지 해결해야 할 문제가 있었다.

첫 번째 가장 중요한 문제는 내가 춤을 출 줄 모른다는 것인데, 일단은 제국의 칠황자인 게리오스에게 약간의 기초를 배울 수 있다고는 하지만 아멘 왕국의 전통 춤만은 유일하게 알고 있는 리안나가 임신 중인지라 제대로 배울 수가 없었다.

둘째, 두 명의 부인이 모두 임신 중이니 어쩔 수 없이 필리아를 데리고 가야 했지만, 엘프라는 존재가 본국에서는 환영받지 못하는 종족인지라 자칫 그것으로 인해 문제가 생길 수도 있는 일이었다.

셋째, 왕세자 전하의 선물을 준비해야 하는데, 공작의 신분을 지닌 내가 아무 물건이나 선물할 수는 없었으니 그것이 문제였다.

첫 번째와 두 번째는 어떻게 되더라도 세 번째의 경우에는 고심할 수밖에 없었다.

"왕세자 전하의 선물 말입니까?"

"그렇다네. 뭐가 좋을까?"

어쩔 수 없이 그 이유로 게리오스 등과 회의를 할 수밖에 없었다. 하지만 내 영지에서 가져갈 물건에 왕서자 전하가 흡족할 만한 것은 아무것도 없었다.

내가 알고 있는 왕세자 전하는 마법이나 검술에 관심이 없고, 오직 학문에만 열중하는 거의 학자와 같은 타입이라 들었기 때문이다.

"제가 듣기로는 왕세자 전하께서 학문에 관심이 많다고 들었는데, 그것에 관련된 물품을 선물하는 것이 좋을 듯합니다."

"음……."

하지만 내 영지에서 책을 읽는 사람은 오직 게리오스뿐 다른 이들은 책과는 거의 담을 쌓았고, 나 역시 영지 경영에 필요한 책들을 제외한다면 그다지 책을 구해야 한다는 생각을 하지 않았다.

그런데 예상치도 못한 곳에서 또다시 희망의 불빛이 보였으니 다름 아닌 필리아였다.

"저… 영주님……."

"무슨 일이냐, 필리아?"

알리샤와 리안나 두 사람 모두 출산일이 두어 달 정도밖에 남아 있지 않았기에 나의 시중은 필리아가 들고 있었다.

"저기… 엘프 어로 된 책을 선물하는 것은 어떨까요?"

"엘프 어로 된 책?"

"예. 마을을 나오면서 몇 가지 책을 가지고 오긴 했는데, 그중에는 인간들의 역사에도 기록되어 있지 않은 비사가 적혀 있는 것이 몇 권 있습니다."

"오! 그것이 좋겠군요! 이종족이 저술한 책이라면 인간들에게서는 감추어진 이야기가 적혀 있는 것도 있을 터, 왕세자 전하라면 어떠한 것보다 중하게 생각할 것입니다."

도대체 누가 필리아를 다크 엘프랑 혼혈이라고 했어! 엘프 중의 엘프라는 하이 엘프보다 더 이쁘고 더 똑똑한 것을… 그놈의 엘프 마을 놈들은 역시 사람 보는 눈이 없다니까.

"하하하, 과연 필리아구나. 어떻게 내가 위기에 처할 때마다 너의 도움을 받는지 모르겠구나."

"별말씀을 다 하십니다."

내 말에 필리아는 겸손하게 대답을 해 필리아에 대한 사랑이 더욱 깊어질 수밖에 없었다. 아직까지는 잠자리를 같이하지 않았지만, 조만간 나의 은총을 받게 해주어야겠다.

필리아가 가져온 책이 조금 낡기는 했지만, 겉표지야 최고급으로 바꾸면 되는 것이고 오래된 고서일수록 학자들에게는 더 가치가 높다는 말도 있었던지라 그다지 신경 쓰지 않았다.

하지만 책만으로 끝낸다면 다른 귀족들의 웃음거리가 될 수도 있는지라 드워프 노인에게서 받은 보석 중 최고급으로 몇 가지 골라 넣는 것도 잊지 않았다.

어쨌든 이렇게 선물 문제는 마무리되었지만, 다음은 나를 호위할 기사가 문제였다. 아직 영지에 레빈의 용병들 백 명 정도가 남아 있기는 하지만 용병을 호위 기사로 하기에는 조금 문제가 있었고, 그렇다고 게리오스의 호위 기사들을 데리고 갈 수는 없는 일이었다.

게리오스는 영지에서 상당히 중요한 일을 하는 사람, 레빈과 케넬스가 알펜 성에 머무르고 있는 상황에서 그를 대동한다면 영지에 문제가 생겨도 해결할 방도가 없기 때문이다.

"제 호위 기사들을 데리고 가시지요."

"아무리 자네가 데리고 있는 자라 할지라도 그들은 나에게 충성을 맹세한 자들이 아닌데, 어찌 데리고 갈 수 있겠는가."

"음……."

게리오스가 거느린 제국의 기사들이라면 혹 실히 기사로서의 예절도 확실하고 실력 또한 출중하기는 하지만 왕도는 그리 만만한 곳이 아니다.

분명 왕도에서라면 나의 입지 탓에 모욕을 받게 되는 일도 많을 텐데, 나에게 충성을 맹세하지 않은 자를 데리고 갔다가 그들과 싸움이라도 난다면 분명 검을 들고 싸울 것이다. 왕도는 많은 사람들이 모이는 곳, 그런 자들이 제국 기사들의 검법을 모를 리가 없기 때문이다.

만약 제국의 기사들이 나와 동행하고 있다는 것이 알려진다면 반역을 꾀한다 오해를 받아 목이 달아날 수도 있는 일이었다.

"아무래도 레빈의 용병들을 훈련시켜 데리고 가는 것이 좋을 듯하네. 용병들이니 기사들에게 모욕을 당하는 것은 흔히 있었던 일, 그들이라면 함부로 검을 뽑아 들지 않을 테니 말이야."

"그렇겠군요."

게리오스 역시 나의 생각을 이해하는지 고개를 끄덕이고 있었다. 아멘과 알디하렌이 드래곤 산맥이라는 장벽에 막혀 조용하다고는 하지만 우리는 알디하렌 제국을 야만족의 국가라 부르고 알디하렌은 우리를 천한 용병들의 국가라 욕하는 것을 잘 알고 있기 때문이다.

"일단은 자네의 호위 기사들에게 용병들의 기사 예절을 부탁하겠네."

"알겠습니다."

“그리고 미안한 일이지만 그들이 입고 있는 갑옷도 좀 빌려주게. 제국의 문장을 지운 플레이트 메일이니 가문의 문장만 새겨 넣는다면 충분할 것 같군.”

“알겠습니다.”

플레이트 메일이라는 것이 한두 푼 나가는 것이 아닌지라 아직까지 영지에 기사단이 없는 나로선 그런 것을 준비했을 리가 만무했다.

그런 탓에 게리오스의 호위 기사단이 입고 있는 플레이트 메일을 부탁한 것이다.

용병 녀석들도 폼나는 플레이트 메일을 부러워하는 눈치였으니 소원을 풀게 되겠군. 그 다음에 또 무슨 문제가 있는가…….

마차야 지금 있는 것을 약간 손보기만 해도 충분할 테고, 하인들이나 하녀들은 지금 있는 자들 중에서 이십여 명만 대동하고 가도 문제가 없을 터였다.

역시나 필리아가 문제인가? 귀족들 간의 예절을 리안나가 가르친다 해도 사교계라는 곳은 단순히 그런 것으로 끝나는 곳이 아니다.

적당히 상대의 신상도 파악해야 되고, 귀족 간의 대화에서도 여러 가지 취미나 유행에 대한 것이 나올 텐데, 그런 문제는 쉽게 해결되는 것이 아니기에 고민만 더욱 커질 수밖에 없었다.

만약 귀족 여성들 간의 사교에서 실패하게 된다면 그것은 나에게도 피해가 올 수 있는 일이었다. 여자들의 지위가 낮다고는 하지만, 그렇다고 무시할 수 있는 것은 아니다.

물론 나 혼자 가는 방법도 없지 않지만 귀족 부인들의 사교계에서는 남자들이 알지 못하는 여러 가지 정보가 나오는 법, 어설프더라도 반드시 필리아를 동행하여 엘프의 놀라운 청력을 이용해 정보를 얻어내야 했다.

영지에만 박혀 있는지라 아직 중앙 정계가 어떻게 흘러가는지 알지 못하는 상황이기 때문이다.

"어떻게 방법이 없을까… 방법이……."

리안나를 동행하여 간다면 큰 문제는 없을 테지만 임신 중인 여자를 데리고 갈 수는 없는 법, 잘못하면 기본적인 여성에 대한 배려도 없는 놈으로 찍힐 수도 있었다.

사교계라는 곳이 우스워서 여인들에게 찍힌 남자는 어이없게도 중앙 정계에서도 힘을 제대로 못 쓰는 것이 일반적이다.

뭐 사교계의 중추에 있는 여인이 바로 중심 세력과 관계가 깊은 것이니 당연한 것인가.

어쨌든 필리아를 어떻게 해결할 방법이 없을까 고민하고 있었는데, 의외로 그 일은 쉽게 풀렸다. 다음날 고민에 고민을 거듭하며 임신한 리안나의 방에 가 있었는데, 그때 그녀의 옆에 있던 동생인 시미온이 나직한 목소리로 나를 불렀다.

"저… 저기 영주님."

"응? 무슨 일이냐?"

"저……."

그녀는 나에게 무엇인가를 말하려고 했는데, 한참을 망설인 끝에 떨리는 목소리로 말했다.

"저기… 저도 무도회에 가면 안 될까요?"

"무도회?"

"예. 왕궁 무도회에 가고 싶어요."

확실히 시미온의 나이가 열네 살이니 사교계에 나갈 나이가 맞긴 했다. 하지만 나의 손에 무너진 아메로스가 일원으로 참여할 수는 없는 일이었기에 그녀가 이렇게 나에게 부탁을 하는 것이다.

"네 상황에선 그리 기분 좋은 무도회가 되지 않을 텐데?"

"그… 그래도 좋아요. 왕궁 무도회라는 곳에 한 번 가보고 싶어요."

그녀가 나와 함께 간다면 그리 좋은 대접을 받기는 어려웠다. 일단 내 손에 무너진 아메로스의 차녀라는 신분도 있거니와 나의 존재라는 것이 중앙 정계에서 그리 환영받지 못하기 때문이다.

하지만 그때 문득 다른 생각이 들었으니 확실히 필리아 혼자라도 그런 대접을 받기야 하겠지만, 일단 둘이 간다면 소외감은 덜할 터였다.

또 내 목적은 필리아의 사교계 진출이 아니라 아군과 적이 될 자들을 파악하는 한편, 여인들의 잡담 속에서 나올 중앙 정계의 비밀스러운 이야기이니 그것도 나쁘지 않다는 생각이 들었다.

"그래, 그럼 따라오거라."

"아! 감사합니다! 감사합니다!"

여인들에게 무도회라는 것이 어떤 의미를 가지는지 잘 알고 있는 나로선 그녀가 이렇게 고맙다고 말하는 것도 이해는 갔다.

선우드 자작의 휘하에 있던 아메로스 남작의 차녀라면 만약 내가 그를 치지 않았더라도 왕궁 무도회에 간다는 것은 거의 꿈이나 가까운 일이었다. 자작 따위에 붙어 있는 남작의 자녀가 중앙 정계로 나간다는 것은 불가능하기 때문이다. 하지만 공작의 신분을 지닌 나라면 문제가 없을 것이다.

귀족가의 여인네라면 모두 멋진 왕자와의 만남이라는 꿈을 꿀 것은 당연한 일, 시미온 역시 예외가 아니다.

내가 알기로는 왕세자 전하가 현재 25세로 아직 청년의 나이인데다가 이왕자 전하는 18세, 삼왕자 전하가 15세이니 왕세자 전하가 조금 많긴 하지만 모두 시미온의 사정거리 안에 포함되는 것이 아닌가?

만약 시미온이 가서 왕자라도 하나 잡는다면 나에게 이득이 될 수도 있고, 안 된다 할지라도 그리 문제 될 것은 없었다.

이렇게 해서 필리아의 문제까지 모두 해결이 되자 나로선 마음이 편해질 수 있었다. 하지만 조금 아쉬움이 남는다면 알리샤와 함께 가고 싶다는 것이다.

레빈이 알펜 성의 영주가 된 지금 그녀의 신분은 나의 휘하에 있는 부하의 딸이 아니라 서면 백작가의 여식이 되기 때문이다.

신분마저 완전히 해결된 지금 전혀 문제가 없는데 말이다. 하지만 다르게 생각하면 그것도 나쁘지 않다는 생각이 들었다.

다른 머저리 귀족들에게 알리샤의 아름다움을 보이고 싶지 않았기 때문이다. 알리샤 그녀를 어떤 이에게도 보이고 싶지 않은 것이 나의 심정이랄까?

아무래도 나 팔불출인가 봐…….

이 주일 후 왕궁 무도회에 갈 준비를 모두 끝마칠 수 있었다.

필리아는 시미온과 함께 리안나에게서 춤을 익힐 수 있었는데, 필리아의 경우는 엘프라서일까? 이 주일부에 되지 않았으면서도 가르쳐 주는 리안나가 감탄할 정도의 춤 솜씨를 보여주었다고 한다.

시미온의 경우야 옛날부터 동경했던 일이고, 귀족가의 처자였으니 남들 추는 만큼 추고 말이다.

용병들의 경우에는 게리오스의 호위 기사단에게서 기사의 예절을 배워 조금 폼이 나기는 했지만, 풀 플레이트 메일이 익숙하지 않은지라 어설픈 면이 없지 않았다.

하지만 이 주일이라는 시간을 생각한다면 만족할 만한 수준이었고, 그 정도도 예상외의 발전이기에 그럭저럭 보아줄 만했다.

어쨌든 이렇게 해서 난 왕궁 무도회로 갈 준비를 모두 마칠 수 있었다.

나와 필리아, 시미온을 포함하여 남아 있던 레빈의 용병대 백 명 모두가 호위하기 위해 나섰고, 시종과 시녀 30여 명이 포함되니 마차만 해도 5대나 되는 조금 규모가 있는 여정이 되었지만, 공작가의 신분이라면 이 정도는 조금 모자라다 할 수 있었다.

게리오스는 만약의 경우를 위해 자신의 호위 기사들 중 오십 명을 붙여 보내려 했지만, 난 그것을 거부했다.

어차피 나 자신을 알리기 위해 가는 것도 아니고 그저 중앙 정계의 움직임과 적을 파악하기 위함이기 때문이다.

또 개인적으로 그곳에서 당할 모욕에 굳건히 맞서자는 다짐을 매일 하고 있었기에 정신 상태는 어느 때보다 맑다고 할 수 있었다.

하지만 성문 앞에서 도열하고 있는 자들을 보자 중앙에 발을 디딘다는 것이 믿어지지가 않았다. 일 년 전 똑같은 서신을 받았을 때는 생각지도 못한 일이기 때문이다.

아마 왕도에 있는 귀족들도 설마 이번 무도회에게 내가 올 것이라고는 생각지도 못할 것이다.

잠시간 이들의 모습을 바라본 내가 하인이 준비해 놓은 말 위에 올라서자 게리오스는 걱정이 사라지지 않는지 마지막 당부를 잊지 않았다.

"영주님, 어떠한 모욕을 당하신다 하더라도 평정심을 잃으셔서는 안 됩니다."

"알겠네. 출발!!"

그의 말에 고개를 끄덕인 난 사람들을 보며 소리쳤고, 드디어 이드리샤 공작가가 수십 년 만에 처음으로 왕도로 향하는 길을 떠나게 되었다.

왕도로 향하는 길은 그리 문제 될 것이 없었다. 아멘은 서면과는 달리 치안이 완벽하게 되어 있는 곳, 산적 따위야 백 명에 이르는 기사들이 있는 나에게 얼굴도 내밀지 못함은 당연한 일이었고, 그 외에도 별 문제는 생기지 않았다.

그렇게 아무 문제 없이 여정을 행한 우리는 이 주일 만에 드디어 대 아멘 왕국의 왕도 슈미탄에 도착할 수 있었다.

처음으로 보는 왕도의 모습은 참으로 웅장하기 그지없었다. 태어나서 서면 이외에는 다른 곳으로 가본 적이 없었던지라 대도시는 그저 서면에서나 몇 번 구경했을 뿐이기 때문이다.

그리고 그중 가장 큰 도시는 역시나 레트론과 마법사의 전당이 있는 크레멘 정도인데, 왕도 슈미탄은 그 두 도시와는 비교할 수 없었다.

그 크기만 해도 레트론의 열 배 이상은 됨 직한 왕도는 국왕이 살고 있을 거대한 궁전이 하늘 높은 줄 모르고 뻗어 있었고, 왕도에 살고 있는 백성의 숫자만 백만에 이르기 때문이다.

우물 안의 개구리에 지나지 않았던 난 왕도 국민의 숫자가 백만이라는 것이 믿어지지 않았다.

왕도에 들어서자 수많은 사람들이 길을 지나고 있는 것이 보였는데, 역시나 대부분이 평민에 지나지 않았지만 왕도답게 사람들의 복색은 깨끗하기 그지없어 내 영지민들이 입고 있는 허름하고 낡은 옷에 비할 바가 아니었다.

하지만 그런 것에 공작인 내가 내색할 수는 없는 일, 의연한 자세로 말을 타고 지나갔고 왕도에 들어선 지 한 시간 만에 내가 묵을 곳에 당도할 수 있었다.

"저곳인가?"

"예. 원래는 크로드라 남작이라는 문관이 살고 있었다고 하는데, 그가 죽은 이후 빈 저택이 되어 있던 것을 사들인 것입니다."

"잘했네."

공작의 신분을 가진 내가 여관에서 머무를 수는 없을 터, 그래서 집사를 통해 왕도의 빈 저택을 사들이게 한 것이다.

저택의 크기는 아메로스 남작의 저택과 비교한다면 십 분의 일 정도에 지나지 않았지만 잠시 머무르기에는 부족할 것이 없었기에 일행들을 대동하고 저택 안으로 들어섰다.

용병 녀석들은 생전 입어보지도 못한 풀 플레이트 메일을 입은 탓에 얼굴에는 피로가 가득했다. 귀족들의 행렬을 평민들이 바라보지 못해서 다행이지 만약 그런 법규가 없었다면 부끄러움을 감수해야 했을 것이다.

"빌, 네 명씩 저택 문을 경비케 하게. 피곤한 것은 알지만 왕도는 안심할 수 없는 곳이니까."

"알겠습니다."

귀족가의 저택에선 반드시 경비가 필요했다. 그렇지 않다면 왕도 도둑들의 목표가 될 것이기 때문이다.

난 말에서 내려 저택의 건물 안으로 들어설 수 있었다. 역시나 조금 오래되었고, 남작 정도의 귀족이 머무른 탓에 내부의 모습은 초라하기 그지없었지만, 몇 가지 장식만 한다면 그래도 거처할 정도는 될 듯했다.

"집사."

"예."

"왕궁 무도회는 오 일 후이니, 그동안에 필요한 물품들을 준비해 두도록 하게. 돈은 내가 필요한 만큼 줄 것이니, 공작가의 식솔로서 부끄러운 짓은 하지 말게나."

"예, 영주님."

집사에게 몇 가지 지시를 해둔 후 그동안 여정의 피로가 밀려왔지만, 그렇다고 다른 이들보다 먼저 잠을 청하는 행동은 하지 않았다.

"필리아, 차를 부탁해."

"예, 영주님."

일단 정신도 가다듬을 겸 필리아에게 차를 부탁한 난 이층의 테라스로 올라가서는 왕도를 구경하기로 했다.

이층 정도의 높이였지만, 왕도의 여러 곳이 눈에 들어왔다. 이곳 자체가 왕도에서 근무하는 관리들이 살고 있는 곳인지 비슷비슷한 건물들이 여러 채 보이고 있었다.

살아서는 밟아보지 못할 것이라 생각되던 왕도, 그런 곳에 내가 서 있다는 것 자체가 감개무량했다.

하지만 아직 이곳은 나에게는 멀기만 한 곳, 아직 때가 아닌 곳에 왔기에 불안감은 더욱 심해지고 있었다.

"영주님, 차 드세요."

"아! 고마워."

필리아가 건네주는 차를 받은 난 다시 밖을 쳐다보았다. 과연 이곳에서 내가 건질 수 있는 것이 무엇이고, 어떠한 것을 받게 될 것인지…

어쨌든 이곳에 발을 디뎠다는 것 자체가 의미있었다.

다음날 이곳에서의 첫날 밤을 보낸 난 간단한 아침 식사를 마친 후 게리오스가 말했던 대로 아멘 왕국의 유일한 계승 후작인 아델슨 후작의 저택으로 향했다.

물론 아델슨 후작의 영지는 다른 곳에 있었지만 왕도에는 그의 저택이 있었다. 내가 알아낸 정보로는 분명 아델슨 후작은 왕도에 와 있고 그와 함께 아들인 크로이드가 도착해 있었다.

그에게 아메로스 남작의 일을 무마시키기 위해 나트론의 지팡이를 선물로 준 적이 있었기 때문에 내가 찾아간다면 그리 박대하지는 않을 것이란 생각이었고, 왕도의 무도회에서 한 사람이라도 나의 편이 되어 줄 사람이 있었으면 하는 생각에 그를 찾아가는 것이다.

이십여 명 정도의 기사를 대동하고 난 아델슨 후작의 저택에 도착했다. 내가 머물고 있는 저택과 비교하면 족히 십수 배는 넘을 정도의 저택이 보였다.

저택으로 들어가는 정문에는 후작가의 기사로 보이는 다섯 명의 기사가 저택을 지키고 있었다.

"멈추십시오. 이곳은 아델슨 후작님의 저택입니다. 실례되지만 신분을 밝혀주시겠습니까."

역시나 이름있는 후작가의 기사답게 절도있는 모습으로 말을 하고 있는 그의 모습은 기사로서 빈틈이 없어 보였다.

난 그에게 내 가문의 문장이 새겨져 있는 반지를 보여주고는 미소 지으며 말했다.

"이드리샤 공작가의 가주 플로렌이다. 아렐슨 후작을 만나기 위해 왔으니 안내하도록."

내 말에 잠시 가문의 문장을 살펴본 그는 그것이 진짜라는 것을 확인하고는 고개를 끄덕이며 말했다.

"알겠습니다. 하지만 저택 안으로는 호위 기사 한 분만 동행할 수 있습니다."

"알겠네. 빌은 나를 따르고 나머지는 이곳에서 대기하고 있도록."

"예."

빌만을 대동한 난 그 기사를 따라 저택 안으로 걸음을 옮겼다.

후작가의 저택답게 정원은 아름답게 꾸며져 있었다.

봄에 피는 세리든 플라워가 가득 피어 있는 화단의 가운데로 흰 대리석으로 만들어진 분수가 물을 뿜고 있는 도습은 화사한 기분을 들게 했고, 대문과 저택의 정문 사이 일직선으로 깔려 있는 대리석 바닥에는 아름다운 문양이 조각되어 있는 것이 왕도에서의 후작가의 성세를 보여주는 듯했다.

저택 안으로 들어선 우리는 계단을 통해 이층으로 올라가 손님들을 접대하는 거실에 도착할 수 있었는데, 그곳에 도착하자 집사로 보이는 자가 기사와 이야기를 나눈 후 나에게 다가와서는 정중한 목소리로 말했다.

"이곳에서 잠시만 기다리십시오. 곧 후작님께 공작 각하가 오셨다는 것을 알리겠습니다."

"알겠네."

"셀리아, 이드리샤 공작님과 기사 분께 차를 가져다 드리도록 해라."

"예."

시녀가 가져다 준 차를 마시며 오 분 정도 기다렸을까? 우리가 머물고 있던 객실로 푸른 머리의 육십 대 초반 정도로 보이는 노인과 이십 대 후반의 청년이 그 모습을 드러내니, 난 그가 아델슨 후작이라는 것을 알 수 있었다.

"이드리샤 공작 각하께서 저택에 방문해 주시다니, 영광입니다."

"별말씀을 다 하십니다, 아델슨 후작."

반갑게 맞아주는 것을 보니 역시나 뇌물이 좋긴 좋은가 보다 하고 생각한 난 그의 인사에 정중하게 귀족의 예를 표했다.

"옆에 계신 젊은이가 크로이드 영작이신 모양이군요."

"크로이드 폰 스페드 아델슨이라고 합니다."

"오! 아멘 마법계의 신성이라는 크로이드 영작을 이렇게 보게 되는구려."

정중히 인사를 하는 그를 보며 난 공작으로서의 모습을 갖추며 인사를 받았다.

"자, 자리에 앉으시지요."

"예, 후작."

아델슨 후작은 나에게 자리를 권했고, 이에 고개를 끄덕인 후 자리에 앉았다.

푸른색의 짧은 머리칼을 하고 있는 아델슨 후작은 과연 전통있는 후작이 가주답게 얼굴에 위엄이 가득했다.

뭐 이 정도는 돼야 아멘 왕국을 장악하고 있는 두 명의 공작들에게 밀리지 않겠지 하는 생각이 들었다.

"그동안 공작 각하께서는 왕궁 무도회에 참석하지 않으셨다 들었는데, 이렇게 왕세자 전하의 생신을 기념하는 구도회에 참석하시다니 의외입니다."

"뭐, 그전에는 영지의 사정이 그리 좋지 않은지라 그것을 해결하느라 정신이 없었으니까요. 간신히 영지의 문제를 마무리하니 그제야 왕도에 눈을 돌릴 여유가 생기더군요."

영지의 사정이라는 것이 너무나 보잘것없는지라 쪽팔려서 못 왔다고는 말할 순 없는지라 최대한 미사여구를 사용하여 답하긴 했지만, 그렇다고 아델슨 후작 같은 사람이 그런 사정을 모르리라고는 생각지 않았다.

그 역시 알면서도 그저 모르는 척해주고 있을 뿐임을 왜 모르겠는가?

아델슨 후작은 그러한 문제에 대한 언급은 하지 않고, 미소를 지으며 말했다.

"그렇군요. 영지 내의 일이 마무리되었다니, 다행입니다. 아, 그러고 보니 전에 보내셨던 선물에 대한 감사의 인사를 표하는 것이 늦었군요. 이 자리를 기해 감사드리겠습니다. 아들 녀석이 그 선물을 받고는 놀라서 입을 다물지 못하더군요."

"하하하. 크로이드 영작께서 즐거워하셨다니 그것으로 만족할 뿐입니다."

"그 정도의 선물을 받았으니 답례를 해야 하는 것이 예의이지만 솔직히 워낙 선물이 선물인지라 그에 합당한 것을 찾을 수가 없었습니다."

"허허허, 어찌 대가를 바라고 그런 것을 보냈겠습니까? 영작께서 흡족해했다면 그것이 후작가의 답례라 할 수 있습니다."

아메로스 남작 영지의 문제는 조금 복잡했다. 만약 선우드가 뇌물을 받고 잠자코 있었다면 문제가 없었겠지만, 아델슨 후작이 선물에 대한 답례로 손을 쓰기도 전에 그가 움직인 탓에 결과적으로 아델슨은 나에게 어떠한 답례도 하지 못한 것이 되어버린 것이다.

그것을 알고 있는 아델슨은 선물에 대한 답례를 언급했으나, 그에게 빚을 만들어둘 필요가 있다고 생각한 난 점잖게 사양한 것이다.

하지만 후작 자신은 그럴 생각이 없는지 고개를 저으며 말했다.

"어찌 그럴 수 있겠습니까? 당장 공작께 그것에 합당한 물건을 내어 드릴 것은 없지만, 공작께 왕도에서 문제가 생긴다면 저를 비롯한 후작 가에서 최선의 도움을 드릴 것을 약속드립니다."

그의 말에 난 만족할 수 있었다. 사실 내 직위가 직위인만큼 후작가 가 공작가에 힘을 주겠다는 말을 하기란 어려운 일이었다. 그것은 만약 나를 도운다는 취지라고 해도 자칫 힘있는 후작이 힘없는 공작에게 힘을 주겠다라는 말과 같으니 그것은 귀족의 서열에서 조금 예의에 어긋나는 행동이기 때문이다.

하지만 후작은 이러한 말을 조심스럽게 돌려 이야기함으로써 난 하나의 조력자를 얻은 것이라 할 수 있으니 그의 배려에 미소가 나왔다.

역시 나트론의 지팡이인가 뭔가 하는 것이 상당한 뇌물이구나 하는 생각이 들었다. 하긴 수백만 골드, 아니, 마법사들에겐 천문학적인 액수로 팔아먹을 수 있는 물건이니 그 정도는 당연한 것이겠지?

이 이후로는 몇 가지 잡다한 이야기만 오갔을 뿐, 별다른 것도 없이 후작의 저택에서 나왔다.

확실히 도움을 준다고는 하지만, 그의 말투를 들어보니 가능성이 있다면 이 이상의 투자도 가능하다는 식으로 들렸다.

"잠시만 기다려 주십시오."

"응?"

후작의 저택을 나와 일행들이 머무르고 있는 저택으로 향하고 있을 때 뒤에서 누군가가 나를 부르는 소리가 들려 돌아보았는데, 아델슨 후작의 아들인 크로이드 영작이었다.

"크로이드 영작이 아닌가?"

"예. 잠시만 이야기를 나눌 수 있겠습니까?"

"음… 그러도록 하지."

그의 표정을 보니, 둘이서만 나누어야 할 이야기라는 것을 안 난 고개를 끄덕이고는 부하들을 물리고 구석진 곳으로 자리를 옮겼다.

"그래, 무슨 일인가?"

"공작님께 다시 인사드리겠습니다. 데리언 학파의 일원이자 진법사 케논의 이름을 이어가고 있는 크로이드라 합니다."

"진법사!!"

그의 말에 난 놀랄 수밖에 없었다. 게리오스가 데리언 학파의 수장으로 그를 따르는 이들에 대해서 말해 준 적이 있었기 때문이다.

하지만 본국의 아델슨 후작의 아들인 크로이드가 그가 말했던 진법사 케논이라고는 생각지도 못했다.

"게리오스님께 말씀 많이 들었습니다."

"아, 그런가? 한데 놀랍군. 자네가 설마 데리언 학파의 진법사 이름을 이어가는 이라니 말이야."

"일단 표면적으로 네르든 마법 학파 소속입니다만, 데리언 학파의 전대 스승님은 제 생명의 은인이십니다. 그런 이유로 제가 차대 진법사 이름을 잇게 되었던 것이지요."

"하긴 데리언 학파라는 것이 밝혀진다면 다른 마법 학파들의 외면을 받을 것이니 자네의 입장도 좋지 않겠지."

데리언 학파의 소문이 좋지 않음을 잘 알고 있는 난 그가 네르든 마법 학파로 이름을 감추는 것이 당연하다 생각했는데, 의외로 그는 고개를 저으며 말했다.

"아닙니다. 솔직히 전 제가 데리언 학파의 일원이라는 것을 밝히고 싶지만, 학파의 수장인 게리오스님께서 말씀하신 것이 있어 비밀로 하고 있는 것입니다."

"게리오스가? 이유가 무엇인가?"

"글쎄요. 제가 게리오스님의 뜻을 어찌 알겠습니까? 하지만 그분께서는 이 모든 것이 대륙에 학파의 이름을 떨치기 위해서라니, 그렇게 믿고 있을 뿐입니다."

"그런가… 음……."

그의 표정을 보니 확실히 틀리지 않은 듯했다. 아니, 그의 성격을 본다면 게리오스가 노리는 것이 실제로 그것이 아니더라도 이름을 감추라 했으면 그대로 따랐을 같았다.

"하지만 다행이로군. 아델슨 후작의 자제가 데리언 학파의 진법사였다니 말이야."

"게리오스님께서는 공작님께 최대한 협조를 하라 명하셨으니 말씀만 하신다면 제가 할 수 있는 한 공작님을 돕도록 하겠습니다."

"고맙네, 자네를 알게 되니 든든하기까지 하군."

"그럼 전 이만 물러가도록 하겠습니다."

용건을 해결했기에 크로이드는 정중히 인사를 하고는 물러났고, 난 새삼 데리언 학파에 대해 다시 생각하게 되었다.

그저 악명만 자자한 학파라고 생각했는데, 그중 진법사가 후작의 자제라는 것은 생각보다 강한 힘을 가질 수 있는 자들이라 볼 수 있었기 때문이다.

아델슨 후작의 일은 생각보다 큰 소득이 있었다고 할 수 있다. 크로이드는 마법에 재능이 뛰어난 마법사인 점도 있지만 왕궁 사교계에서도 잘생긴 외모로 뭇 여인들에게 관심을 받고 있는 존재라 알고 있었기에, 그가 도움을 준다면 필리아와 시미온이 무리없이 사교계로 들어설 수 있을 것이다.

후작과의 만남 이후 내 저택으로 몇 명의 귀족들이 찾아오긴 했지만, 그들 대부분은 이름도 없는 그저 그런 귀족들뿐이었다.

시세를 파악하지도 못하고 나에게 기댈 수 있을까 하며 찾아온 머저리들이었기에 나갈 때는 실망이 가득한 표정이 가득했지만, 난 그런 놈들까지 챙길 생각은 없었다.

저런 자들은 같이 있다는 것이 오히려 방해만 될 수 있기 때문이다.

그렇게 시간은 흘러 드디어 왕궁 무도회의 날이 다가왔다. 나야 뭐 대충 왕도에서 맞춘 1,000 골드짜리 정장에 향수 몇 방울, 머리 손질 좀 하고 구두를 조금 맞추고 장신구도 몇 개 사고…… 으으으… 눈물 난다.

나 하나의 몸에 2,000 골드나 나가야 했다는 것이… 그렇게 대충 한두 시간을 치장에 신경 쓴 후에야 마무리 지을 수 있었는데, 이것은 시미온에 비해선 새 발의 피였다.

필리아만 하더라도 만 골드짜리 고가의 드레스에 약간의 장신구를 걸치는 것만으로 짧은 시간에 아름다움을 모두 드러내며 끝낼 수 있었지만, 시미온은 귀족가의 자녀답게 장장 다섯 시간을 치장하는 데 투자해서야 모든 것을 끝마칠 수 있었기 때문이다.

물론 시미온이 입고 있는 옷의 가격이 나와 필리아를 합친 것의 세 배가 넘고 장신구의 가격은 드레스의 가격에 두 배나 넘는다는 것은 상당한 충격이지만, 어찌하겠는가? 왕궁 무도회에 앞서서 그녀에게 최대한의 지원을 약속했던지라 눈물을 머금고 돈을 치러야 했다. 하지만 일단 있는 돈 다 투자하고 보니 시미온도 리안나와 비등할 정도로 예쁜 모습으로 무도회에 나설 수 있게 되었다.

생각보다 아름다운 시미온의 모습에 확 내 것으로 해버릴까 하는 생각도 들긴 했지만 열네 살의 어린 계집아이에게, 그것도 처제에게 손을 뻗을 만큼 경우가 없는 사람은 아니었다.

"어때요, 영주님?"

"이쁘구나. 그래, 모두 준비를 마친 것 같으니 왕궁으로 가도록 하자."

"예."

대충 준비가 끝났다는 생각에 우린 마차를 타고 왕궁으로 향했다. 과연 다음 대 왕위를 이을 왕세자 전하의 생일 무도회인만큼 왕궁을 향해 가는 귀족들의 마차는 끝이 없었다.

물론 명함조차 못 내밀 남작이나 힘없는 자작 정도의 인물은 무도회에 참석할 생각도 못하고 있었지만, 그 밖에 공후백의 작위를 가진 이들은 모두 왕궁으로 가고 있었고, 대로에는 이들 귀족들의 모습을 구경하기 위하여 수많은 사람들이 모여 있는 것을 볼 수 있었다.

왕궁의 정문에 도착하자 화려한 복색을 하고 있는 시종들과 근위 기사단의 예복을 입고 있는 기사 이십여 명이 귀족들의 명부를 작성하고 있는 것이 보였다.

우리의 차례가 오자 시종이 다가왔고, 난 창문을 열어 그에게 초청장을 건네준 후 가문의 문장이 새겨진 반지를 보여주었다.

"왕궁에 오신 것을 환영합니다. 실례되지만 인장의 진위를 검사하도록 하겠습니다."

"그러도록 하게."

그의 말에 난 그가 내밀고 있는 밀랍 판에 반지를 찍었고, 밀랍에 찍혀 있는 인장에 마법 가루로 보이는 것을 뿌린 그는 잠시 후 미소를 지으며 말했다.

"인장이 확인되었습니다. 즐거운 무도회가 되시기를 기원하겠습니다."

"수고하게."

가문의 문장이 새겨진 인장은 오직 가문의 가주만이 사용할 수 있는 것, 밀랍에 인장을 찍은 후 마법 학회에서 공인한 마법 가루를 뿌리면 그것의 진위를 확인할 수 있다고 한다.

물론 다른 곳에서야 그저 반지의 문장으로 끝낼 수 있지만, 왕도가 괜히 왕도인가? 국왕은 암살의 위험에서 벗어날 수 없는 직위이니 이 정도의 검사는 당연한 일이었다.

왕궁의 정문에 도착하자 문이 열리거 이십여 명의 시종들이 이 열로 서 있는 것을 볼 수 있었기에 난 필리아, 시미온과 함께 마차에서 내려 무도회장으로 천천히 걸음을 옮겼다.

아직 삼십 분 정도의 시간이 남아 있었지만, 무도회장에는 이미 많은 사람들이 와 있었다.

우리가 안으로 들어가자 사십 대 정도의 나이로 보이는 금발 머리의 시종장이 큰 소리로 소리쳤다.

"이드리샤 공작가의 플로렌 폰 나이다르 이드리샤 공작 각하 내외분께서 도착하셨습니다!"

"이드리샤 공작가?"

"이드리샤 공작가가 무도회에?"

시종장이 내가 무도회장에 왔음을 알리자 뭇 귀족들은 크게 놀란 표정을 지으며 수군거리기 시작했다. 뭐 생각해 보면 당연한 일이었다.

이드리샤 공작가는 수십 년 동안 한 번도 어떠한 무도회에도 참석하지 않았고, 정계에도 이름을 드러낸 적이 없었기에 아멘 왕국에서는 공작가가 두 곳밖에 없다고 생각하는 사람도 있을 정도였기 때문이다.

그런 상황에서 처음으로 이드리샤 가문의 가주가 그 모습을 중앙에 드러내었으니 놀라는 것은 당연한 일이 아니겠는가?

신기한 것을 보고 있는 듯한 그들의 모습이 부담스럽긴 했지만, 내가 누군가? 아멘 왕국의 건국공신 가문인 이드리샤 공작가의 가주가 아닌가?

그런 이유로 미소를 지으며 무도회장의 안쪽으로 걸음을 옮겼고, 그런 나에게 화려한 복색을 하고 있는 푸른 머리의 청년이 다가와서는 미소를 지으며 말했다.

"어서 오십시오, 이드리샤 공작 각하."

"오! 크로이드 영작이 아닌가?"

나를 반갑게 맞이한 사람은 바로 아델슨 후작의 아들인 크로이드 영작이었고, 그가 다가와 인사를 올리자 안도의 한숨을 내쉴 수 있었다.

공작가의 가주가 왔다면 당연히 왕족을 제외한 모든 이들이 인사를 하러 와야 당연한 것이지만, 솔직히 우리 가문의 이름은 이미 잊혀진 지 오래, 그런 이유로 귀족들은 신기한 눈으로 나를 바라볼 뿐, 인사를 하는 이는 없었기 때문이다.

그런 상황에서 다음 대 아델슨 후작가의 가주가 될 크로이드 영작이 먼저 다가와 나에게 인사를 올리니, 어느 정도 체면치레는 했다고 할 수 있기 때문이다.

'두고 보자, 이 버러지들… 본 가가 다시 융성해졌을 때 너희 놈들은 지옥을 보게 될 것이다.'

하지만 크로이드가 나를 살렸다는 생각보다 대공작가의 가주가 왔음에도 멀뚱히 쳐다보는 놈들에게 분노를 느꼈기에 언젠가 이날의 복수를 할 것이라 생각하고는 마음을 안정시키려 했다.

크로이드 영작이 나에게 인사를 올린 후 몇 명의 귀족들이 다가와서 인사를 하긴 했지만, 영작의 얼굴을 보아서지 나를 보기 위해서는 아니었다.

시간이 지나면서 분통이 터져 나오는 것은 어쩔 수 없었는데, 그때 뚱뚱한 중년의 귀족이 다가와서는 나에게 미스를 지으며 말했다.

"오! 이드리샤 공작 각하가 아니십니까? 설마 왕세자 전하 생신을 기념하는 무도회에 공작 각하가 오실 것은 생각지도 못했습니다."

"아! 론 백작 아닙니까?"

크로이드를 제외한다면 귀족 중 정말 나를 보기 위해 온 사람은 어이없게도 탐관오리로 유명한 론 백작이었다.

노턴 코프의 수장이자 북부의 국경 수비군을 담당하고 있는 론 백작은 중앙 정계에서도 상당히 높은 위치에 있는 사람이었기에, 멍청한 욕심쟁이이기는 하지만 그 정도의 인물이 나에게 왔다는 것 자체가 반가울 수밖에 없었다.

"론 백작께서 조금 힘을 써주신 덕에 영지 문제가 안정이 되어 이렇게 무도회도 참석할 수 있는 여유가 생겼지 뭡니까?"

"허허허, 다행입니다."

"근시일에 그것에 대한 약간의 보답을 보내 드릴 터인데, 백작께서 거절하시지 않았으면 좋겠습니다."

"노턴 코프야 이드리샤 공작 각하와도 관계가 있는 곳이니 어찌 거절할 수 있겠습니까?"

"하하하. 앞으로 잘 부탁드립니다."

"제가 할 말이지요."

역시 론 백작답다. 뇌물을 주겠다는 말에 훨씬 더 친한 모습을 보이는 것을 보니 탐관오리는 탐관오리다 하는 생각이 들었다.

론 백작이 친분이 있는 모습을 보이자 북부에 영지를 가지고 있는 자작급의 귀족들 역시 우리 쪽으로 몰려오기 시작하여, 상황은 생각보다 잘 돌아가고 있었다.

역시나 귀족은 힘이 있어야 된다는 것인가?

"조안 폰 그로이드 리미트 백작 내외분이 도착하셨습니다."

"응?"

시종장의 말에 난 나도 모르게 고개를 돌렸다. 조안 폰 그로이드 리미트 백작은 피닉스 나이츠의 단장을 역임했던 자로 현재는 군무대신의 자리와 함께 사방 군단의 총사령관의 직위를 맡고 있는 자로, 국왕 폐하의 오른팔이라 알려져 있었다.

그의 옆에는 금발의 아름다운 귀부인과 옐일곱 살 정도로 보이는 딸이 함께 있었는데, 그들이 들어오자 사방에서 인사를 하기 위해 많은 귀족들이 모여들어 조금 부러운 생각도 들었다.

공작인 내가 들어왔을 때는 조용하게 있던 놈들이 겨우 백작이 왔다고 저렇게 난리를 치니 어찌 부럽지 않겠는가?

하긴 그와 나의 차이는 그저 작위단 내가 높을 뿐, 그 이외에는 상대도 되지 않는다. 아멘 제일의 전략가라는 명성을 지녔고, 군무대신 직위까지 있으니, 이름뿐인 귀족인 나와 어찌 같을 수 있을까?

하지만 잠시 후 예상외의 일이 벌어지고 말았다. 자신에게 온 귀족들과 잠시 이야기를 나누던 그는 다음 순간 무엇인가에 놀란 듯한 표정을 짓고는 나를 쳐다보았다. 그와 눈이 마주치자 나도 모르게 조금 긴장이 되었다.

그는 나를 향해 천천히 다가와서는 정중히 예의를 표하며 인사를 올렸다.

"이드리샤 공작 각하께 인사드립니다. 리미트 백작이라고 합니다."

"아… 반갑소, 리미트 백작……."

왕의 총애를 받고 있는 실세라고 할 수 있는 그가 나에게 먼저 인사를 건네자 조금 당황될 수밖에 없었다. 이미 몰락한 가문의 공작, 그런 나에게 이렇게 정중하게 인사를 올린다는 것 자체가 믿어지지 않기 때문이다.

리미트 백작의 모습에 다른 귀족들도 놀라는 모습이 역력했는데, 그는 다른 이들의 시선은 전혀 아랑곳하지 않고 있었다.

내가 그에게 이렇게 정중히 인사를 받을 만큼의 위치에 있는 것일까? 아니면 단순히 공작으로서의 예의를 보이는 것뿐일까?

리미트의 저 웃음 속에 무슨 의미가 있는지 알 수가 없었다.

"네라드 공작가의 이스타시오 폰 그로만 네라드 공작 각하 내외분께서 도착하셨습니다!"

그의 미소에 대해서 생각할 무렵 또 다른 귀족이 도착했는데, 네라드 공작이라는 말에 고개를 돌리고 말았다.

시종장의 소개와 함께 들어온 네라드 공작은 반백의 머리를 지닌 오십 대 중반의 남자였다. 그 옆에는 삼십 대 초반 정도로 보이는 아름다운 여인이 같이하고 있었지만, 난 네라드 공작에게서 눈을 뗄 수가 없었다.

나의 가문을 이렇게 몰락시킨 주범 중 한 명이자 나의 손으로 쓰러뜨려야 할 상대. 오늘에서야 그를 처음 보는 것이지만, 마치 오래전에 만났던 것과 같은 기분이 들고 있었다.

네라드 공작이 무도회장에 도착하자 리미트 백작과는 비교도 되지 않을 정도의 사람들이 그에게 몰려가고 있었다.

현 시점에서 네라드는 아멘의 국왕과 비교해도 뒤지지 않을 힘을 지닌 중앙 정계의 막강한 실력자 중 한 사람이니 이런 모습은 당연한 일이라 할 수 있었다.

'네라드라……'

그를 생각하며 전의를 세우다 문득 이상한 생각에 고개를 돌려보니 리미트 백작이 나를 보며 무엇인가 알 수 없는 미소를 짓고 있었다.

그 미소가 방금 전과는 의미가 다른 것임을 알 수 있었기에 크게 당황할 수밖에 없었다. 아직까지 난 네라드를 상대할 힘이 없기 때문이다. 혹시나 이러한 나의 내심을 조안이 알아차렸다면 그다지 좋지 않은 일이 벌어질 것이 분명했다.

하지만 내가 자신을 보자 그는 살짝 고개를 숙여 인사하고는 딴 곳으로 시선을 돌렸다.

'조안은 국왕 폐하의 측근이다. 네라드 공작과는 정적이 되는 인물, 나의 내심을 안다 하더라도 알리지는 않으리라 생각하지만 조금 불안하군. 무엇인가가 있는 듯해……'

그의 표정 속에 무엇인가가 감추어져 있다는 것을 알 수는 있었지만, 도대체 그가 노리는 것이 무엇인지는 알 수 없었다.

"페이든 공작가의 그루바스 폰 돌튼 페이든 공작 각하 내외분께서 도착하셨습니다!"

"음……"

그러는 사이에 또 다른 공작가의 가주가 그 모습을 드러내었다. 페이든 공작, 네라드와 함께 왕을 제외한다면 중앙 정계를 양분하고 있는 실세였으니 드디어 아멘 왕국의 최고 권력을 지닌 사람 둘이 그 모습을 드러낸 것이다.

페이든 공작은 자신의 부인과 함께 두 명의 아들을 대동하고 있었는데, 생김새를 보니 나와 비슷한 나이라는 것을 알 수 있었다.

한 명은 페이든의 눈매를 그대로 닮았는지 날카로운 눈매를 지니고 있는 자였는데, 무엇이 그리 불만인지 얼굴에는 짜증이 가득해 보였다.

그가 도착하자 역시 네라드와 비슷한 정도의 귀족들이 그에게 몰려갔으니 역시나 왕국을 양분하는 실세답다는 생각이 들었다.

두 명의 공작이 도착하자 이제 무도회장의 사람들은 모두 네 부류로 나누어졌다고 해도 과언이 아니었다.

네라드 공작을 중심으로 하는 무리와 페이든 공작의 무리, 그리고 왕정파인 조안 리미트 백작을 중심으로 하는 무리와 나를 포함하여 그다지 정계에 관심이 없는 론 백작을 중심으로 하는 무리들이 모여 있는 것이다.

어차피 론이야 입에 돈이나 처넣어주면 만족하고 사라질 인물이니 그다지 네라드와 페이든이 신경 쓸 인물은 아니니 제쳐 두고, 의외로 네라드와 페이든의 무리들이 서로의 무리를 보며 살기마저 내비치는 것이 아무래도 극히 사이가 좋지 않음을 보이고 있었다.

역시나 왕국의 실세라고는 하지만 일인자의 자리는 두 개가 될 수 없는 법이니 어쩌면 당연한 것인가?

뭐 나의 입장에선 저렇게 싸워주는 것이 더 좋긴 하다. 아니, 이왕이면 칼까지 들면 금상첨화겠지.

두 명의 공작을 마지막으로 이제 초청장을 받은 거의 대부분의 귀족들이 무도회에 도착했다고 할 수 있었다.

감히 왕국의 실세인 두 명의 공작보다 늦게 도착할 정도로 간이 큰 귀족은 없을 테니까 말이다.

귀족들의 입장이 모두 끝난 후 이십여 분 정도가 지났을까? 시종장의 움직임이 바빠지는가 싶더니 무도회장에 빰빠레 소리가 울려 퍼지며 드디어 아멘 왕국의 국왕 폐하 내외분과 왕자 전하의 입장이 시작되었다.

빰빠밤 빰빰빰 빰빠라빰!!

"대 아멘 왕국의 로필론 국왕 폐하 내외분과 왕자 전하 분들께서 납십니다!!"

국왕 폐하 내외분이 납신다는 소리가 터져 나오자 이야기를 나누던 귀족들의 시선은 모두 무도회장의 정문 쪽으로 향하니, 이십여 명의 기사들이 이 열로 도열한 가운데 그 사이로 국왕 폐하의 모습이 보이기 시작했다.

나로선 생전 처음 보게 되는 국왕 폐하이신지라 떨리는 가슴을 진정시킬 수 없었는데, 서서히 드러나는 국왕 폐하의 모습을 확인하는 순간 그 떨림은 극에 달하고 있었다.

어깨까지 늘어져 있는 곱슬머리 금발과 함께 얼굴을 반 정도나 덮고 있는 텁수룩한 금빛 수염, 그리고 푸른색의 인자한 눈동자는 보는 이로 하여금 자연히 존경심까지 들게 하고 있었다.

또 그 옆의 왕비님은 어떠하신가. 사십 대 중반의 나이라고 알고 있지만, 그 나이에도 불구하고 외모는 삼십 대 초반에 은빛 머리카락을 지닌 아름다운 분이시니, 살짝 짓는 미소는 마치 여신을 바라보는 듯했다.

"과연 국왕 폐하이시다……."

눈에서 눈물이 날 것 같은 기분이었다. 본국의 국왕 폐하를 직접 뵙게 되는 것만으로 이런 감동을 받을 것은 생각지도 못한 일이었다.

국왕 폐하 내외분과 왕자 전하 분들은 무도회장에 서 있는 귀족들을 향해 손을 들어주었고, 귀족들은 일제히 예를 취하며 폐하께 인사를 올렸다.

폐하는 천천히 상좌에 있는 왕좌에 자리하시니, 내외분의 양 옆에 마련되어 있는 의자로 세 왕자 분도 자리하였다.

모든 왕실 가족이 자리에 앉자 폐하는 다시 자리에서 일어나더니 좌중의 귀족들을 돌아보고는 미소를 지으며 말했다.

"오늘 본국의 왕위 계승자이자 짐의 맏아들인 왕세자 세피로스의 25번째 생일을 맞아, 본국의 신하들이 모여 축하해 주니 짐은 흡족하기 그지없소. 부디 그대들에게도 흥겨운 무도회가 되기를 빌겠소이다."

국왕 폐하의 무도회사가 끝나자 드디어 오늘의 주인공인 왕자 전하께 각 귀족들이 선물을 바치는 의례가 시작되었다.

보통 국왕 폐하의 생일에는 각국에서 사신들이 직접 와 선물을 전하지만 이번 생일의 경우에는 외국 사신들이 오지 않고 그저 선물만 전달했기 때문에 본국의 귀족들만이 선물을 전달할 뿐이었다.

물론 선물을 직접 전달할 수 있는 자는 백작 이상의 작위를 가진 귀족뿐이었고, 시종장은 국왕 폐하 내외분이 계신 곳에 서서는 긴 명부를 들어 각 귀족의 계급에 맞추어 그 이름을 소리쳐 불렀다.

"이스타시오 폰 그로만 네라드 공작 각하 분이십니다!"

역시나 같은 공작이지만 나이가 많은 네라드 공작이 제일 처음을 장식했다. 그가 아내와 함께 왕좌 쪽으로 걸음을 옮기자 뒤를 따르는 두 명의 시종이 힘겹게 무엇인가를 들고 오는 것을 볼 수 있었다.

"학문을 좋아하시는 왕자 전하의 건강을 위하여 대륙 서쪽의 끝에 있는 슈발타 왕국에서 자생한다는 시드네시안 열매를 준비하였습니다."

"수고하셨소이다."

시드네시안 열매는 대륙 서쪽의 슈발타 왕국에서만 자라는 나무 열매인데, 고산 지대에서만 자라나는 열매인지라 한 해에 생산되는 양은 극히 적다 들었다. 열매 하나의 가치가 백 골드가 넘는다고 알려져 있는 이 열매는 장복하면 수명이 크게 늘어난다고 하지만 구하기가 쉽지 않아 한 나라의 국왕도 먹기 어려운 열매였다.

그런데 네라드 공작은 그러한 것을 커다란 상자 하나만큼을 준비했으니 과연 왕국의 실세답다는 생각밖에 들지 않았다.

"그루바스 폰 돌튼 페이든 공작 각하 분이십니다!"

네라드가 물러나자 다음으로 상좌에 오른 사람은 페이든 공작이었다. 그가 앞으로 나오자 시종들이 작은 상자를 들고 나왔다. 페이든 공작은 고개를 숙이며 말했다.

"왕세자 전하를 위해서 절로 수백 가지의 음악이 흘러나온다는 멜로디 마법석을 준비하였습니다."

그의 말과 함께 상자가 열리자 오색 빛깔을 띠고 있는 구형의 돌이 그 모습을 드러내었고, 시종이 살짝 손을 대자 아름다운 음악이 무도회장에 울려 퍼졌다.

잔잔한 음악은 듣는 이로 하여금 편안한 마음이 들게까지 하였기에, 왕세자 전하께서 책을 읽으실 때 상당히 도움이 될 듯했다.

"고맙소이다, 페이든 공작."

페이든 공작의 선물에 왕세자 전하는 살짝 미소를 지으며 고맙다는 표시를 보였다. 네라드 공작이 선물을 가져왔을 때는 보이지 않던 미소인지라 페이든은 자리에서 내려와서는 네타드 공작에게 미소를 지어 보였다.

물론 그 미소에 네라드의 얼굴이 찌푸려지는 것은 당연한 일이었다.

아무튼 두 명의 공작이 나갔으니 이제 나의 차례라 생각한 난 상좌를 향해 걸음을 옮기려 했는데, 시종장의 목소리를 듣는 순간 크게 당황할 수밖에 없었다.

"레이온 폰 스페드 아델슨 각하이십니다!"

"……!!"

그 순간 난 노기가 치솟아올랐다. 선물의 증정은 분명 직위가 같다면 나이나 벼슬을 따지고 다른 직위라면 자연히 작위의 순서를 따르는 것이 당연한 것이거늘, 내가 있음에도 불구하고 시종장은 내가 아닌 아델슨 후작의 이름을 불렀기 때문이다.

"으드득……."

이것은 엄청난 모독이라 할 수 있었다. 공작의 신분을 가졌지만 후작만도 못한 공작이라는 것을 대외에 알리는 것과 같으니 말이다. 당장이라도 뛰어나가 저 건방진 시종장의 목을 베어버리고 싶었지만, 솔직히 아델슨 후작이 중앙 정계에서 힘이 크고, 젊은 나보다는 그래도 명망이 있는 사람인지라 화를 누그러뜨렸다.

'그래, 참자…….'

간신히 노기를 참으며 정신을 차렸을 때는 이미 아델슨 후작의 증정이 끝난 후였고, 왕세자 전하의 표정을 보니 그리 마음에 들지 않는 것을 받은 듯했다.

아델슨 후작이 내려가는 것을 보며 이제 나의 차례라 생각하고 걸음을 옮기려 할 때 또다시 나의 걸음은 멈추어지고 말았다.

"키이스트로 폰 케이온 피셔 후작이십니다!"

피셔 후작… 그는 바로 현 왕비의 부친이었다. 하지만 아무리 후작이라고는 하지만 계승이 아닌 단승 후작, 실제로는 백작의 직위보다 약간 높은 것에 지나지 않았기에 나보다 우선할 수 있는 작위가 아니었다.

하지만 시종장은 내가 아닌 피셔 후작의 이름을 불렀고, 이제는 어이가 없어 노기도 생기지 않았다.

'아버지께서 받으셨던 수모가 이런 것이었나… 하하하…….'

과거 아버지 역시 단 한 번 왕궁에 간 적이 있었는데, 그곳에서 참을 수 없는 모독을 받으신 후 더 이상 왕궁으로 가지 않았다고 한다.

나 역시 아버지와 같이 그런 모독을 당하고 있다는 생각에 서 있을 힘조차 생기지 않았다.

"조안 폰 그로이드 리미트 백작이십니다!"

하지만 다음에 불러야 할 내 이름은 또다시 나오지 않았고, 이제는 왕국 제일 기사의 칭호를 받고 있는 리미트 백작의 이름이 불려졌다.

그것을 보니 아마 내 이름은 백작의 뒤, 아니, 어쩌면 이름도 불리지 않을 것이라는 것을 짐작할 수 있었기에 눈물까지 나오려고 했다.

이름뿐인 공작이라고 하지만, 아무리 몰락한 가문이라고 하지만 난 공작이다. 대공작가의 가주다…… 그런데 이런 모욕을 받아야 한단 말인가…….

"하하하……!"

어이없음에 나도 모르는 사이 대소가 터져 나왔고, 조용한 무도회장에서 나의 웃음소리는 많은 이들에게 들릴 수밖에 없었는데, 그때 리미트 백작의 목소리가 들려왔다.

"국왕 폐하와 왕자 전하께 죄송한 일이지만, 이런 어이없는 사태를 보게 되어 한 말씀 올리도록 하겠습니다."

"응? 무슨 일인가, 리미트 백작?"

갑작스러운 나의 대소와 리미트 백작의 요청에 국왕 폐하는 영문을 알지 못해 되물었고, 조안은 정중히 어의를 갖추어 말했다.

"본국에는 국왕 폐하를 모시는 신하의 공적에 따라 그 작위가 부여되니, 그것은 어떠한 자도 침범할 수 없는 국왕 폐하의 권리라 알고 있습니다."

"그렇지."

"하오나 저기 있는 무도한 시종장은 감히 그러한 국왕 폐하의 권리를 침범하여 자신의 잣대로 작위의 권위를 무시하고 있기에 화를 참지 못하고 이런 결례를 범하고 말았습니다, 폐하!"

"무슨 소리인가? 자네의 말을 알아들을 수가 없군. 내가 듣기로는 그다지 문제가 있다고 생각되지 않는 것 같은데."

국왕 폐하는 리미트 백작의 말을 이해하지 못하겠다는 듯한 표정을 짓고 있기에 그는 더욱 목소리를 높여 소리쳤다.

"폐하께선 대 아멘 왕국의 건국왕께서 친히 영구 공작의 작위를 내린 가문이 있다는 것을 아실 것입니다."

"음… 물론이네. 이드리샤 공작가가 아닌가… 응? 그렇다면!!"

리미트 백작의 말에 국왕 폐하는 그제야 뭔가 알겠다는 듯 말하고는 자리에서 일어났고, 그 얼굴에는 분노가 가득했다.

"경의 말이 사실이라면 이곳에 이드리샤 공작가의 가주가 와 있단 말인가!!"

"그렇습니다, 폐하!!"

"허허! 이 얼마나 부끄러운 일인가!!"

나의 존재를 안 국왕 폐하는 하늘을 보며 탄식하듯이 말하시더니 이내 시종장을 노려보고는 큰 소리로 소리쳤다.

"네 이놈!! 네놈은 이곳에 이드리샤 공작가의 가주가 있다는 것을 몰랐더란 말이냐!!"

"…그… 그것이!!"

"뭣 하는 것이냐! 기사들은 당장 저놈의 목을 베어라! 이드리샤 공작가는 본국의 건국공신 가문이거늘, 감히 그 가문에 모욕을 주다니 도저히 참을 수가 없구나!!"

"예, 폐하!!"

폐하의 노성과 함께 십여 명의 기사들이 큰 소리로 대답하며 시종장을 포박했고, 그 때문에 시종장은 사색이 되고 말았다.

폐하께 울부짖으며 용서를 구하는 그였지만, 노기를 보이시는 폐하의 얼굴은 단호하기만 하였기에 시종장은 기사들에게 포박당한 채 무도회장에서 끌려 나갔다.

어느 정도 무도회가 진정이 되자 국왕 폐하는 자리에서 일어나서는 귀족들을 보며 부드러운 목소리로 말했다.

"이드리샤 공작가의 가주는 이곳으로 나오도록 하시오."

그 말에 난 천천히 왕좌가 있는 곳으로 걸음을 옮겼고, 내가 앞으로 나서자 놀랍게도 폐하는 직접 내려오시더니 나의 손을 잡으며 말했다.

"그대가 이드리샤 공작가의 현 가주인가."

"플로렌 폰 나이다르 이드리샤라 하옵니다."

"아! 그대의 가문에서 수십 년 만에 왕궁에 모습을 드러내었거늘, 이런 결례를 범하니, 본왕으로선 무어라 말을 해야 할지 모르겠소이다. 부디 그 간악한 시종장이 범한 결례를 용서하시구려."

"폐하……."

그 말에 북받쳐 오르는 감정을 참을 수가 없었다. 이렇게 몰락하고 잊혀진 가문의 가주인 나를 환대해 주시니, 뭐라 말할 수 없을 만큼 고마움이 밀려왔기 때문이다.

잠시간 나의 손을 잡고 있던 국왕 폐하는 미소를 지으며 다시 왕좌로 가셨고, 난 왕세자 전하께 인사를 올렸다.

잠시 후 시종 두 명이 상자 두 개를 들고 나왔고, 난 왕자 전하께 예를 취하며 선물에 대해서 말했다.

"오른쪽의 상자는 제가 셔먼의 드워프에게서 구한 장신구이옵니다."

"음……."

그 말에 왕자 전하의 얼굴이 조금 찌푸려졌다. 역시나 보석 같은 것은 좋아하시지 않는 성격인 것이다.

"그리고 왼쪽에 있는 상자는 제가 알고 있는 엘프에게 청하여 얻은 고서이온데, 그것은 엘프들만이 알고 있는 대륙의 비사가 적힌 책이옵니다."

"아!!"

하지만 이어진 나의 말에 왕자는 놀랍다는 표정을 지었다. 보석의 이야기가 나왔을 때와는 비교도 되지 않을 정도로 환한 모습이었다.

엘프는 1,000년을 살고 하이 엘프의 경우에는 드래곤과 비슷한 1만 년의 생을 사는 것으로 알려져 있었기에, 그들이 저술한 책은 백 년밖에 살지 못하는 인간들이 저술한 책과 비교가 되지 않음은 당연한 일이었다.

진실만을 말하는 엘프의 특성답게 인간 특유의 논리와 거짓이 포함되어 있지 않은 책은 그 자체로 하나의 인증된 역사이기 때문에, 내용에 따라서 학자들 사이에선 사본이라 할지라도 수만 골드 이상으로 거래되는 것이 보통이었다. 거기에다 내가 구한 책은 북엘프 족에게만 내려져 와 그들 외에는 엘프들조차 그 존재를 알지 못하는 고서였다.

그런 고서를 선물로 가져왔으니 학자에 가까운 왕세자가 크게 기뻐하는 것은 당연한 일이었고, 지금까지의 선물과는 달리 직접 상자 쪽으로 가 책을 확인하고는 다시 한 번 놀란 표정을 지으며 말했다.

"오호! 이것은 7,000년 전의 대제국 포레이든에 관한 책이 아닌가!

엘프 어로 적혀 있다고는 하지만, 이렇듯 깨끗하게 7,000년 전의 역사가 서술된 책을 구하다니… 또 이것은… 하하하… 공작, 그대에게 뭐라 감사의 말을 드려야 할지 모르겠소이다……."

"모든 것이 왕자 전하의 홍복이옵니다."

역시나 나의 예상대로 왕자 전하는 책을 받아 들고는 감동에 가까운 눈빛을 보이고 있었고, 그 표정만 보면 당장이라도 나에게 뛰어올 것 같았다.

상자에는 총 네 권의 책이 들어 있었는데, 책의 제목을 확인할 때마다 놀랍다는 표정을 지으시며 쉽게 책에서 손을 떼지 못하던 왕자 전하는 그중 한 권을 들고서는 다시 자리로 돌아가셨기에 참을 수 없는 흥분이 밀려왔다.

왕세자 전하는 다음 대 아멘 왕국의 국왕이 되실 분, 그분이 이렇게 흡족해하신 선물을 했다는 것은 앞으로 나의 길이 평탄할 것이란 예고였다.

나에 대한 결례를 국왕 폐하께서 직접 왕좌에서 내려와 손을 잡으시는 것으로 상쇄해 주었고, 선물은 왕자 전하께서 직접 자리로 들고 갈 정도로 만족감을 표하신 탓에 내가 자리로 들어가자 귀족들의 눈엔 부러움으로 가득했고, 그 때문에 절로 미소가 흘러나왔다.

방금 전에 있었던 모욕이 거짓말같이 사라졌고, 마음속에서는 큰일을 해냈다는 만족감에 절로 배가 부른 듯했다.

왕자 전하께 드리는 선물 증정식이 모두 끝나자 본격적인 무도회가 시작되었으나 난 증정식 때의 흥분을 가라앉히지 못한 탓인지 다른 이들과 같이 춤을 추지 못했다.

그 탓에 필리아와 시미온은 나의 곁에서 아무 일도 하지 못하고 서 있었는데, 그때 사람들 사이로 네 명 정도의 남자가 나에게 다가오는 것을 볼 수 있었다. 그들의 모습을 확인한 난 깜짝 놀랄 수밖에 없었다.

나에게 다가오는 이는 바로 조안 리미트 백작과 함께 세 분의 왕자 전하셨기 때문이다.

"아!"

"여기에 계셨구려, 이드리샤 공작."

"왕자 전하 분들께 소신이 인사드리옵니다."

"하하하. 이드리샤 공작 그대의 선물에 본인은 아직까지 흥분을 감출 수가 없소이다. 본인의 무도회만 아니라면 당장이라도 방으로 뛰어가 그대가 선물한 책을 읽고 싶을 정도이니, 아무래도 공작은 본인의 파티를 망치려고 선물을 해온 것이 아닐까 하는 생각에 쾌씸한 마음이 드는구려."

"소신이 어찌 그러한 생각으로 책을 선물하였겠습니까? 부디 왕자 전하의 깊은 아량으로 소신의 죄를 용서하여 주시옵소서."

"하하하! 그대가 그렇게 용서를 비니, 본왕자는 그대에게 벌주를 내릴까 하오이다."

그의 말에 시종은 금세 우리들의 앞으로 와인을 가져왔고, 왕세자 전하는 잔을 들어 나에게 건네주며 말했다.

"자, 공작, 벌주를 드시구려."

"예, 왕세자 전하."

생각보다 약발이 잘 먹혔다는 생각이 들었다. 단순한 선물로 왕자 전하께서 직접 이렇게 술을 권하실 정도이니, 만약 수십 권을 선물했다면 왕자 전하께서 내리신 술에 취해 명을 달리할 뻔했군. 하하하.

왕자 전하께서 내리신 벌주를 한 번에 들이킨 나를 보며 리미트 백작이 미소를 지으며 말했다.

"왕자 전하께서 이렇게 흡족해하시는 것은 본작도 처음 보는 일이오."

"별말씀을 다 하시오, 리미트 백작."

그의 말에 웃으며 답한 난 세피로스 왕세자 전하와 같이 오신 두 분의 왕자님을 보았다.

왕세자 전하의 왼쪽에 계신 분은 본국의 이왕자인 숀 왕자님이셨고, 그 옆에 계신 분은 삼왕자인 델피르 왕자 분이셨다.

숀 왕자님은 검술을 즐기시는 분이라 들었고, 델피르 왕자 전하 분은 무도회를 즐기신다 들었는데, 그분 역시 검술에 상당한 조예가 있다고 한다. 두 분 왕자님 모두 조안 리미트 백작에게 직접 검을 배우고 있다 들었는데, 이 두 왕자 분 중 나에게 먼저 말을 건 분은 이왕자인 숀 전하셨다.

"본국의 건국공신 가문인 이드리샤 공작가의 이야기는 많이 들었소이다."

"영광이옵니다."

"단도직입적으로 말하겠소. 본인은 스승이신 리미트 백작께 검을 배우고 있는데, 그러다 보니 그대의 가문 기사단인 크로우 나이츠의 검술에 흥미가 생기더군. 라파나르 대제국의 양대 무가 중 하나인 이드리샤 가문의 검술이 과연 어떤 것일까 하고 말이야. 또 크로우 나이츠만의 블래스트 랜스라는 것도 있다고 하는데, 그 기법도 궁금하더군. 어떻소, 왕도에서 시간이 난다면 본인에게 그 기법을 가르쳐 주지 않겠소이까?"

역시나 검을 좋아하긴 좋아하나 보군. 그런 탓에 성격이 급한 듯했는데, 나로선 델피르 왕자의 말에 당황할 수밖에 없었다.

가문의 검술은 물론 블래스트 랜스 모두 가문에서 이어져 내려오던 기법이라는 것은 알고 있었지만, 건국 이후 그 기법을 크로우 나이츠의 슈페리어 나이트에게 가르쳐 주셨고, 여러 가지 일로 현재 난 그 기법을 모르고 있었다.

　전통있는 무가의 자손임에도 불구하고 조부와 아버지가 거의 문관에 가까웠던 일인지라 블래스트 랜스의 기법은 사라져 버린 것이다.

　"휴… 이왕자 전하께는 죄송스러운 말씀입니다만, 솔직히 전 블래스트 랜스의 기법을 모르고 있습니다."

　"응? 그게 무슨 소리인가? 그것은 크로우 나이츠의 기법 이전에 그대 가문의 기법이 아닌가?"

　"그렇습니다만, 저의 조부와 부친께서는 검보다는 책을 더 가까이하셨기에 전 블래스트 랜스의 기법을 배우지 못하였습니다."

　"음… 그런 일이……."

　"그런 탓에 저로선 가문에서 내려오는 검술을 배우지 못했고, 어렸을 때부터 영지에서 벗어난 일이 없는지라 용병의 검만을 약간 익혔을 뿐입니다."

　"용병의 검?"

　용병의 검이라는 말에 숀 왕자 전하가 조금 관심을 가지는 것을 볼 수 있었다. 하긴 왕자라면 용병을 제대로 본 일조차 없을 테니 궁금해하는 것은 당연한 일이었다.

　"왕자 전하께서 아시다시피 용병의 검이라는 것은 철저한 실전 위주로 만들어진 검입니다. 조안 리미트 백작께서 단장으로 계셨던 피닉스 나이츠의 블러드 엑스의 기법 역시 이러한 용병의 도끼술을 바탕으로 만들어진 것이니, 왕자 전하께는 그리 낯설지 않을 것입니다.”

“오! 그런 것인가? 그럼 그 용병의 검이라는 것을 한 번 볼 수 없겠는가? 아니, 나와 대련을 해줄 수 없겠소이까?”

“서투른 검술이지만, 왕자 전하께서 원하신다면 당연히 보여 드려야지요.”

“하하하. 공작은 본 왕자에 이어 동생까지 이렇게 그대에게 빠지게 하니, 그대의 수완에 손을 들 수밖에 없구려.”

이왕자 전하의 모습을 보며 왕세자 전하는 질렸다는 표정으로 말했고, 난 생각보다 꽤 많은 것을 얻어냈다는 생각이 들었다.

하지만 삼왕자의 경우에는 뭐라 내가 기분 좋게 할 방법이 없었다. 무도회를 좋아하는 그에게 도대체 내가 무엇을 해준단 말인가? 난 무도회라는 것은 이번이 처음인 것을.

하지만 그의 눈빛을 보자 무엇인가 상당히 흥미가 있다는 표정이 가득했는데, 그의 눈빛을 따라가 보자 놀랍게도 그곳에는 리안나의 동생인 시미온이 있었다.

시미온은 조신하게 자리에 앉아 있었는데, 살짝 고개를 숙이고 있는 그녀의 모습은 참으로 아름답기 그지없었다.

하긴 처바른 돈이 얼만데 저 정도는 해줘야지. 후후후.

“그대… 그대의 이름은 무엇인가……?”

아니나 다를까, 삼왕자는 천천히 그녀의 앞으로 가서는 조심스럽게 말을 건넸고, 시미온은 나직한 목소리로 자신의 이름을 말했다.

“시미온 폰 아메로스라 하옵니다.”

“시미온… 참으로 아름다운 이름이오.”

뭐 내 생각에는 시미온이라는 이름이 아름답게 생각되지는 않지만,

삼왕자가 좋다는데 내가 무슨 상관이 있는가? 삼왕자는 천천히 그녀를 향해 손을 내밀었고 시미온은 천천히 그의 손을 잡으니 두 사람은 춤을 추고 있는 사람들 사이로 사라져 갔다.

"이런… 이런… 이제는 삼왕자까지? 참으로 용의주도하오, 이드리샤 공작."

"제 두 번째 처의 처제이온데, 왕궁 무도회에 와보고 싶다 하여 대동하여 온 것입니다. 그런데 삼왕자 전하의 눈에 들 줄은 생각지도 못하였습니다."

"하하하. 그런 것인가? 그렇다면 그대의 처 역시 아름답기 그지없겠군. 아… 그대의 옆에 계시는 엘프 레이디 분은?"

"저의 세 번째 처이옵니다. 왕자 전하께서 가지고 계신 고서는 바로 제 처가 가져온 것이지요."

"오! 그런가… 그대의 세 번째 처의 미모 역시 말로는 표현 못할 정도요. 그런데 왜 세 번째 부인을……?"

"저의 정처와 두 번째 처는 현재 임신 중이온지라 세 번째 처와 같이 온 것입니다."

"오! 그대에게 후사가… 이거 축하할 일이로군."

"황공하옵니다."

왕세자 전하는 나에게 상당히 친근하게 대해주고 있었다. 선물이 마음에 든다고는 하지만 이것은 조금 지나칠 정도였는데, 살짝 미소를 짓고 있는 리미트 백작의 표정을 보니 그의 입김도 어느 정도 작용한 듯했다.

몇 가지 이야기를 나눈 후 왕자 전하 분들은 물러가셨지만 리미트 백작은 나의 곁에 남아 있었고, 잠시 후 나에게 그는 미소를 지으며 말했다.

"축하드립니다. 왕자 전하 분들께서 공작 각하를 상당히 좋아하시는 것 같군요."

하지만 축하 인사를 액면 그대로 받아들일 수 없었기에, 난 잠시 와인을 입에 머금으며 마음을 가라앉힌 후 그를 보며 말했다.

"모두가 그대의 공인 것을 모르겠는가? 하나 본작은 상당히 의심이 많다네. 그래, 무슨 이유로 나를 도와주고 있는 것인가? 현재의 나에게 그대는 어떠한 것도 바랄 수 없을 텐데 말이야."

"하하하. 제가 공작 각하께 무엇을 바라겠습니까? 전 다만 건국공신 가문인 이드리샤 공작가가 다시 그 이름을 떨치시길 바랄 뿐입니다."

"본가가?"

"예. 네라드와 페이튼을 누를 수 있을 정도로 말입니다."

"…폐하의 뜻이던가?"

"본국의 어떠한 것도 폐하의 뜻이 닿지 않은 것은 없습니다, 공작 각하."

그의 말에서 내 가문을 살리고자 하는 것이 폐하의 뜻이라는 것을 알 수 있었기에 난 이것이 상당한 기회가 될 것임을 예감할 수 있었다.

네라드와 페이튼에 의해서 몰락한 가문이지만 폐하께서 지원을 해 주신다면 가문을 일으키는 것은 쉽게 해낼 수 있을 것이다.

하지만 그와 함께 난 하나의 의문이 드는 것은 어쩔 수 없었다.

"그대들의 힘으로는 네라드와 페이튼을 감당할 수 없는 모양이로군."

"…그렇습니다. 물론 두 세력이 서로 대립하고 있는 이상 폐하의 힘이 앞서고 있지만, 만약 폐하께서 왕권을 강화하고자 하신다면 두 세력이 힘을 합칠 우려가 있습니다."

"음……."

제15장 크로우 나이츠의 검술

크로우 나이츠의 검술

역시나 조안, 아니, 폐하께선 네라드와 페이튼을 경계하고 계시다는 것을 알 수 있었다.

근위 기사단을 제외한 국가공인 7개 기사단 중 5개의 기사단이 왕실에서 벗어나 있다는 것이 그것을 증명한다고 할까?

"본가는 대 아멘 왕국의 건국공신의 가문, 폐하가 원하신다면 미약한 힘이라도 보태어 드려야겠지요."

"오! 이드리샤 공작 각하……."

조안은 나의 말에 크게 기뻐하는 표정을 지었지만, 무턱대고 왕권에 협조할 생각은 없었다.

만약 내가 그의 청을 거절한다고 한다면 그것은 왕권마저 적으로 돌리는 일, 네라드와 페이튼의 존재만으로도 힘들거늘 폐하마저 적으로 돌린다면 아무리 건국공신의 가문이라 할지라도 아멘에서 살아남기 어렵다는 것을 잘 알기 때문이다.

그는 나에게 선택의 권리를 주었지만, 실제로 그것은 선택의 권리가 아닌 자신의 편이 아니면 죽어야 한다는 권고와도 같은 말이었다.

그저 말을 좋게 한 것에 지나지 않는달까? 그런 생각이 들자 오기가 들어 거절하고 싶은 마음도 없지 않았다.

내 스스로의 힘으로 일어서 당당하게 폐하의 힘이 되어주겠다는 자비심을 베풀고 싶었다. 하지만 그것은 먼 꿈일 뿐이다.

혼자의 힘으로 가문을 세운다는 것은 힘든 일, 난 바보가 아니고 그런 이유로 조안의 청을 승낙한 것이다.

무도회는 내 생각과는 달리 기분 좋게 끝낼 수 있었다. 폐하와 왕자 전하들의 눈길을 받은 나에게 귀족들은 감히 모욕 줄 생각을 하지 못하고 있었는데, 그것은 네라드와 페이든 역시 마찬가지였다.

물론 그들이 나에게 온 것도 아니거니와 그 모습으로 보면 피한다기보다 차라리 무시한다는 것이 맞는 말이지만, 그것도 그것대로 나쁘지 않다는 생각이 들었다.

저택으로 돌아온 난 만족감에 미소가 사라지지 않았다.

폐하의 힘만 얻어낼 수 있다면, 과거 가문이 가지고 있었던 힘의 반만 다시 되찾을 수 있어도 셔먼에 있는 레빈과 힘을 합친다면 이젠 선우드 정도야 길가에 굴러다니는 돌멩이 취급을 할 수 있을 정도의 힘을 보일 수 있을 것이다.

하지만 그와 함께 주의해야 할 것은 두 공작의 눈이다.

본가가 점점 힘을 찾고 그것이 폐하와 연관되어 있다는 것을 알게 된다면 자연히 서로 간의 대립을 멈추고 눈을 돌릴 것이고, 그 눈은 힘이 약한 나에게로 집중될 것이 분명하다.

폐하보다는 내가 그들에겐 훨씬 손쉬운 상대가 될 것이기 때문이다.

다음날 난 숀 왕자와의 약속에 따라 호위 기사 다섯 명을 대동하고 궁전으로 향했다. 무도회에서 이야기가 있었던 검술 대결을 위한 것인데, 솔직히 조금 불안감이 느껴지는 것은 사실이다.

내가 용병의 검술을 익히고 있다고는 하지만 그 경지는 소드 익스퍼트 초급의 실력, 하지만 이왕자의 스승은 소드 마스터 최상급이라고 알려져 있는 조안 리미트 백작이었다.

거기에다 왕자는 거의 대부분의 시간을 검을 수련하는 데 투자한다 알려져 있었는데, 그 실력이 어느 정도나 될지 상상이 안 갔다. 영지의 일로 계속 외지를, 아니, 검술 자체에 필요성 이상의 큰 흥미를 가지지 않은 탓에 검술 연습을 소홀히 한 내가 과연 이왕자를 흡족하게 할 수 있을까 불안감이 드는 것은 어쩔 수 없었다.

왕궁에 도착한 난 기다리고 있었던 근위기사의 안내를 받으며 왕국 내에 위치한 연무장으로 걸음을 옮겼다. 십여 분 정도를 걸었을까? 멀리 연무장의 모습이 보이기 시작했다.

왕궁의 연무장은 흰 대리석으로 바닥을 깔고, 각종 병장기가 벽 한쪽을 꽉 채울 정도로 진열되어 있었다. 연무장에서는 여섯 명 정도의 기사들이 각자 일 대 일 대련을 벌이고 있는 것을 볼 수 있었다.

그들이 입고 있는 옷을 보고 그들이 근위 기사단이라는 것을 알 수 있었는데, 근위 기사단 중에서도 넘버를 부여받은 슈페리어 나이트인 듯 연습용 검에도 푸른 마나의 기운이 서려 있었다.

갑옷을 걸치지는 않았지만, 그 탓에 그들의 움직임은 빠르기 그지없었고, 충돌하는 검은 보이지도 않을 지경이었다.

'이런… 실순가…….'

그런 근위 기사단의 모습을 보며 이왕자와 대련을 하고자 한 것이 실수가 아닐까 하는 생각이 들었지만 이미 화살은 손에서 벗어난 지 오래였으니 그저 한숨밖에 나오지 않았다.

"이드리샤 공작 각하!"

"아! 리미트 백작!"

그때 누군가가 나의 이름을 부르기에 고개를 돌려보니 리미트 백작이 이왕자 손과 함께 한 명의 귀족을 대동하며 다가오고 있는 것을 볼 수 있었다. 난 미소를 지으며 그를 반겼다.

하지만 그와 함께 같이 있는 귀족의 정체가 궁금했는데, 덩치가 족히 이 미터에 가까울 정도인 그는 한눈에 무관 출신의 귀족이라는 것을 알 수 있었다.

허리에는 바스타드 소드가 매여져 있었는데, 같은 종류의 바스타드 검과 비교한다면 검면이 족히 두 배는 됨 직했다.

하긴 저 정도의 덩치가 되니 저런 무식한 검을 들고 있는 것이겠지 하는 생각이 들었다. 그들이 다가오는 것을 보며 난 이왕자에게 귀족의 예를 보이며 인사를 했다.

"이왕자님께 이드리샤 공작이 인사를 드립니다."

"와주어서 고맙소이다, 공작."

"별말씀을 다 하십니다. 그런데 옆에 계신 분은……."

난 덩치 큰 귀족이 누구인가 하는 생각에 물어보았는데, 이왕자가 말하기도 전에 그는 큰 덩치로 앞으로 나서더니 나에게 인사를 하며 말했다.

"이드리샤 공작 각하께 인사드립니다. 게오르그 폰 데슨 아나단 백작이라고 합니다."

"아나단 백작! 그렇다면 당신이……."

그의 이름을 들은 순간 난 놀라지 않을 수 없었다. 아나단 백작은 바로 가문의 기사단인 크로우 나이츠의 현 단장이기 때문이다.

설마 그가 나에게 올 것이라고는 생각지도 못했는데, 정중하게 인사를 올렸던 그의 모습에는 나를 우습게 보는 듯한 느낌은 없었다.

"예. 현재 이드리샤 가문의 기사단인 크로우 나이츠의 단장을 맡고 있습니다."

"그런가……."

그의 말에 난 조금 힘이 빠지는 것을 느꼈다. 자신을 소개하는 말에도 역시나 크로우 나이츠를 내 가문의 기사단이라 말하는 그였지만, 크로우 나이츠는 내 가문의 기사단이면서도 내 가문의 기사단이 아니기 때문이다.

하지만 언젠가 다시 크로우 나이츠를 되찾을 것을 난 의심치 않았다. 수백 년이 지난 지금에도 모든 이들은 다 크로우 나이츠를 이드리샤 가문의 소유라 생각하고 있고, 그것은 가문의 수장인 나 역시 그렇게 믿고 있었기 때문이다.

"이드리샤 공작께서 이곳으로 오신다는 말을 듣더니 이 친구가 다짜고짜 오겠다고 하더군요."

"그랬던가… 나 역시 그대를 만나고 싶었다네."

리미트 백작의 말에 난 형식적인 대답으로 그쳤다. 당장이라도 나에게 크로우 나이츠의 충성을 바쳐라 소리치고 싶었지만, 지금의 상황에서는 가능하지 않은 일임을 잘 알고 있었기 때문이다.

"자, 공작, 그럼 약속대로 대련을 해봅시다."

성급한 숀 왕자는 대충 인사가 끝나자마자 다짜고짜 대련을 하자고 말해 왔기에 난 조금 당황할 수밖에 없었다.

"전하, 공작 각하께서는 방금 도착하셨고, 왕자님 또한 그러시니 잠깐 동안 몸을 푸시고 대련을 하는 것이 좋을 듯합니다."

나의 이런 당황스러움을 아는지 리미트 백작은 잠시의 시간을 가지자는 이야기를 했기에 안도의 한숨을 쉴 수 있었다.

아무튼 숀 왕자의 모습을 보니 당장 용병의 검을 보고 싶어 안달하고 있는 것 같은지라 조금 몸을 푸는 것이 좋을 것이란 생각이 들었다.

"빌!"

"예."

용병에게 대충 겉옷을 벗어 준 난 연무장 쪽으로 걸음을 옮겼고, 천천히 검을 들어서는 그것을 휘둘러 보기 시작했다.

내가 익힌 검은 우연히 영지로 찾아온 용병에게 배운 검술, 그다지 멋은 있지 않았지만 검격의 하나하나가 상대의 급소를 노리며 밀려드는 살검에 속했다.

이러한 것은 풀 플레이트 메일을 입고 있는 관계로 몸이 빠르지 못한 기사들이 시전하는 강격이 많이 포함된 검술과는 방향을 달리하는 것으로, 내가 케넬스와 같은 거한을 쓰러뜨릴 수 있었던 요소는 빠른 스피드와 급소를 노리는 빠른 검격에 있었다.

내가 빠른 속도로 검을 휘두르자 숀 왕자 역시 검을 휘두르며 몸을 풀기 시작했고, 역시나 기사의 검술을 배웠는지 기본에 해당하는 팔방베기를 함에도 불구하고 강한 검풍이 일렁이고 있었다.

과연 그의 검술이 어느 정도나 되는지 알지 못하지만, 제발 소드 익스퍼트 초급 정도였으면 하는 바람이 가득할 뿐이었다.

어느 정도 몸이 풀리자 숀 왕자는 연습을 멈추고는 나를 보며 말했다.

"공작, 이제 시작해 볼까?"

"좋습니다."

나 역시 대충 몸이 풀렸다는 것을 확인하고는 대련 전에 행하는 기사의 예를 취해 보인 후 천천히 검을 잡고는 숀 왕자를 노려보았다.

숀 왕자가 들고 있는 검은 검면이 넓은 브로드 소드, 이것은 상대 기사의 갑옷을 부수어뜨리기 위한 강격을 시전하기에 적합한 검이었다. 이에 반해 내가 들고 있는 것은 롱 소드. 그다지 특색은 없지만 많은 무기 중에서 중간 정도에 해당하는 검이다.

과연 검술을 좋아하는지 왕자는 마치 땅이 발이 붙어 있는 듯 안정적인 자세로 검을 앞으로 내밀고 있었기에 난 천천히 걸음을 옮겨 왕자의 주위를 돌기 시작했다.

"끄압!!"

그러자 왕자는 기다렸다는 듯이 앞으로 쇄도해 들어와서는 강하게 검을 옆으로 휘두르다 나를 향해 날렸고, 오른발을 박차며 왕자의 검격을 피한 난 앞으로 들어가며 왕자를 향해 검을 내질렀다.

채재쟁!!

역시 내가 검을 찔러오자 왕자는 급히 검을 수직으로 들어서는 내 검을 막아내었고, 두 검이 서로 교차하며 힘의 겨루기가 시작되었다.

하지만 용병의 검술은 기사와는 달리 힘 겨루기가 없는 검술, 수많은 적과 싸우는 그들이 이따위 득도 없는 힘 겨루기에 힘을 쏟을 리는 만무한 것이 아닌가?

들고 있던 검을 살짝 기울이며 왕자의 검을 아래로 치우치게 한 난 그대로 오른발을 들어서는 왕자의 가슴을 향해 날렸고, 갑작스러운 발차기에 왕자는 크게 놀라 제대로 반응도 하지 못하고 뒤로 넘어졌다.

어이없는 승리? 난 검을 들어 왕자 전하를 가리키며 말했다.

"이번의 일전은 제가 승리를 했군요."

"…이것이 용병의 검술인가?"

"예. 용병의 검술에는 기사와 같이 힘을 위주로 하지 않습니다. 방금 전처럼 검이 교차했을 때는 힘으로 밀어붙이기보다는 편법을 사용하여 상대의 균형을 무너뜨리지요."

"그렇군. 다시 한 번 부탁하네."

내 말에 이왕자는 고개를 끄덕이고는 자리에서 일어났다. 하지만 일전의 패배 때문인지 이번의 기세는 방금 전과 비교도 되지 않을 정도였다.

뭐 강한 타격이 아닌 탓도 있었지만, 왕자 자신 역시 이번 대결에 모든 힘을 내보이지 않았던 듯했다.

그러나 난 방금 전의 대결로 조금 자신감이 생겼다. 왕자 전하께 크게 모자란 것이 있었기 때문이다.

그것은 바로 실전 감각. 같은 검술의 경지에 있다 하더라도 연무장에서 검만을 익혔던 자와 실전에서 직접 적을 상대했던 자는 크게 다른 것이 사실이다.

"하압!!"

다시 시작된 대결 역시 선공을 가한 것은 왕자, 비교적 가벼운 롱 소드를 들고 있는 나에게 무거운 브로드 소드로 선공을 가한다는 것은 역시나 왕자가 경험이 부족함을 말해 주고 있었다.

브로드 소드는 강격에는 강한 위력을 보이지만, 워낙 검이 무거운 탓에 검속은 느려질 수밖에 없는 것이 사실, 허지만 내가 들고 있는 롱 소드는 비교적 중간 정도의 무게에 속하는 검이기에 검속이 훨씬 빠른 것은 당연했다.

왕자가 쇄도하여 날리는 검격을 보며 난 왼발을 박차고는 왕자의 왼 쪽으로 몸을 날렸다. 그러자 왕자는 검격을 멈추고는 그대로 숄더 차 지를 이용하여 나를 향해 쇄도해 들어왔고, 그 때문에 난 조금 놀랄 수 밖에 없었다.

숄더 차지는 플레이트 메일을 입고 있는 기사들에게서 흔히 볼 수 있는 기술로, 어깨의 보호대에는 숄더 차지를 위하여 날카로운 송곳을 박아 넣는 것이 보통이었다.

갑작스러운 숄더 차지에 나로선 검을 휘두를 간격과 시간을 놓칠 수 밖에 없어 급히 왼손으로 가슴을 보호했다.

쿵!!

그러자 강한 타격이 왼팔을 통해 밀려왔다.

하지만 그대로 튕겨져 날아갔다가는 중심이 무너져 뒤로 쓰러질 수 도 있는 일이기에, 오른손에 들고 있던 롱 소드를 놓아버린 난 그대로 오른손으로 숄더 차지를 실행한 왕자의 뒷덜미를 잡았다.

숄더 차지의 공격이 먹혀들었으나 갑자기 뒷덜미가 잡힌 왕자는 크 게 놀란 표정을 지었고, 난 왕자의 옷을 잡고 있었던 덕에 뒤로 튕겨져 나가지 않고 원심력으로 자연히 등 쪽에 붙을 수 있었다.

그리고 이 기회를 놓칠 수 없다 생각한 난 왼손으로 장화에 끼워 있 던 단검을 뽑아 왕자의 목에 가져가며 말했다.

"이번에도 제가 이긴 것 같군요."

"음… 검을 던지다니… 의외로군."

"용병은 명예가 없습니다. 오로지 자신의 목숨만이 중요할 뿐이니 살기 위해서라면 검을 버리는 치욕이야 감수할 수 있는 일이지요."

솔직히 이번 승리는 거의 요행이라고 해도 과언이 아니었다. 설마 왕자가 숄더 차지를 사용하리라고는 생각지도 못했기 때문이다.

비교적 몸이 가볍고, 손이 빠른 것이 행운을 가져왔다고 할까?

장화에 있던 단검을 뽑아 든 것은 그저 임기응변이지 실력이 아니라는 것을 잘 알고 있는 난 천천히 땅에 떨어진 롱 소드를 들고는 미소 지으며 말했다.

"사실 이번 대결은 저의 요행도 있었습니다."

"아니, 요행이라 할지라도 그것 역시 용병의 검술, 자네의 승리이네."

역시나 검을 익히는 사람은 호탕한지 자신의 패배를 인정하는 왕자의 모습에 미소가 흘러나왔다.

"다시 한 번 하시겠습니까?"

"아니, 확실히 공작에 비해 나의 검술이 미진하다는 것을 알 수 있었네. 보아하니 공작의 왼팔 상태가 그다지 좋지 못한 것 같은데 여기에서 끝내도록 하지."

"……!!"

그 순간 난 조금 감탄할 수밖에 없었다. 조금 억울한 패배일지도 모른다 생각할 것을 젊은 나이임에도 확실히 인정하고, 상대를 배려할 줄 안다는 것은 쉬운 일이 아니기 때문이다. 또 최대한 감추고 있었는데, 나의 부상을 알아보았다는 것은 대전 중에도 내 검의 흐름을 정확히 파악한 것인지라 검술에 뛰어난 소질이 있다는 것이 과연 헛된 소리는 아닌 듯했다.

방금 전의 숄더 차지를 막으며 상당한 충격을 받았는지 왼손에 좀처럼 힘이 들어가지 않고 있었기에 만약 또 대결이 있었다면 패배를 면치 못했을 것이다.

"과연 왕자 전하이십니다."

나의 부상을 알아낸 것에 감탄하며 대답했지만, 왕자는 연신 용병의 검술이라는 말을 되뇌이며 무엇인가 생각에 잠겨 있었다. 그 때문에 저 정도로 검에 대한 열의가 있으신 분이 허접한 나에게 패배했다는 것이 믿어지지가 않았다.

"대단하십니다, 공작 각하. 제가 보기에는 소드 익스퍼트 초급 정도라 생각되는데, 상급에 이르는 왕자 전하와의 대결에서 두 번이나 승리하다니 말입니다."

"응? 초급?"

리미트 백작이 나에게 다가오며 하는 말에 왕자는 크게 놀란 표정을 지었다. 설마 내가 초급밖에 되지 않으리라고는 생각지도 못했기 때문일 것이다.

"그게 정말인가, 공작? 소드 익스퍼트 초급이라는 것이?"

"그렇습니다, 전하."

"그럼……."

믿어지지 않는다는 왕자의 표정에 미소가 흘러나왔다. 하지만 속으로는 조금 놀랐는데, 아직 열여덟의 나이에 불과한 왕자가 소드 익스퍼트 상급 정도의 실력을 가지고 있으리라고는 생각지도 못했기 때문이다.

"왕자 전하, 두 번의 대결에서 패하신 이유가 무엇인지 아십니까?"

"무엇인가?"

"그것은 바로 실전의 부재와 직선적인 왕자님의 검술 때문입니다."

"실전과 직선적인 검술?"

"예. 여기 계시는 공작 각하께서는 검술과 움직임을 보니 그동안 몇 번의 실전을 경험하신 듯합니다. 그런 이유로 왕자님보다 임기응변에 뛰어나며, 용병의 검술이라는 것이 최대한 힘을 줄이며 상대를 공략하는 검술이니 자연히 강격을 휘두르시는 왕자님의 틈을 노린 것이지요."

"음… 그런가?"

"예. 만약 공작께서 왕자님과 같은 수준의 검술을 지녔다고 한다면 두 번째 대결에서 보이신 숄더 차지에 검을 버리는 수는 사용하지 않았을 것입니다."

그 말에 난 고개를 끄덕였다. 확실히 그때는 숄더 차지의 위력이 워낙 강해 그대로 튕겨져 날아갔다간 균형이 무너져 자빠지는 것을 면치 못했을 것이기 때문이다.

"또 첫 번째 대결에서 공작 각하께서 검을 흘리시고 발을 사용하여 왕자님을 공격하신 것은 직선적인 검술로 인하여 흐름을 쉽게 파악할 수 있었기 때문에 공작 각하께서 틈을 만들어내서 공격하신 것이지요. 물론 검을 흘리는 기술은 용병 검술에서도 고난이도의 검법이니, 검술의 수준을 가늠하는 마나의 단계에서는 왕자님이 앞서셨지만, 검술의 기교적인 면에서는 공작님께서 한 수 위라 할 수 있습니다."

"음……."

"검의 수준은 마나의 단계만으로 측정되는 것이 아닙니다. 마나의 단계가 위이면 유리하기는 하지만 그것으로 상대보다 강하다고는 할 수 없는 것이지요."

"그렇군."

리미트 백작의 말에 왕자는 고개를 끄덕이며 다시 생각에 잠기기 시작했는데, 그때 아나단 백작이 나에게 다가와서는 한 병의 포션을 건네주며 말했다.

"힐링 포션입니다. 왼쪽 팔을 치료하십시오."

"고맙네."

그가 건네주는 포션을 받으며 고맙다고 말한 난 포션의 뚜껑을 열어서는 왼쪽 팔에 부었다. 그러자 차가운 기운이 금세 팔의 통증을 사라지게 했기에 과연 힐링 포션이라는 생각이 들었다.

한 병에 백 골드가 넘는 고가라서 난 단 한 번도 힐링 포션이란 것을 사용해 본 적이 없었다.

"공작 각하."

팔을 치료하고 있던 나를 보며 아나단이 뜨딱한 어조로 말했다.

"과연 공작 각하께서 익히신 용병의 검술은 뛰어납니다. 하지만 그것으로는 안 됩니다."

"응? 무슨 소리인가?"

무엇이 안 된다는 소리인지 알 수가 없었다. 하지만 아나단의 모습을 보니 무엇인가 갈구하는 듯한 표정이 가득했다.

"공작 각하, 크로우 나이츠를 잊으셨습니까?"

"크로우 나이츠…… 잊지 않았네."

"서두르십시오. 전통적으로 크로우 나이츠는 가문의 장남이 아닌 자만을 기사단으로 받아들였습니다. 그것은 기사단이 중립을 지키고자 하는 것도 있지만, 또 한 가지 이유는 바로 진실한 주인을 기다리고 있기 때문입니다."

"……."

진실한 주인, 아나단이 말하는 그 진실한 주인이 바로 우리 가문의 가주라는 것을 아는 나로선 뭐라 말을 할 수가 없었다.

"확실히 용병의 검은 전투에서 살상력이 뛰어나긴 하지만 그것으로는 크로우 나이츠의 슈페리어 넘버의 기사들을 만족시킬 수 없습니다. 서두르십시오. 아직까지는 슈페리어 나이트의 대부분이 진실한 주인을 잊지 않고 있지만, 더 이상 시간이 지난다면 그것마저 힘들게 됩니다."

"…내가 어찌하면 되겠는가?"

"가문의 검술을 익히십시오. 그리고 최소한 소드 익스퍼트 최상급의 경지에 이르셔야 합니다. 이드리샤 가문의 검술로 슈페리어 나이트의 인정을 받으셔야만 공작 각하께선 진정한 크로우 나이츠의 주인이 되실 수 있을 것입니다."

가문의 검술, 그리고 소드 익스퍼트 최상급. 말이야 쉽지만 결코 간단한 문제가 아니다.

첫째, 현재 나의 가문에는 가문의 검술이 남아 있지 않았고, 나 역시 내 재능을 알고 있었기에 소드 익스퍼트 최상급의 경지에 이르려면 얼마나 많은 시일이 걸릴지 알 수 없었다.

"하지만……."

"크로우 나이츠의 슈페리어 나이트 넘버 3와 넘버 4를 보내 드리겠습니다. 두 사람은 공작 각하의 가문에 구명의 은혜를 받은 가문의 자제들이니 공작 각하께 충성을 맹세할 것입니다."

"음……."

"서두르십시오. 그렇지 않으면 크로우 나이츠는 영영 공작 각하로부터 멀어질 것입니다."

그의 말에 난 크로우 나이츠 내에서도 무슨 문제가 있다는 것을 알 수 있었다. 어쩌면 슈페리어 나이트 넘버 2에게 문제가 있을 수도 있었다.

현재 아나단 백작은 슈페리어 나이트 넘버 0. 겉으로는 단장의 직을 맡고 있다 들었지만, 실제의 단장은 오직 넘버 1만이 가능했고, 넘버 0라는 것은 그저 명예직에 불과했다.

만일 넘버 2 슈페리어 나이트의 최고 실력자가 왕당파가 아닌 네라드나 페이든과 관련이 되어 있는 자라면 아나단이 불안감을 느끼는 것은 당연하다 할 수 있었다.

겉으론 그가 단장일지 몰라도 진정한 실력자인 넘버 2가 있다면 실제로 기사단은 그가 움직인다고 해도 과언이 아닐 것이기 때문이다.

"얼마나 시간이 남았는가?"

혹시나 하는 생각에 난 아나단 백작을 보며 물었고, 그는 침통한 표정을 지으며 말했다.

"길어야 5년이 한계입니다. 공작 각하께선 그 시간 안에 반드시 소드 익스퍼트 최상급의 경지까지 오르셔야 합니다."

"5년? 그렇게 짧은 시간에 어찌!!"

"하지만 이루셔야 합니다. 그것만이 공작 각하께서 다시 크로우 나이츠를 찾으실 유일한 방법입니다."

5년, 그 시간 안에 적어도 소드 익스퍼트 최상급의 경지까지 실력을 끌어올려야 된다는 것은 불가능에 가깝다. 그것도 내 가문의 검술로 말이다.

연무장을 나오면서 난 걱정이 사라지지 않았다. 내 가문의 기사단마저 네라드와 페이든에게 넘어간다면 아멘에선 더 이상 내가 바랄 수 있는 힘은 존재하지 않는 것이다.

왕자에게 간단히 인사를 건넨 후 난 저택으로 돌아갔다. 하지만 걱정 때문에 좀처럼 잠을 이룰 수가 없었다.

가문의 모든 것을 빼앗겼음에도 불구하고 난 오직 하나 왕도에 남아 있는 크로우 나이츠만은 영원히 가문의 것이라 생각했다.

하지만 그것마저 흔들리고 있다니… 5년 안에 내가 해낼 수 있을까 하는 걱정으로 좀처럼 잠을 이룰 수가 없었고, 그날 밤을 뜬눈으로 지새우게 되었다.

다음날 영지로 돌아가기 위하여 사람들은 바쁘게 움직이고 있었지만, 난 걱정 때문에 필리아가 가져온 차를 마시며 시간을 보내고 있었다. 그런 나에게 시미온이 망설이는 표정으로 다가오는 것을 볼 수 있었다.

"무슨 일이냐?"

시미온을 확인한 난 그녀를 보며 물었고, 그녀는 떨리는 목소리로 말했다.

"저… 왕도에 남고 싶어요."

"응? 왕도에 남고 싶다니? 그게 무슨 말이냐?"

나로선 그녀의 왕도에 남고 싶다는 말에 되물을 수밖에 없었다. 그녀가 왕도에 무슨 친척이라도 있다면 모를까, 아무 연고도 없는 이곳에서 혼자 남겠다니 어찌 이해할 수 있겠는가?

"그게……."

시미온은 무슨 말을 하려 하다가도 말하지 못하고 고개를 숙이니, 난 잠시 그녀에 대한 생각에 잠겼다.

'혹시나……'

난 혹시 그녀가 삼왕자 때문에 왕도에 남고자 하는 것이 아닐까 하는 생각이 들었다. 삼왕자 델피르는 사교계의 별이라고 불릴 정도로 잘생긴 미남이기에 그를 따르는 여자가 한두 명이 아니라는 것을 알고 있었다.

시미온이 그런 삼왕자에게 반했어도 이상할 것이 없었지만, 처제이 기도 한 시미온을 바람둥이 삼왕자에게 두고 간다는 것은 내키지 않는 일이었다.

"삼왕자 전하 때문이냐?"

"…예."

역시나 나의 질문에 그녀는 부끄러운 듯 얼굴을 붉히며 대답했고, 난 절로 한숨이 나오고 말았다.

"여자 혼자 왕도에 남는다는 것은 쉬운 일이 아니다. 또 삼왕자 전하께는 많은 여자가 따른다고 들었다. 그러나 왕자비가 될 수 있는 사람은 오직 한 명, 어쩌면 수많은 여자에게 묻힐 수 있는데 그래도 좋으냐?"

"…자신있어요."

시미온은 나를 보며 삼왕자 전하를 유혹할 수 있다는 자신감을 보이고 있었다. 도대체 열네 살짜리 주제에 자기가 무슨 말을 하는지 알고나 있는 거야?

하긴 요즘 세상에 열네 살이라면 애도 낳는다는 말을 듣기는 했지만, 가까운 곳에 있을 줄이야. 세상이 변하긴 변했군. 쩝.

"네가 그렇게 원한다면 좋다. 어차피 왕도에도 몇 번 드나들어야 할 것 같으니까. 하인과 시녀를 남겨놓겠다. 넌 이들과 함께 이곳에서 머물도록 하거라."

그녀의 눈을 보니 강제로 영지로 끌고 갔다가는 상사병이라도 들 것 같은 생각이 드는지라 할 수 없이 그녀의 청을 승낙할 수밖에 없었다.

시미온이 남겠다고 한 탓에 영지로 가는 사람들의 숫자는 줄어들 수밖에 없었다. 일단 시종 두 명과 시녀 네 명, 그리고 레빈의 용병 네 명 정도를 이곳에 남겨놓기로 했다.

원래는 레빈의 용병이 아닌 왕도의 용병 길드에서 사람을 고용하려 했지만, 내 호위 용병단의 대장을 맡고 있는 빌의 말을 듣고 보니, 이런 왕도에서 고용한 용병들은 어중이떠중이들도 있어 고용주를 해치고 돈을 빼앗아 달아나기도 한다니, 어쩔 수 없이 아깝긴 하지만 레빈의 용병들 중 몇 명을 남기기로 했다.

혹시나 남지 않겠다고 말하지나 않을까 걱정했지만, 생각 외로 왕도에 남으라는 내 말에 예닐곱 명이 자원하고 나서는지라 네 명으로 줄이는 데 고생을 했다.

하긴 아무것도 없는 내 영지보다는 술집과 여자들이 득실거린다고 할 수 있는 왕도가 그놈들에겐 훨씬 더 구미가 당기는 곳이겠지.

시미온의 일이 있은 지 얼마 되지 않아 저택으로 누군가가 찾아왔는데, 놀랍게도 그들은 아나단 백작이 말하던 크로우 나이츠의 슈페리어 나이트 넘버 3 엡실론 자작과 넘버 4 슈펠트 남작이었다.

전형적인 무관 귀족인 그들은 오직 검술 실력으로만 작위를 얻어낸 자들로 현재 엡실론의 나이는 45세, 슈펠트는 37세라 들었다.

두 사람 중 엡실론은 크로우 나이츠에 있는 두 명의 소드 마스터 중

한 명임을 아는 나로선, 아나단 백작이 생각보다 뛰어난 자를 보내주었다는 생각이 들었다.

저택으로 들어온 두 기사는 모두 크로우 나이츠의 정식 갑옷을 입고 있었는데, 검정색의 풀 플레이트 메일을 보며 만약 투구까지 쓴다면 진짜 한 마리 까마귀와도 비슷할 것이라는 생각이 들었다.

"크로우 나이츠의 주인이신 이드리샤 공작 각하께 인사드립니다."

두 명의 기사는 나의 앞으로 다가와서는 주군을 모시는 기사의 예를 취하며 인사를 올리니, 나로선 당황될 수밖에 없었다.

그들이 우리 가문에 구명을 받은 가문의 출신이라는 것은 잘 알고 있었지만, 설마 실력도 되지 않는 나를 벌써부터 크로우 나이츠의 주인으로 여기며 주군의 맹세를 하리라고는 생각지도 못했기 때문이다.

"…그대들은 나를 주군으로 보는 것인가?"

"저희들은 태어나면서부터 이드리샤 가문의 기사였습니다."

난 그들의 말이 믿어지지 않았다. 아니, 믿을 수가 없었다. 그렇다면 왜 지금까지 나를 찾아오지 않았단 말인가? 자신들의 주군이라면 먼저 나를 찾아와야 하는 것이 아닌가?

"그렇다면… 그렇다면 왜 나를 찾아오지 않았던 것이지?"

그들을 보며 마음속의 의문점을 물어보았고, 이에 엡실론이 정중한 어조로 말했다.

"물론 기사 된 자로서 당연히 주군을 찾아뵈어야 했지만, 주군 이전의 이드리샤 가문의 가주이셨던 로이터님의 유명 때문에 찾아뵐질 못했습니다."

"로이터……."

로이터 폰 나이다르 이드리샤, 그 이름의 주인은 바로 나의 고조 할

아버지이자 가문의 몰락의 시점이 되었던 분이시다.

당시만 해도 내 가문은 아멘 왕국 최고의 가문으로 성세를 유지했으나, 그분을 시기했던 두 공작가에 의해 가문은 몰락했고, 건국공신의 가문이라는 이유로 살아남았던 증조 할아버지는 현재의 영지로 쫓겨나는 신세가 되었던 것이다.

그 당시의 힘을 생각한다면 마음만 먹었다면 반란을 일으켜 스스로 국왕의 좌에 오를 수 있을 정도로 막강한 힘을 가지셨던 고조 할아버지는, 가문의 기사단인 크로우 나이츠를 포함하여 드레이크, 그리폰, 블루 버드 나이츠, 그렇게 왕국 7개 기사단 중 4개의 기사단을 좌지우지했다고 한다.

하지만 누명을 썼음에도 왕에게 반항하지 않고 스스로 목숨을 끊는 것으로 가문이 변절하지 않았음을 증명했다 전해지고 있었다.

바보같이… 나 같으면 기사단의 힘을 모아 반란을 일으켰을 텐데… 도대체 무슨 생각이셨는지 난 고조 할아버지의 생각을 짐작할 수 없었다.

거기에다 유명으로 가문의 가신들에게 후손을 찾아가지 말라고 지시하셨다니, 아무래도 상당히 문제가 있는 조상이 아닐 수 없었다.

"그런 일이 있었는가? 하지만 지금은 왜?"

"로이터님의 유명은 이드리샤 가문의 가주, 즉 주군께서 왕도로 오시기 전까지는 어떠한 접촉도 하지 말라는 것이었습니다. 그런 이유로 저희 가문의 후손들은 계속 주군을 기다리고 있었던 것입니다."

하지만 그의 말에 난 또 다른 의문이 들었다. 가주가 왕도로 오기 전까지는 어떠한 접촉도 하지 말라는 지시가 있었다는데, 내가 알기로 중조부는 아니었지만 조부와 부친은 한 번씩 왕도로 간 적이 있었기 때문이다.

"내가 알기로는 조부와 부친께서 왕도에 오셨던 적이 있었는데?"

"예. 그것은 저희도 알고 있습니다. 하지만 저희 가신들이 그분들께 찾아가셨을 때는 간악한 자들에게 심한 모욕을 당하신 이후였습니다. 가신들이 그분을 따르려 했지만, 그분들께선 한결같이 자신은 로이터 님께서 말씀하신 진정한 주군이 아니라는 말씀과 함께 돌아가셨습니다."

알 것 같았다. 내가 알고 있는 조부와 부친은 그저 이름뿐인 귀족이었을 뿐, 어떠한 힘도 있지 않았다.

그저 학자와 같이 약한 몸에 책이나 읽으실 줄 아셨지 현재의 나와 같이 검을 휘두르지도 못한 분들, 그러한 분들 때문에 나 역시 한때는 모든 것을 포기하고 그저 좁은 영지에 만족하고 살아갈 뻔했었다.

그런 분들이니 당연히 자신들이 고조 할아버지의 기대에 부응하지 못할 것임을 알고는 돌아가셨겠지.

하지만 난 아니었다. 그저 글이나 조금 읽고 자기 자신에 대해 다 안다는 것처럼 돌아서기보다는 모든 것을 잃는 한이 있어도 도전해 볼 생각이다.

"그럼 내가 그대들이 기다리던 주군인가?"

"그것은 주군께서 어떻게 대답하시냐에 따라 다른 것이지요, 주군."

역시나 그들은 나의 대답을 기다리고 있었다. 만약 나 역시 고조부가 말하던 사람이 아니라고 한다면 이들은 돌아가겠지? 어쩌면 이들을 끝으로 가문을 기다리는 가신들은 존재하지 않을지도 모른다.

마지막 보루라고 할 수 있는 크로우 나이츠가 타인의 손에 침범당한 이상 크로우 나이츠마저 사라진다면 더 이상 기다릴 수 없겠지.

그런 생각을 하는지 두 기사의 얼굴에는 긴장감이 가득했기에 난 마음을 결정하고는 그들을 보며 말했다.

"나 역시 그대들이 바라던 주군은 아닐 것이다."

"……."

그 말에 두 기사의 얼굴에는 실망감이 가득했다. 설마 나까지 그것을 포기하고 물러설 것이라고는 생각지 못한 듯했다.

"하지만 난 전대의 가주들처럼 자신의 능력없음을 탓하며 꽁무니를 감출 생각은 없다. 어쩌면 절망으로 가는 길이라 할지라도 본작은 앞으로 나갈 것이며, 그것은 본가가 진정한 아멘 제일의 가문, 아니, 어쩌면 그 이상으로 가는 길이 될 수도 있을 것이다. 그대들에게 묻네. 모든 것을 포기하는 한이 있어도 본가를 따를 수 있는가? 그렇지 않다면 물러가게. 본작은 그대들의 힘이 없더라도 가문을 위해 싸울 생각이네."

난 그들이 바라는 말을 해주면서도 역으로 그들에게 선택의 권리를 주었다. 솔직히 지금 나를 따르지 않아도 영화가 보장되는 이들, 그런 자들에게 단순히 이드리샤 가문의 가주라는 이유로 충성을 받고 싶지는 않았다.

"가주께서 그리 결정하셨다면 저희들은 목숨을 바쳐 가주를 모실 것입니다."

하지만 나의 이런 말에 그들은 망설임없이 큰 소리로 대답하니, 가슴속엔 만족감이 들었다. 이제 나에게 진정한 기사가 생겼음을 느꼈기 때문이다.

"고맙네……."

하지만 이들을 얻음으로써 나에게는 또 하나의 시련이 시작됨을 알지 못하고 있었다. 역대의 이드리샤 가문에서 크로우 나이츠의 주인이 될 자는 반드시 거쳐야 되는 수련이었는데, 그것은 바로 가문의 검술을 익히는 것이다.

현재 내가 익히고 있는 것은 용병의 검. 물론 그것으로도 더 높은 경지에 이르지 못할 것은 없었지만, 기사는 기사대로의 법도가 있었기에 제대로 된 기사 수업을 받은 적이 없는 난 소드 마스터 엡실론의 강좌로 기사 수련을 시작하게 되었다.

물론 그것은 내 영지로 돌아가는 여정에서부터 시작되었다.

다행이라고 한다면 나와 함께 가는 백여 명에 가까운 기사들 역시 슈펠트 남작에게 기사 수련을 받아야 한다는 것이다.

풀 플레이트 메일을 입고 기사의 모습을 하고 있다고는 하지만 역시나 용병단이기 때문에, 엡실론이나 슈펠트와 같은 진짜 기사가 보기에는 어설픈 점이 한두 가지가 아니었던 모양이다.

어쨌든 이렇게 해서 내 영지에 게리오스의 호위 기사단을 제외한 전투 인력은 제대로 된 기사 수업을 받아야 했고, 나 역시 엡실론에게 직접 강의를 받으며 기사의 검술을 익혀야 했다.

물론 영지로 돌아가는 와중인지라 간단한 기초 훈련을 제외한다면 거의 강의식으로 이루어졌지만, 그놈의 기초나 강의라는 것도 결코 쉬운 것이 아니었다.

처음 기초를 시작할 때 엡실론은 말에 올라타려 하는 나를 막으면서 고개를 저으며 말했다.

"공작 각하, 지금부터는 뛰어서 영지까지 가셔야 할 것입니다."

"응? 뛰어서? 내 영지까지?"

"예. 풀 플레이트 메일을 입고 있는 기사들에게서 가장 중요한 것은 바로 안정된 하체입니다. 하지만 제가 보기에 공작 각하께선 스피드는 뛰어나시지만 그것은 훈련을 통해 늘었다기보다 타고난 것 같습니다. 일단 러닝을 통해 지구력과 함께 하체를 강화하시는 것이 좋을 것입니다. 안정된 하체를 가진 기사는 빠른 스피드와 강한 검격을 날릴 수 있습니다.”

“그렇지만······.”

“각하!! 크로우 기사단을 버리시려는 것입니까!!”

엡실론··· 고단수였다. 조금 빠져나가려 할 때마다 ‘각하! 크로우 기사단을 버리시려는 것입니까’ 라는 반협박에 가까운 말을 내뱉었기 때문이다.

일단 내 자신이 그들을 끌어들인 이상 주군 된 입장에서 말만 할 수는 없는지라 그의 의견을 따라야 했고, 애석하게도 내 영지까지 뛰어가는 운명에 처하고 만 것이다.

다행이라면 다행일까, 불행이라면 불행일까? 공작이라는 나의 신분을 생각해 준 때문인지 엡실론은 레빈의 용병단 중에서 나와 몸집이 비슷한 자의 풀 플레이트 메일을 벗겨선 입게 했기에, 내가 이 일행의 주인이라는 것을 알아보는 이는 없었다.

조금 창피한 것이 있다면 뭐랄까, 주위의 사람들이 불쌍한 견습 기사 보는 듯한다고나 할까? 휴····· 대공작인 내가 그런 눈치를 보며 살아야 하다니··· 세상이 싫어지는군.

풀 플레이트 메일의 무게가 삼십 킬로그램이 넘는 것을 감안한다면 난 내 몸무게의 거의 반에 가까운 갑옷을 입고 뛰어다니는 꼴이 되어 버렸다.

처음 이 훈련을 시작했을 때는 이삼 킬로미터 만에 쓰러지는 경우가 다반사였지만, 시간이 지나면 지날수톡 점점 체력이 안정되어 가고 있었다.

일단은 소드 익스퍼트 초급 단계여서인지 이미 검사의 마나가 근육에 자리 잡고 있기 때문에 시간이 지나면서 쳐력이 비약적으로 발전한 것이다.

하지만 생각해 보라. 이삼 킬로미터에 쓰러지든, 체력이 늘어 오륙 킬로미터에 쓰러지든 어차피 쓰러지는 것은 마찬가지인 것이 아닌가? 나로선 어서 빨리 영지에 도착하기만을 기다리며 하루하루 고통의 시간을 보내야 했다.

냉정한 엡실론은 내가 지쳐 쓰러질 때마다 그 비싼 힐링 포션을 아끼지도 않고 뿌려대며 또다시 뛰게 했기에 눈물만 날 지경이었다.

처음 검을 배울 때에도 이런 고생을 하지 않았던 나였기 때문에 기사의 수련이라는 것이 정말 힘들다는 생각뿐이었다.

그렇게 시간이 지났을까? 거의 한 달여 가까이 되었을 때야 난 내 영지에 도착할 수 있었다. 물론 그전에 도착할 수 있었지만 혼절하고 뛰기를 반복하는 나였기에 여정이 느려지는 것은 당연한 일이었다.

우리들이 영지에 도착하자 게리오스가 영지민들로 이루어진 자경대와 함께 우리들을 마중 나왔다. 거의 두 달여 동안 그 역시 자경대를 상당히 훈련시켰는지 한 명 한 명 병사로서 브족함이 없어 보였다.

"…영주님은 어디 계십니까?"

게리오스는 우리 일행이 도착하자 잠시 두리번거리는가 싶더니 이내 빌을 향해 물었다. 말에 타고 있어야 할 내가 보이지 않았기 때문이다.

"게리오스, 본작은 여기 있네."

그의 말에 난 투구의 어퍼 비퍼를 올리며 말했고, 내 모습에 그는 조금 놀라는 표정을 지었다.

"영주님? 어떻게 된 일입니까? 설마… 풀 플레이트 메일을 입고 이곳까지 뛰어오신 것입니까?"

"사정이 좀 그렇게 되었네. 아! 먼저 소개할 사람이 있네."

게리오스의 물음에 난 대충 그렇게 말한 후 그에게 엡실론과 슈펠트를 소개시켜 주었다. 일단은 나의 마법사라고는 하지만 게리오스의 진짜 신분은 알디하렌 제국의 칠황자, 그렇다고 한다면 일단 이들의 존재를 그에게 빨리 알릴 필요가 있었기 때문이다.

난 엡실론과 슈펠트를 가리키며 미소를 지으면서 말했다.

"이번에 왕도에서 같이 동행하게 된 크로우 나이츠의 슈페리어 나이트 넘버 3 엡실론 경과 넘버 4 슈펠트 경이네."

"아! 그렇다면……."

"아직은 아니네만… 언젠가는 그렇게 되겠지."

"그래야지요. 반갑습니다. 이드리샤 영지의 마법사로 있는 게리오스라고 합니다."

게리오스의 말에 두 사람 역시 자신의 풀네임을 말해 주며 자신을 소개했고, 난 그들에게 미소를 지으며 게리오스를 소개해 주었다.

"여기 계시는 게리오스 경은 현재 5서클 마스터의 뛰어난 마법사이시네."

"5서클 마스터!!"

내가 소개해 주는 말에 그들은 크게 놀란 표정을 지었다. 사실 게리오스는 7서클 마스터에 이르는 고 서클의 마법사였지만, 젊은 나이에 7서클 마스터에 이르렀다고 한다면 먼저 생각나는 것은 알디하렌 제국의 칠황자인 것이 보통이기 때문에 어쩔 수 없이 서클 수를 내린 것이다.

하지만 5서클 마스터라 하더라도 결코 낮은 수준은 아니었다. 게리오스의 나이 대를 생각한다면 그 역시 마법 천재라고 해야 할 것이다.

잠깐, 그렇다면 5서클도 천잰데… 7서클은 뭐라고 해야 하지?

새삼 게리오스에 대해 경탄하게 되는데, 뭐 상관은 없다. 아직까지는 나를 돕고 있으니 무조건 높은 수준이면 좋은 것이 아니겠는가?

"주군의 곁에 이렇게 뛰어난 마법사께서 함께하시리라고는 생각지도 못했습니다."

"하하하. 사실 게리오스 경은 내 장인과 함께 일해오던 마법사인데, 잠시 나에게 몸을 의탁해 온 것이지."

"장인이라시면……?"

"현재 서면 왕국의 알펜 성 성주로 있는 레빈 백작이 장인이시지."

"아! 그러셨군요."

아직까지 두 사람에게 레빈에 대해서 말해 준 것이 없었던지라 그들은 레빈이 누구인가에 대해서 생각하는가 싶었다.

레빈이 근래에 백작의 작위를 얻은 사람이니 그들이 모르는 것은 당연한 일, 한참을 고민하던 두 사람은 묻기도 이상한지 대충 그렇구나 하는 표정을 짓는 것 같았다.

이름을 모르는 백작이니 아마도 나와 같이 영세한 귀족이라 생각하는 듯했다.

하지만 이들의 표정은 영지로 들어서면서 점점 바뀌어져 가기 시작했다. 그들 역시 내 영지에 관한 소식을 대충 알고 있는 듯했는데, 작년만 해도 1만이 채 되지 않던 영지민의 숫자가 이제는 거의 7만이 넘게 변해 있었기 때문이다.

아메로스 남작의 영지가 포섭되어 있는 내 영지에는 게리오스가 꾸준히 유민들을 받아들이며 영지민의 숫자들을 늘여가고 있었고, 또한 주거 문제도 흙으로 지어진 특수한 건축법을 사용하여 꾸준히 늘리고 있었기 때문이다.

내 성이 있는 곳 즈음에는 족히 1,000여 채에 가까운 집들이 하나의 군락을 이루고 있었고, 대로 주변에는 수많은 사람들이 나와 시장을 이루며 물건들을 사고파는 것을 볼 수 있었다.

사실 이것 모두 게리오스가 했다고 해도 과언이 아니었지만, 나의 진정한 부하들이라고 할 수 있는 두 명의 슈페리어 나이트에게 번성하는 영지를 보여줄 수 있다는 것에 감개가 무량했다.

"주군의 영지는… 소문과는 많이 다르군요."

"모두가 나를 따라주는 사람들 덕분이 아니겠는가? 그리고 여기 계시는 게리오스 경께서 많은 도움이 되었지."

"그렇군요."

물론 내 영지가 발전하고 있다는 것에 놀라는 것도 있지만, 이들은 그와는 다른 것을 느끼고 있었던 듯했다.

바로 이렇게 급속도로 영지가 발전하고 있음에도 불구하고 다른 곳으로 소문이 전해지지 않는다는 것이다.

사실 1만도 되지 않던 영지민이 거의 7~8배로 불어나고 내 영지의 크기도 세 배 이상으로 커졌음에도 조용할 수 있었던 것은 바로 주변의 문젯거리 귀족들 덕분이었다.

아멘 왕국의 북부에 위치해 있는 내 영지는 동쪽으로는 론 백작의 노턴 코프가 자리 잡고 있었고, 남쪽과 서쪽으로는 전 아메로스 영지를 경계로 션우드 자작과 데니언 남작의 영지가 있었기 때문이다.

론 백작이야 션우드의 문제로 나와 어느 정도 연이 있는 데다가 꾸준히 뇌물을 바치고 있었기 때문에 현재는 나의 편이라 해도 과언이 아니었고, 션우드와 데니언은 알디하퀜 제국으로 가는 보석 무역로 덕에 입을 다물고 있기 때문에 영지의 소문이 외부로 전해지지 않고 있는 것이다.

또 유민을 끌어들이기 위해 구입한 막대한 곡식은 론 백작의 이름으로 북부 군단인 노턴 코프의 군량미 명목으로 구입한 덕에 내가 그것을 구입했다는 것을 아는 사람은 론 백작과 그의 측근들 이외에는 없었다.

한마디로 비밀로 싸여진 영지라 해도 과언이 아니었기에 엡실론과 슈펠트가 소문과 크게 다르다고 말하는 것은 이해가 가는 일이었다.

"게리오스, 자경대의 숫자는 어느 정도까지 끌어올렸는가?"

"지금은 대략 5,000명 가까이 모집했고, 일단은 그 선에서 멈추고 있습니다. 물론 자경대의 숫자를 더 늘일 수 있기는 하지만 숫자보다는 자경대의 장비 구입이 더 우선이라 생각했기 때문입니다."

"잘했네. 농기구를 들고 싸울 수는 없는 일이니까. 그래, 자경대의 장비 수급율은?"

"현재까지는 레더 아머의 경우 자경대 중 50%가 갖추고 있고, 숏 소드의 경우에는 보병들을 중심으로 해서 70%, 스피어는 60% 정도입니다. 궁병의 경우에는 상당한 훈련이 필요한지라 아직까지는 장비 수급율이 10%에도 미치지 못하고 있습니다만, 삼 년 안에 3,000명 정도의 궁병을 양성할 수 있으리라 생각합니다."

검이나 창은 단순히 찌르기만으로도 사람을 죽일 수 있는 무기이기 때문에 단시일 안에 어설프긴 하겠지만 대충 병사라고 볼 수 있을 정도로 끌어올릴 수 있다. 하지만 궁술의 경우에는 다년간 갈고닦아야 하는지라 조금 시일이 걸리는 것이다.

또 화살이라는 것이 소모 무기인 탓에 많은 양이 필요하지만 현재의 나의 사정상 외지에서 화살을 다량 구입할 수 없기 때문에 게리오스는 유민들의 부녀자들을 중심으로 해서 화살을 양산하고 있었고, 그 탓에 시간이 필요했다. 또 활의 경우에는 제대로 된 장인이 아니면 활이 위력을 보일 수가 없어 외지에서 소량씩 계속 구입하고 있었다.

영지를 거닐며 난 크로우 기사단의 두 명에게 현재 영지가 어떻게 운영되고 있는지를 자세히 설명했고, 그들은 새로운 사실을 들을 때마다 놀랍다는 표정을 감추지 못하고 있었다.

하지만 난 한 가지 사실을 깜빡 잊는 실수를 하고 말았다. 그것은 바로 게리오스가 데리고 있는 오백 명의 알디하렌 기사들이었다.

내가 거느리고 다니는 레빈의 용병단과는 달리 이들은 정규 기사단이기 때문이다. 영지의 성에 도착하자마자 성의 한쪽에 위치한 연무장에서 검을 수련하고 있는 기사단의 모습을 확인한 엡실론과 슈펠트는 도저히 믿지 못하겠다는 표정이 가득했다.

그도 그럴 것이 검을 휘두르며 훈련하고 있는 기사들은 레빈의 용병단과 같이 그저 허울뿐인 기사들이 아닌 진짜 정규 기사였으니 그들이 못 알아볼 리가 없지 않은가?

"주군! 저들은……."

"그… 것이……."

"엡실론 경, 저것은 하렝데스카가 아닙니까!!"

"설마 알디하렌의 기사가… 주군, 어떻게 된 일입니까!!"

드디어 일이 터지고 말았다. 아멘과 알디하렌은 앙숙과도 같은 관계라 해도 과언이 아니었으니 하렝데스카를 던지며 연무하고 있는 게리오스의 기사들을 보자 이들의 눈에는 살기까지 엿보이고 있었다.

이러다간 내가 제국의 간세라고 생각할 것이 분명했기에 당황스러움에 어찌할 바를 몰라 하고 있었는데, 그때 게리오스가 미소를 지으며 말했다.

"저들은 저의 부하들입니다."

"게리오스!!"

그 말에 난 크게 놀랄 수밖에 없었다. 설마 게리오스가 저들을 자신의 부하라고 밝히리라고는 생각지도 못했기 때문이다.

제국의 기사들이 자신의 기사들이라고 밝히자마자 엡실론과 슈펠트는 당장이라도 게리오스를 베어버릴 것 같은 모습을 취했다. 그를 제국의 간세라고 생각하는 듯했다.

"두 기사 분께서는 라피나르 대제국을 아십니까?"

"라피나르라면!!"

"영주님께서는 알고 계시지만 두 분을 위해서 저를 다시 소개하도록 하지요. 전 알디하렌 제국에 의해 사라진 라피나르 대제국의 이피른 후작가의 자손인 게리오스 폰 시든 이피른이라고 합니다."

"……"

"현재 제국 내에서 청록의 숲이라는 조직의 간부이기도 하지요."

"청록의 숲이라면… 알디하렌 내에 있다는 반제국 조직을 말하는 것인가?"

"예."

그 말에 제국의 간세라 생각하며 살기를 띠던 엡실론과 슈펠트의 표정이 조금 가라앉았다.

청록의 숲, 그것은 알디하렌 제국 내에서 제국에 항거를 하는 반도들의 조직 이름이었다. 물론 게리오스들이 라파나르 대제국의 후손들이라는 것은 알 수 없지만, 일단은 청록의 숲이 제국을 타도하자는 사람들이 모인 조직임은 분명했기에 적어도 제국의 간세가 아니라는 것이 밝혀진 것이다.

"저희들은 제국 내에서 신분을 감추며 은밀히 활동하고 있었는데, 서먼의 땅에서 청록의 숲에 협조를 해주고 계시는 레빈 백작님의 요청으로 영주님을 돕기 위해 저와 오백의 기사들은 이곳으로 파견된 것입니다."

역시나 마법사라서 그런가? 입술에 침도 바르지 않고 거짓을 말하고 있는 게리오스였기에, 침착하게 말하고 있는 그를 보며 감탄하지 않을 수 없었다.

"내전 중인 서먼에서 청록의 숲에 지원을 하고 있는 분이 계실 줄은 생각지도 못했소이다."

"서먼의 북부는 아직 내전의 전화가 미치지 않았으니까요."

"음……."

침착하게 답변한 게리오스는 아무것도 아니라는 듯이 미소를 지으며 손짓했고, 그를 호위하고 있는 호위 기사단의 단장 실로페스 경은 게리오스의 손짓을 보고는 우리들 쪽으로 다가왔다.

"부르셨습니까?"

"인사하시오. 크로우 나이츠의 슈페리어 나이트이신 엡실론 경과 슈펠트 경이시오."

그 말에 잠시간 두 사람을 쳐다보던 실로페스는 정중히 귀족의 예를 보이며 인사를 했다.

"청록의 숲의 일원이자 그린 나이츠의 단장을 맡고 있는 실로페스라 하오."

이들이 오기 전에 이미 입을 맞추었던 것인지 실로페스는 자신을 청록의 숲의 일원이라고 밝히고 있었기에 게리오스의 치밀함에 입을 다물 수가 없었다.

"음……."

인사를 나눈 엡실론은 실로페스를 보며 쉽게 눈을 떼지 못하고 있었다. 아무래도 실로페스가 소드 마스터라는 것을 알아본 모양인지 그의 얼굴을 보니 대련이라도 한 번 해보고 싶다는 표정이 가득했고, 그것은 실로페스 역시 다르지 않았다.

그러고 보니 내 영지에 소드 마스터가 두 명이나 되었다. 물론 게리오스의 기사들은 나의 가신이 아니기는 하지만 지금 있는 영지 내의 기사들만 보아도 본국의 7대 기사단과 비교할 수 있을 정도였다.

마음만 먹는다면 션우드 자작과 데니언 낙작은 기사들만으로도 휩쓸어 버릴 수 있는 힘인 것이다.

물론 게리오스의 호위 기사단인 이상 내 다음대로 움직이게 할 수는 없지만, 일단은 영지를 완벽하게 방어할 수 있는 힘이 생긴 것이 아닌가.

"자자! 이제 천천히 성으로 들어가도록 하지."

"…예."

나의 말에 엡실론은 실로페스를 보는 눈을 돌리지 않고 대답했다. 아무래도 근시일 안에 이 두 사람이 한번 다판 붙을 것 같다는 생각이 들었다.

본국 양대 기사단 중 하나인 크로우 나이츠에서 무력으로는 이인자에 해당하는 엡실론과 황제의 총애를 받고 있는 칠황자의 호위 기사단 단장 실로페스, 두 사람 모두 뛰어난 무장임은 부인할 수 없기에 이들이 싸우면 누가 이길까 하는 생각도 들었다.

하지만 지금 당장 대련을 통해 누가 위인가를 가리게 할 수는 없는지라 난 엡실론들과 함께 내 집무실로 올라갔다.

내성 집무실에 다다르자 나의 사랑스러운 두 부인이 시녀들과 함께 나와 있는 것을 볼 수 있었다.

"알리샤! 리안나!"

"영주님!"

이제 해산일이 얼마 남아 있지 않은지라 두 사람의 배는 내가 왕도로 떠날 때와는 비교가 안 될 정도로 불러 있었다. 나는 이제 조금 있으면 나의 자식들을 보게 된다는 생각에 떨리는 가슴을 진정시킬 수 없었다.

"두 사람 모두 몸이 편치 않을 것인데, 이렇게 나와 있어도 되는 것인가. 자! 안으로 들어가지."

"예, 영주님."

내 말에 알리샤와 리안나는 사랑스러운 미소를 지으며 대답을 하니, 역시나 집이 좋긴 좋다는 생각이 들었다.

물론 들어가기 전에 이 두 사람에게 엡실론과 슈펠트에 대해서 소개하는 것을 잊지 않았다.

다음날부터 난 또다시 기사 수련이라는 고행을 해야 했기에 눈물이 앞을 가렸다. 그 때문에 게리오스에게 모든 영지의 일을 맡겨야 했다.

태어나고 처음 해보는 기사의 수련은 결코 쉬운 것이 아니었다. 이미 러닝에서부터 진을 확 빼어놓고 시작하는 기사의 수련은 족히 육 킬로그램이 넘는 연습용 투 핸드 소드로 기본 베기와 찌르기만을 하며 대부분의 시간을 보냈기 때문이다.

단순한 기초 훈련인만큼 어떻게 요령으로 빠져나갈 건덕지는 단 한 군데도 없었기에, 그저 엡실론이 시키는 대로 훈련에만 열중할 수밖에 없었다.

하루하루 고통 같은 날의 연속이었다.

제16장 세명의자식과 영지 최강자들의 격돌

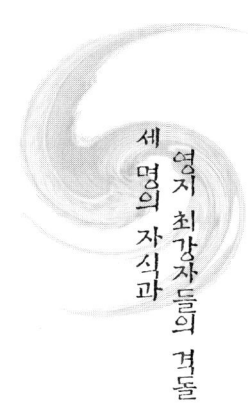

세 명의 자식과 영지 최강자들의 격돌

"휴우……."

한숨밖에 나오지 않았다. 분명 무슨 소식이 나올 때도 됐는데, 벌써 네 시간째 고통스러운 신음만이 계속 들릴 뿐이기 때문이다.

드디어 리안나와 알리샤가 해산할 기미를 보인 것이다.

참으로 괴상한 것은 알리샤의 임신이 늦었음에도 불구하고 두 사람이 같이 산통을 느꼈다고 하는 것이다.

배 속의 아기들도 서로 경쟁이라도 하나? 쩝, 아무튼 그런 이유로 리안나의 아기는 거의 제때에 태어난다고 하지만 알리샤는 산파가 말했던 시기보다 한 달이 앞선 시기에 해산을 하게 된 것이다.

제때보다 먼저 태어난 녀석은 몸이 약하다는 말이 있던데, 휴… 몸이 약해도 좋으니까 그저 알리샤나 멀쩡했으면 좋겠다.

처음에는 몰랐는데, 여자들은 해산을 하다 죽는 경우도 있다고 하니 나의 불안감은 더욱 심해질 수밖에 없었다.

산모의 방 앞에서 기다리는 나의 옆으로는 자애의 여신에게 기도하는 레빈과 함께 리안나의 동생인 시미온이 불안한 모습으로 안절부절못하며 기다리고 있는 것이 보였다.

레빈은 알펜 성의 성주로 용병단을, 뭐라나 애로우 나이츠인가 뭔가 하는 이름으로 기사단을 조직했다고 한다. 케넬스가 기사단장이라고 하니 수준이야 알 만하지만, 최초로 마상에서 활을 다루는 기사들인만큼 잘만 훈련을 한다면 정식 기사단과 비교해도 뒤지지 않으리라는 생각이 들었다.

그리고 옆에 있는 시미온은 요즘 사교계에서 삼왕자와 잘 나가고 있다고 하니, 아무래도 그 방면으로 눈을 뜬 것이 아닐까 하는 생각이 들었다.

그러고 보니 미색도 옛날보다 조금 나아진 것 같은데, 아무래도 여자들은 사랑에 빠져야 더 예뻐지는 것 같다.

하긴 리안나나 알리샤도 나의 부인이 되고는 훨씬 더 예뻐진 것 같긴 하다. 아! 제발 빨리 좀 나와라!!

"휴… 어이 레빈, 그나저나 손자 이름은 생각해 봤어?"

난 마음속의 불안감을 조금 해소시킬 생각으로 레빈을 보며 태어날 아기의 이름에 대해서 물었고, 그러자 레빈은 기도하는 것을 멈추고는 말했다.

"남자면 벨루, 여자면 프리티아."

"벨루와 프리티아?"

"필리아의 말로는 엘프 어로 용기와 순수를 칭하는 것이라 하더군."

"용기와 순수라… 나쁘지 않은데."

레빈의 머리 속에서 나온 것치곤 괜찮은 이름 같았다. 그나저나 엘프 어로 이름을 짓다니, 독특하긴 하지만 조금 격이 떨어지는 것은 아닐까 하는 생각이 들었다.

알리샤의 배 속에서 나온 아이가 남자라면 쿤명 공작가를 계승할 녀석인데 엘프 어로 된 이름을 가지다니 말이야.

"시미온, 넌 생각해 봤느냐?"

"예. 남자 조카면 코넬, 여자 조카면 레이다에요."

"코넬이라면 본국의 오대영웅 중 한 사람의 이름인 것은 알겠는데. 레이다는 누구의 이름이지?"

"저희 할머니 이름이에요."

"그래? 조상의 이름을 이어받으면 오래 산다는 속설도 있으니 나쁘지 않군."

일단 이렇게 내 자식들의 이름이 정해지자 뭔가 하나 해냈다고 생각한 난 뿌듯함이 들었는데, 그때 레빈이 나를 보며 물었다.

"그나저나 네놈의 자식 이름을 왜 우리에게 맡긴 것이냐?"

"내가 그런 방면에서 조금 지식이 떨어지잖아. 뭐 어때. 어쨌든 좋은 이름이 생긴 것 같으니 크게 문제 될 것은 없잖아?"

사실 이름 짓기만큼 귀찮은 것이 없었다. 물론 전문 작명가에게 부탁해도 되는 것이지만, 솔직히 돈 주고 사는 이름이 무슨 가치가 있겠는가? 곁에 있는 사람들이 정성을 다해 짓는 것이 훨씬 더 값어치가 있는 것이 아니겠는가?

"까아아악!!"

"헉!!"

그때 방에서 알리샤의 비명 소리가 크게 울려오자 난 상념에서 벗어났고, 그와 함께 또 다른 이의 목소리가 길게 울려 퍼졌다.

"응애!! 응애!!"

"헉!! 나왔다!!"

아기의 울음소리가 들려오자 레빈과 나, 그리고 시미온은 모두 자리에서 벌떡 일어났다. 두 사람 중 누구 애인지는 모르겠지만, 일단 자식 새끼 한 놈이 태어났다는 것이 중요했다.

"까아악!!"

"응애!! 응애!!"

"으… 음……."

"응애! 응애!'

"……."

하지만 그와 함께 또 다른 비명 소리가 들려왔고, 거기다 뒤이어 또 다른 신음 소리와 함께 또 다른 아기의 울음소리가 들려오니 잠시간 우리는 경직될 수밖에 없었다.

그 산파 능력 한번 좋네, 내가 듣기로는 아이가 태어났을 때 엉덩이를 쳐서 기도의 물을 빼내면 아기들이 운다고 들었는데, 연달아 세 명의 아이, 그것도 삼십 초도 지나지 않아 연이어 들려오니 팔이 여섯 개라도 되는가?

분명 육십 대 후반의 노파라고 알고 있었는데, 역시나 전문가의 솜씨는 다른가?

"뭐야… 아기 울음소리가 셋?'

"쌍둥이?'

"젠장, 왜 이렇게 안 나오는 거야!!'

나로선 아기가 태어났음에도 문이 열리지 않아 답답할 수밖에 없었는데, 이런 나의 마음을 아는지 잠시 후 문이 열리면서 백발의 노파가 이마에 흐르는 땀을 닦으며 나왔다.

"어찌 되었는가?"

그녀가 나오자 난 급히 산파에게 뛰어가서는 두 사람의 상태와 아기에 대해서 물었고, 노파는 나의 물음에 귀찮다는 듯이 손을 내저으며 말했다.

"내 산파 생활 사십 년이 넘었지만, 오늘만큼 힘든 것은 처음이야."

그 말과 함께 그녀가 가볍게 손바닥을 내밀자 난 그녀에게 십 골드짜리 금화 두 개를 쥐어주었다.

"흠흠… 산모는 둘 다 무사하다네. 거기다 뭐라더라… 리안나라는 처자가 아들을, 알리사라는 처자가 아들딸 쌍둥이를 낳았다네."

"쌍둥이!!"

그 말에 난 노파를 뒤로하고 방으로 뛰어들어 가니, 아니나 다를까, 두 여인의 품에서 세 명의 아이가 배 속에서 나오느라 지쳤는지 강보에 싸인 채 지 어미 옆에서 잠을 자고 있는 것이 보였다.

그리고 두 여인은 자애스러운 표정으로 아이를 바라보고 있었고, 난 내 자식들의 모습을 확인하고는 참을 수 없는 감동이 밀려왔다.

"이놈들이 내 자식새끼들이라 이거지… 으… 이쁘기도 해라."

역시나 알리사와 리안나라는 걸출한 미녀의 배에서 태어난 덕에 세 아이 모두 예쁘기 그지없었기에, 나의 얼굴을 닮지 않은 것에 안도감이 생겼다.

솔직히 내가 여복이 조금 있긴 하지만, 외모로 친다면 평균 이하였으니 그것은 당연한 것이 아닌가? 나 못났어도 자식새끼는 잘나기를 바라는 것이 아비의 심정이 아닐까 생각한다.

"응? 그건 그렇고, 누가 첫째고 누가 둘째야?"

문득 난 아이들을 보며 궁금한 생각이 들었다. 한꺼번에 세 아이가 태어나긴 했는데, 일단 장자가 누구인지 알아야 하는 것이다.

"어이, 산파! 누가 제일 먼저 태어났는지 알겠는가?"

"글쎄… 가만있어 봐라. 그러니까… 저기 쌍둥이 중 한 놈이 제일 먼저 태어났고, 그 다음에 저기 누워 있는 처자 자식이… 다음에 쌍둥이 중 마지막 녀석이 나왔지 아마?"

이놈의 산파, 평민 주제에 영주에게 반말이나 하고. 하지만 듣자 하니 산파로서의 능력은 최고지만 죽을 때가 다 되어서인지 정신은 가물가물하다고 들었기 때문에 그저 그러려니 하고 넘어갈 수밖에 없었다.

"그렇다면 알리샤의 아이가 먼저 태어났다는 것인데… 쌍둥이 중 아들이 먼저였소? 딸이 먼저였소?"

"응?"

알리샤의 아이가 먼저라는 말에 난 다시 한 번 물어볼 수밖에 없었다. 만약 알리샤가 먼저 낳은 녀석이 아들이라면 그놈이 장자가 되겠지만, 딸이라면 자연히 리안나의 아이가 장자가 되기 때문이다.

하지만 내 말에 산파는 잠시 생각에 잠기는 표정을 짓더니 이내 고개를 저으며 말했다.

"글쎄… 사내놈이었나 계집이었나…… 에이, 모르겠다. 난 일도 끝냈으니 돌아가련다."

귀족가에선 가장 중요한 문제를 생각나지 않는다고 말하곤 돌아서는 산파를 보며 난 잠시간 경직될 수밖에 없었다.

"이보게!! 이보게!!"

"자식놈들 태어났으면 됐지 더 뭘 바래! 그저 이쁜 자식 장자시키게! 에구, 늙으면 죽어야지… 세 놈을 한 번에 받았더니 허리가 다 쑤시 네… 비가 오려나?"

저… 저 빌어먹을 산파… 죽여 버릴까 보다. 하지만 기쁜 날 산파를 죽일 수는 없는 노릇이었기에, 난 알리샤에게 물어볼 수밖에 없었다.

"알리샤, 혹시 먼저 태어난 자식이 딸인가 아들인가?"

"저도… 잘……."

역시나 힘주는 데 바빴던 알리샤 역시 기억을 하지 못하고 있었기에 나로선 생각지도 못한 일에 머리가 아플 수밖에 없었다.

"보아라. 이 쌍둥이 중 누가 먼저 나왔는지 너희들은 알고 있느냐?"

그 때문에 난 산파를 시중들던 어린 시녀 둘에게 물어보았지만, 그 녀들 역시 자세히 모르는지 더듬거리며 말했다.

"예? 그… 그것이……."

"휴……."

원래는 정부인인 알리샤의 아들을 계승자로 하는 것이 맞는 것이었 지만, 서로 사이가 좋았던 리안나와 알리샤는 둘 중에 먼저 태어나는 녀석에게 가문을 계승시키라고 부탁했고, 다시 생각해 보니 둘 다 내 자식이니 누굴 차별하기도 그런지라 그녀들의 뜻을 받아들였다.

하지만 이렇게 되면 일이 너무 복잡해지는 것이 아닌가? 세상 뜰 때 다 된 산파를 다그쳐 봤자 기억날 것도 같지 않고, 시녀들 역시 내 불 호령이 떨어질까 두려워하는 기색이라 다그치기도 힘들어 둘 중 어느 놈을 장남이라고 해야 하는지 고민이 될 수밖에 없었다.

뭐 다른 사람이 보기에는 그저 아무 자식이나 시키면 되지 않을까 생각하겠지만, 귀족가에서 장자라는 것은 어떤 것보다 중요한 일이었다. 이 일이 이렇게 흐지부지된다면 나중에 계승권을 두고 형제들끼리 싸움이 날 수도 있는 일이기 때문이다.

하지만 막 태어난 아이에게 너희들 중 누가 먼저 나왔냐 물어볼 수도 없었기에 나로선 암담하기가 그지없었다.

장자가 누구인지는 알 수 없었지만, 일단 태어난 자식에게 이름은 붙여줘야 했기 때문에 알리샤의 아들에게는 벨루, 딸은 프리티아, 리안나의 아들은 코넬이라는 이름을 붙여주었다.

물론 두 사람의 아이 모두 귀족가의 호칭인 폰이 붙고 가문의 성인 이드리샤의 이름을 물려받기야 하겠지만, 누가 가문을 계승해야 하나…….

그냥 속 편하게 딸내미에게 모두 물려줄까도 생각했지만, 그것이 말도 안 되는 선택임은 나 자신이 잘 알고 있었기에 한숨만이 나왔다.

다음날 알리샤와 리안나가 안정을 찾자 다시 물어보았지만, 둘 모두 생각하지 못하는 듯했다.

두 사람 모두 자신의 아이가 첫째라고 주장하지는 않았지만, 이드리샤 공작가의 계승자를 정해야 하는 입장에선 어느 누구를 장자로 해야 할까 고민이 될 수밖에 없었기에 난 게리오스에게 그것에 대해 물어볼 수밖에 없었다.

"장자를 누구로 할 것인가가 문제로군요."

"그래… 산파도, 산모도, 시녀도 장자가 누구인지 모른다니… 휴……."

나의 한숨 섞인 말에 게리오스는 잠시 생각에 잠기는 듯한 표정을 지었다. 그 때문에 난 그라면 혹시 무엇인가 좋은 결론을 낼 수 있을 것이란 생각에 조금 기대했다.

그렇게 생각에 잠겨 있던 게리오스는 마음을 결정했는지 탁자에 놓여 있던 홍차를 한 모금 마시더니 나를 보며 말했다.

"정 알 수 없으면 능력으로 정하시는 것이 어떻습니까?"

"능력?"

"예. 영주님의 가문은 무가, 그렇다고 한다면 다음 대 계승자가 기사로서의 능력이 출중해야 함은 당연한 일, 두 소공자의 나이가 열다섯이 되었을 때 대결을 통해 그중 뛰어난 아이를 계승자로 삼는 것입니다."

"오!!"

과연 게리오스였다. 난 밤새도록 고민했어도 풀 수 없는 문제를 단한 번에 해결했으니 어찌 놀랍지 않겠는가?

"그렇게 하는 것이 좋겠군. 게리오스, 고맙네."

"별말씀을 다 하십니다."

이렇게 해서 장자권은 두 아이가 열다섯 살이 되는 해에 결정하기로 했다. 한편으로는 장자권을 두고 싸우는 것이 조금 안타깝긴 했지만 뭐 패한 녀석은 레빈이 가지고 있는 서면의 백작 자리를 가지게 하면 될 것이기에 대충 넘어가기로 했다.

"아! 그런데 요즘 엡실론과 실로페스는 어떤가?"

난 게리오스에게 두 사람에 대해서 물어보았다. 처음 봤을 때부터 서로 내 영지에서의 최고가 누구냐는 식으로 대립하는 모습을 보인 두 사람은 요즘 들어서 그 빈도가 더욱 심해졌고, 급기야 영지는 엡실론을 중심으로 하는 레빈의 용병단과 실로페스를 중심으로 하는 게리오스의 호위 기사단으로 양분되어 버렸기 때문이다.

물론 현재까지는 제국의 정규 기사단인 호위 기사단 쪽이 강하긴 하지만, 레빈의 용병단과 호위 기사단이 서로 싸울 것이 아닌 만큼 최강자끼리의 다툼만이 심해지고 있을 뿐이었다.

"그게… 아무래도 조만간 두 사람 간의 정식 대결이 있을 것 같습니다."

"역시……."

엡실론의 입장에선 자신이 주군을 모시는 제일의 기사가 되어야 하는데 청록의 숲인가 뭔가 하는 이국의 인물이 영지 최강자로 군림하고 있다는 것이 마음에 들지 않을 것이고, 실로페스의 입장에선 칠황자인 게리오스를 보호해야 하니 엡실론 같은 적국의 실력자를 경계함은 당연한 일이었다.

그러니 이 둘은 말린다고 해봤자 어차피 한 번은 붙어야 하는 것이지만, 그렇다고 어느 한쪽의 손을 들어줄 수도 없는 일이고.

솔직히 주군 된 입장에서 진정한 가신이라고 할 수 있는 엡실론의 손을 들어주어야 하지만, 게리오스를 호위하는 호위 기사들의 숫자가 500이 되는 만큼 그들도 생각해 주어야 하는 것은 어쩔 수 없는 일이었다.

물론 게리오스가 나의 부하로 있는 지금이야 별문제없기야 하겠지만, 엡실론이 영지 제일의 기사가 되어 이인자가 된다면 게리오스의 영역까지 침범할 수도 있는지라 수틀리면 그대로 영지를 뒤엎어 버릴지도 몰랐다.

알디하렌의 기사들은 성질 더럽기로 유명하니, 나의 이러한 걱정이 실재가 될 수도 있는 일이었다.

"그래, 자네라면 누가 이겼으면 하는가?"

"글쎄요. 솔직히 황자의 입장에서라면 실로페스 경이겠지만, 영주님의 부하인 입장에서는 엡실론의 손을 들어주어야 하니까요."

"그렇지?"

역시나 게리오스다운 대답이었다. 하긴 그의 입장에선 나와 같이 누구의 손을 들어주기란 조금 어려운 일이겠지.

"그럼 누가 이길 것 같은가?"

"제가 아는 실로페스 경은 소드 마스터 상급의 경지입니다. 하지만 상대인 엡실론 경 역시 아멘 왕국 양대 기사단 중 하나인 크로우 기사단의 실질적인 이인자이니 상당히 뛰어날 테지요. 그것 역시 누구라 말을 하지 못하겠군요."

"일단 겨루어보아야 모든 것이 해결된다는 말이군."

"그렇습니다. 생각해 보면 두 사람의 대결도 그리 나쁘지 않을 것 같습니다."

"응? 무슨 소리인가?"

게리오스의 말에 난 그 이유를 물어보았다.

"물론 이들 중 누구 한 사람이 이겨도 영지 내의 분위기는 급격히 떨어지기야 하겠지만, 지금처럼 두 개의 세력으로 나누어져 있는 것보다는 나을 테니까요."

확실히 엡실론은 레빈의 용병단을, 실로페스는 호위 기사단을 중심으로 똘똘 뭉쳐져 있었으니 이 중 하나의 자존심을 뭉개 힘을 하나로 합치는 것도 나을 것이란 생각이 들었다.

하지만 그것은 바람일 뿐이지 실제로 누가 이기더라도 진 사람이 이긴 사람 밑으로 들어갈 수는 없는 문제였다.

서로 간의 소속도 다르고 원하는 바도 다르기 때문에, 한 사람이 이긴다 해도 절치부심할 뿐 굴복은 안 할 것이다.

그때 나의 걱정을 증명이라도 하는 듯 집무실의 문이 덜컥 열리며 빌이 황급한 표정으로 뛰어들어 왔다.

"영주님! 큰일 났습니다!"

"무슨 일인가?"

"아무래도 엡실론 경과 실로페스 경이 한 판 붙을 것 같습니다!"

"이런!"

빌의 말에 게리오스와 난 자리에서 벌떡 일어났다. 싸우는 것이야 이미 예정된 일이지만, 그것은 나와 게리오스가 인정한 정식 대결이어야 하지 두 사람만의 대결이어서는 안 되기 때문이다.

급히 연무장으로 뛰어가자, 아나나 다를까, 슈펠트를 위시로 한 레빈의 용병단과 게리오스의 호위 기사단이 연무장에서 서로 세력을 나누며 대치하고 있었고, 그 가운데에는 엡실론과 실로페스가 서로를 노려보고 있었다.

아직 검은 뽑지 않았지만 당장이라도 맞붙을 것 같은 기운이 가득했기 때문에 난 연무장으로 뛰어들어 가며 소리쳤다.

"이게 무슨 짓이냐!!"

나의 노기 어린 외침에 엡실론은 흠칫하는 표정과 함께 예를 표했으나 역시 실로페스는 내가 자신의 주군이 아니기에 멀쩡히 서서 그저 나를 쳐다볼 뿐이었다.

그 탓에 엡실론의 노기는 더 더욱 높아져 옆 눈으로 그를 흘겨보며 강한 살기를 드러내고 있었다.

과연 소드 마스터라고 할까? 나를 향한 것은 아니지만 등줄기에서 식은땀까지 흘러내리고 있었고, 게리오스는 그런 실로페스를 보며 큰 소리로 호통 쳤다.

"실로페스 경! 이곳이 본국은 아니라 하나! 본인이 신세를 지고 있는 분이거늘 어찌 그런 태도를 보이는가!!'

게리오스의 노성에 그제야 실로페스는 나를 보며 고개 숙여 예를 표했다. 하지만 조금 무시받았다는 생각에 저놈의 낯짝을 뭉개 버리고 싶은 마음이 들었다.

그냥 한번 붙게 할까? 하지만 엡실론이 이길 것이란 확신도 없었고, 만약 그가 진다면 실로페스의 저 오만함은 더욱 심해질 것이 분명했다.

나로선 이렇게도 저렇게도 못하는 상황에 처하고 말았는데, 그때 게리오스가 나에게 다가와서는 말했다.

"영주님, 아무래도 이 두 사람의 대결은 어찌할 수 없을 것 같습니다."

"음……"

그의 말대로 우리들이 아니었으면 이 두 사람이 붙었어도 이상할 것이 없었고, 내가 계속 영지에 붙어 있을 수 없기에 그때면 어느 누구도 이들을 막을 수 없을 것이다.

물론 내가 없으면 영지에 게리오스가 남아 있겠지만, 엡실론에게 게리오스는 그저 영지에 소속된 이국의 마법사에 불과했으니 엡실론에게 그의 말이 먹혀들지 않을 것이다.

하지만 게리오스가 나에게 대결을 시키자고 권했기에, 그에게 무슨 생각이 있을 것이라 믿고 고개를 끄덕였다.

"그렇게 하도록 하지."

내가 승낙하자 게리오스는 두 기사를 보며 말했다.

"들으시오. 영주님께서는 두 사람의 대결을 허락하셨소. 하지만 이 것은 영주님께서 바라시는 것은 아니었소. 두 사람의 소드 마스터가 서로 힘을 합쳐 기사로서의 의무로 자신이 지켜야 할 것을 지킬 수 있기를 바랐을 뿐이오. 그대들이 진정 서로 간의 우위를 겨루어보고 싶다면 한 가지 지켜야 할 것이 있소이다."

"말하시오."

그의 말에 엡실론은 그것이 무엇인지 물었고, 게리오스는 계속 말을 이었다.

"이 대결의 승자는 이 영지를 떠나야 한다는 것입니다."

"그게 무슨 말인가. 승자가 떠나야 한다니?"

엡실론은 게리오스의 말에 놀라 되물어볼 수밖에 없었다. 둘의 대결에서 패자가 떠난다면 이해할 수 있겠지만, 승자가 떠나야 한다는 것은 뭔가 맞지 않는다는 생각이 들었기 때문이다.

"무엇이 이상하단 말이오?"

하지만 엡실론의 물음에 게리오스는 오히려 자신이 이해가 가지 않는다는 표정으로 되묻고 있었다.

"당연히 패자가 떠나야지, 어찌 승자가 떠난단 말이오? 말을 잘못한 것이 아니오?"

"그렇지 않습니다. 영주님께서는 서로 간의 자존심 대결에 눈이 어두운 나머지 자신이 해야 할 일을 알지 못하는 자는 바라지 않을 것입니다. 그저 한 수의 재간만을 믿고 자신의 편으로 포섭해야 할 자를 오히려 적으로 만들어 꺾으려는 자는 영주님께 해가 될 것이며, 영주님께서 또 다른 인재를 포섭하려 해도 그는 그와 같은 짓을 할 것입니다. 그렇다고 한다면 차라리 패자를 선택하여 영주님의 뜻에 맞추게 하는 것이 훨씬 더 좋은 일이 아니겠습니까? 패자라면 과거의 일을 교훈 삼아 더 이상 이와 같은 무의미한 대결을 생각하지 않을 것이니까요."

그 말에 엡실론이나 실로페스 모두 감히 대결을 하겠다는 말을 꺼내지 못했다. 물론 두 사람 모두 상대를 꺾을 수 있다고 자신하는 듯했지만, 엡실론의 경우에는 주군을 모시기 위해 여기까지 왔건만 의미없는 한 번의 싸움에서 승리하여 돌아간다는 것은 있을 수 없는 일이었고, 실로페스 역시 칠황자를 보호해야 하는 기사의 입장에서 아직 적이라 볼 수 없는 자와의 대결에서 승리하여 제국으로 돌아갈 수는 없는 입장이었다.

한마디로 서로에게 승리할 자신은 있으나 대의를 위해서 대결을 할 수 없는 입장이었으니 과연 게리오스라는 생각이 들었다.

어떻게 저런 생각을 다 하는지, 만약 게리오스가 알디하렌의 황제가 된다면 진실로 두려운 황제가 될 것 같다는 생각이 들었다.

"어떻게 하겠습니까? 대결을 하시겠습니까?"

그런 두 사람을 보며 게리오스는 다그치듯이 말했고, 엡실론과 실로페스는 잠시 망설이는가 싶더니 이내 고개를 숙이고 말았다.

"주군의 깊은 뜻을 헤아리지 못한 이 못난 자를 죽여주십시오."

역시나 엡실론이었다. 그는 나를 보며 기사의 예를 취하고는 죽여달라며 고개를 숙였기에 난 그의 손을 잡고 일으켜 주며 말했다.

"무슨 소리인가. 자네는 나의 가신, 주군 된 입장에서 충성을 맹세한 가신을 죽일 수 있겠는가?"

"주군……."

"일어서게. 그대에게는 아직 시간이 많지 않은가?"

"감사합니다. 못난 자이지만 죽을 때까지 주군을 보필하겠나이다."

역시 크로우 나이츠의 기사다운 모습이었다. 고개를 돌려보니 실로페스 역시 게리오스를 바라보는 얼굴에 죄송스럽다는 표정이 가득했다. 게리오스가 한 말에는 다른 의미로 그를 다그치는 투가 역력했기 때문이다.

물론 사람들의 눈이 있는 이상 표현하지는 못하고 있었지만, 만약 우리들이 사라진다면 게리오스에게 무릎 꿇고 용서를 구할 모습이었다.

어쨌든 이렇게 해서 두 사람의 대결을 막을 수 있었다. 물론 두 사람 모두 서로에게 아직 감정이 남아 있는 듯했지만, 나와 게리오스가 말리고 있는 상황에서 감히 싸울 생각은 하지 못하고 있었다.

난 다시 게리오스와 함께 집무실로 돌아갔다.

"게리오스, 훌륭하네. 어떻게 그런 생각을 다 했는가?"

"영주님께서 두 사람에 대해 언급하셨을 때부터 생각하고 있었던 것입니다."

"잘했네. 일단은 두 사람의 격돌을 막았다는 것이 중요한 것이니까."

"예. 하지만 전 두 사람에게 대결을 주선할 생각입니다."

"응? 그건 무슨 소리인가?"

기껏 말려놓고 대결을 주선한다는 말에 나로선 영문을 알 수 없었지만, 그의 입가에 미소가 어리는 것이 아무래도 단순한 무력 대결이 아님을 알 수 있었다.

"이런, 또다시 무슨 생각이 있는 것 같군. 그래, 무엇인가?"

"이제 막 태어나신 영주님의 두 분 도련님과 관계가 있다는 것만 말씀드리겠습니다."

"내 아들들과? 자네가 나에게 운만 띄워주는 것으로 보아 내 아들놈들에겐 그리 나쁘지 않은 일인 것 같군."

"물론입니다. 오히려 잘됐으면 잘됐지 나쁘게 되지는 않을 것입니다."

그 말에 나로선 과연 그가 생각하고 있는 것이 무엇일까 궁금할 수밖에 없었다. 그러나 그 의문은 다음날 풀리게 되었고, 난 또다시 게리오스에게 감탄하고 말았다.

다음날 난 태어난 자식새끼들을 볼 요량으로 두 부인이 머물고 있는 방으로 향했다. 영지 내에서 이들을 보살펴 줄 유모를 구하기가 어려워 일단은 두 부인이 아기에게 젖을 주고 있었다.

여인의 가슴이란 것이 잠자리에서는 그렇게 유혹적일 수 없었지만, 자신의 아이에게 젖을 주고 있을 때의 모습은 성스러운 무엇인가가 있는 것 같았다.

품에 아기를 안고 있는 모습은 한 폭의 그림과도 같았다. 내가 안으로 들어오자 알리샤와 리안나는 아기를 내려놓고 자리에서 일어나려 했기에 손을 들어 만류하며 말했다.

"아! 그냥 앉아 계시오. 이렇게 두 사람의 모습을 지켜보고 싶구려."

그렇게 말한 난 근처에 있는 자리에 앉았고 두 사람은 계속 아이에게 젖을 물려주었는데, 그때 노크 소리가 들려왔다.

"영주님, 안에 계십니까? 게리오스입니다."

"응? 무슨 일인가?"

"영주님과 두 분께 말씀드릴 것이 있어 찾아왔습니다."

"그런가? 안으로… 헉! 아니, 잠시만 기다리게."

그의 말에 무슨 용건일까 하는 생각에 들어오라고 했다 두 여인의 모습에 입을 막고는 기다리라 말한 후 말했다.

"뭐 하는가? 빨리 옷을 여미게."

"아!"

그제야 두 사람은 내가 왜 게리오스가 들어오는 것을 막았는지 눈치채고 옷을 여미니, 외간 남자에게 마누라 가슴을 보여줄 뻔했다는 생각에 안도의 한숨을 내쉴 수 있었다.

"들어오게."

두 여인이 옷을 여미자 난 게리오스에게 들어오라고 말했는데, 문이 열리자 그곳에 게리오스 외에 두 사람이 더 있음을 알 수 있었다.

그들은 바로 내 영지에 있는 두 명의 소드 마스터, 바로 엡실론과 실로페스였다.

"엡실론 경과 실로페스 경까지? 그래, 무슨 일로 찾아왔는가?"

내 말에 게리오스는 미소를 지으며 말했다.

"이들의 대결을 주선하기 위해서입니다."

"응? 대결?"

어제 듣긴 했지만 이곳까지 와서 대결을 주선하다니 나로선 무슨 영문인지 알 수 없었는데, 게리오스가 두 소드 마스터를 보며 말했다.

"자네들도 알다시피 이번에 영주님께서는 두 분의 소공자님을 보셨네. 하지만 그것이 조금 문제가 있다네."

"무엇이오?"

게리오스의 말에 엡실론은 퉁명스러운 표정으로 물었고, 그의 물음에 게리오스는 계속 말을 이었다.

"바로 장자권에 관한 문제이지. 애석하게도 두 분의 소공자님께선 같은 날 같은 시에 태어나 어느 누구에게 장자권을 주어야 할지 모르는 상황이라네. 이런 일로 영주님께서는 두 분의 소공자님께서 열다섯이 되는 해에 무가의 사람으로 가진 바 그 능력에 따라 장자권을 주신 다 하셨네."

"그런데 우릴 부른 이유는 무엇이오?"

"하나의 대결을 주선하기 위함이네."

"대결이라면……."

그들의 물음에 게리오스는 내 두 아들을 가리키며 말했다.

"방금 말했던 것과 같이 영주님께서 가진 바 능력을 보아 뛰어난 분 에게 장자권을 주신다 하셨네. 내가 알기로 두 사람은 검으로 서로 간 의 상하를 가늠할 수 없는데, 어떤가? 기사란 자신의 능력을 백분 발휘 할 수 있는 것도 중요하지만, 그와 함께 선다의 기사로서 후대를 양성 하는 것도 그에 못지않게 중요한 일이니 두 분 소공자님 중 한 분의 스 승이 되어 가르침으로써의 서로 간의 자질을 비교해 보는 것이."

"아!"

그제야 난 게리오스가 말했던 또 다른 대결이 무엇인지 알 수 있었 다. 이제 갓 태어난 아이들이지만, 무가의 자손은 태어나면서부터 기 사로서의 교육이 시작되는 것이 보통이었으니 게리오스는 엡실론과 실 로페스에게 각각 한 명의 아들을 맡겨 교육시키는 것으로 승부를 내고 자 하는 것이다.

확실히 검으로 싸울 수 없는 상황에서 장자권이라는 확실한 승패의 요소가 자리 잡고 있었기에 한 번 대결해 볼 만하지 않은가? 물론 그것 은 나의 입장이 강하긴 했지만서리.

"좋소이다. 주군을 모시는 가신으로서 소공자님을 가르칠 수 있다는 것은 큰 영광이 아닐 수 없소이다."

"……."

큰 소리로 대답하는 엡실론과는 달리 실로페스는 망설이는 것이 보이니, 확실히 그는 알디하렌 제국의 기사로 칠황자를 보필하는 것이 임무인만큼 함부로 다른 일을 맡을 수가 없는 것이다.

"흥! 역시나 그렇군. 부하들을 믿고 날뛰었던 것이지."

실로페스가 대답을 하지 않자 엡실론은 그 수준을 알겠다는 투의 표정으로 콧방귀를 뀌며 말했기에, 실로페스로선 순식간에 자신이 부하만을 믿고 실력도 없이 날뛴 자가 되어버렸다.

얼굴이 벌게진 그는 날카로운 눈으로 엡실론을 노려보았지만, 그는 코웃음을 치며 말했다.

"자신없는가? 그렇다면 물러나게. 자네 같은 자에게 소공자님의 안위를 맡길 순 없지. 내가 이 두 소공자님의 스승이 되어 직접 가르칠 것이네."

"으드득……."

도발에 가까운 엡실론의 말에 실로페스는 이마에 핏대까지 서고 있었고, 잠시 후 차가운 목소리로 답했다.

"좋다. 받아주지……. 십오 년 후 네 녀석의 일그러진 얼굴을 구경해 주겠다!"

그 말과 함께 실로페스가 나와 게리오스에게 인사하고 나가 버리자 엡실론은 무엇이 그리 좋은지 싱글벙글한 표정이었다.

"엡실론 경, 아무래도 경은 이 대결을 즐기시는 것 같습니다?"

게리오스가 넌지시 물어보자 엡실론은 미소를 지으며 말했다.

"아까 말했던 것과 같이 기사로서 주군의 아드님의 스승이 된다는 것은 가신으로서 큰 영광이니 당연히 기분이 좋을 수밖에요."

"하지만 그것은 대결이 아닌가?"

"솔직히 실로페스 경이 마음에 들지 않는 것은 사실이지만, 그와 며칠 동안 지내보면서 실력만큼은 인정하고 있었습니다."

"호오… 그렇다면 일부러 실로페스 경을 도발한 것이군요."

"후후. 그렇다고 할 수도 있겠지요."

게리오스의 물음에 모호하게 대답한 엡실론이 우리들에게 인사를 하고 나가자 난 미소 지으며 게리오스에게 달했다.

"아무래도 실로페스 경보다는 엡실론 경이 머리에선 한 수 앞서는 것 같군."

"그러게 말입니다. 하하하하."

어쨌든 일이 좋게 풀렸다는 생각이 나 역시 미소가 절로 나왔다. 제대로 된 스승도 없이 검을 익혀왔던 나에 비해 내 아들놈 둘은 소드 마스터라는 걸출한 스승을 만났으니 어찌 기분이 좋지 않겠는가?

영지는 순조롭게 발전하고 있었다. 알펜 성 전투로 인하여 셔면의 왕당파와 손을 잡았다고 해도 과언이 아니기에 엘프들이 지키고 있는 드래곤 산맥의 대로를 통하여 유민들이 영지로 계속 이주해 오고 있었고, 론 백작에게 꾸준히 바친 뇌물이 조금 도움이 됐는지 아멘 동부의 평원에서 생산되는 값싼 곡물들이 노턴 코프의 이름으로 계속 유입되고 있었다.

그 때문에 숫자가 불어나고 있는 유민들은 풍족하지는 않았지만 굶지 않고 살아갈 수 있었다.

셔면의 드워프 노인과의 보석 교역 역시 처음에는 저가의 보석만을 다루었지만, 시간이 지나면서 자금이 확보되자 고가의 질 좋은 보석으로 변하기 시작했고, 드워프 장인이 깎은 고가의 장신구류는 왕도에 있는 시미온 쪽에 보낸 사람들을 통해 판매되고 있었다.

삼왕자와 연인 사이가 된 시미온은 이미 사교계에 꽤 이름을 날리고 있었기 때문에 장신구류의 판매는 지극히 순조로울 수 있었다.

레빈들이 찾아왔을 때 거의 파산 직전이던 영지는 두 해째 유월 여름이 시작되었을 때 본국의 여타 귀족과 비교해도 뒤지지 않을 정도의 재력을 모을 수 있었다.

하지만 난 아직 힘이 모자라다는 것을 알고 있었다. 내가 상대해야 하는 두 공작은 7대 기사단 중 피닉스 나이츠와 크로우 나이츠를 제외한 다섯 개 기사단의 실권을 쥐고 있었기 때문이다.

이스턴 코프와 사우던 코프를 양분하고 있었기에 론 백작을 구워삶기는 했지만, 노턴 코프의 군사력은 다른 삼방 군단과 비교해서 크게 뒤지고 있었는지라 정면 대결을 하게 된다면 패하는 것은 내 쪽이 될 것이다.

물론 레빈이 알펜 성에서 양성하고 있는 일만오천의 병사들이 있기는 하지만, 아직까지 난 타국의 힘을 본국에까지 끌어들여 야심을 이루려 할 만큼 멍청하지는 않기 때문이다.

가문의 기사단인 크로우 나이츠를 되찾기 위하여 받고 있는 훈련은 요즘에 들어와서는 어느 정도 익숙해지고 있었다. 처음이야 체력을 기르기 위하여 십여 킬로미터의 러닝과 함께 기초 검격 수련 때문에 하루하루가 고통이었지만, 시간이 지나 익숙해지자 하루의 일과처럼 되어버렸다.

이미 용병의 검으로도 마나의 단계를 느끼고 있는 상태였기에 기사의 검술을 위한 체력 보강과 크로우 나이츠의 고유한 기술 등을 익히는 것이 기사 훈련의 대부분이었다.

계속되는 훈련으로 이제 소드 익스퍼트 중급의 단계까지 이를 수 있었지만, 초급에 이르렀을 때가 사 년 전인 것을 생각한다면 조금 늦었다고 해도 과언이 아니었다.

그러고 보니 소드 익스퍼트에 이르렀을 때가 열아홉 살이었으니 그런대로 나 역시 기사로서의 자질이 있었는가 보다.

오늘도 변함없이 난 게리오스와 함께 영지의 일을 의논하고 사업에 관한 서류를 정리하고 있었다.

"게리오스, 자경대의 장비 지급율은 어떻게 되었는가?"

"일단은 레더 아머와 숏 소드의 보급은 100% 완비되었습니다."

"다행이군. 농번기이니 훈련은 조금 어렵겠지?"

"개인적으로 훈련을 지시하고 있지만, 농사일이라는 것이 그리 쉬운 것이 아닌지라 일단 삼 일에 한 번씩 조를 짜서 정규 훈련을 시행하는 것으로 하고 있습니다. 하나 영지에서 전투가 일어난다 하더라도 한 명의 병사로서 문제는 없을 것입니다."

하지만 그것만으로는 부족하다. 아직까지는 영지가 완전히 안정되어 있다고 볼 수 없기 때문에 자경대 수준으로 그치고 있지만, 일단 안정이 된다면 완전한 사병화를 시켜야 했다.

"일단 제대로 된 사병은 영지에 남아 있는 백 명의 레빈 용병단뿐이라는 것이군."

"예. 하지만 이들은 슈펠트 경에게 기사 훈련을 받고 있으니 사병이라기보다는 견습 기사라고 하는 편이 좋을 것입니다."

"그렇겠군."

영지 내의 마을 청년들을 위주로 조직되어 있는 자경대와 영주의 부하라고 할 수 있는 사병은 비슷하긴 해도 엄밀히 말하면 다른 부분이 있었다.

사병에 비해서 자경대는 다른 일은 하지 않고 오직 영주를 위한 군사 훈련만을 받을 뿐 아니라 급료의 수준 역시 크게 다르기 때문이다.

"자경대 중 일부를 사병화시킬까 하는데, 자네의 생각은 어떤가?"

"전문적인 전투 병력을 양성하는 것도 나쁘지는 않을 것입니다만, 자경대와의 확실한 구분이 필요합니다."

"음… 일단 그럼 자경대 중에서 영지의 사병이 될 사람을 뽑도록 하게. 급료는 자경대 급료의 세 배를 지불하고, 차근차근 스케일 아머를 지급하여 일천 정도를 중갑 보병화시키도록 하세."

"알겠습니다."

보통 정규군에 속한 중갑 보병의 경우에는 철판을 대어 만든 간단한 하프 플레이트 메일에 배틀 엑스와 같은 중병기를 다루지만, 귀족가의 사병들은 비교적 가격대에 비해 방어력이 높은 스케일 아머를 선호한다.

물론 이것 역시 상당한 돈이 드는지라 중갑 보병을 키우지 않는 경우도 많지만, 경보병과 중갑 보병의 전투력은 크게 차이가 나는지라 세도가에선 중갑 보병을 흔히 볼 수 있었다.

그런 이유로 나 역시 중갑 보병의 양성을 생각했던 것이지만, 스케일 아머의 가격은 레더 아머에 비해 예닐곱 배가 더 들기 때문에 일천에 달하는 중갑 보병을 키우기 위해선 엄청난 돈을 퍼부어야 했다.

"중갑 보병을 양성할 때 예상되는 예산은 어느 정도 되는가?"

"스케일 아머의 현 시가를 알 수 없고, 중갑 보병의 경우에는 무기역시 다르기 때문에 아마 400만 골드 이상을 생각하셔야 할 것입니다."

"400만 골드라… 역시 만만치 않군."

예상은 했지만 직접 들어보니, 그냥 경보병으로 만족하고 싶은 생각도 들었다. 하지만 일순간의 돈이 아까워 군사상의 투자를 소홀히 한다면 알펜 성의 케슬러 꼴이 되는지라 생각을 크게 하기로 했다.

"론 백작에게 연락해서 노턴 코프의 이름으로 스케일 아머를 구입하겠다고 전하게."

"알겠습니다."

론 백작이라면 또 돈이 들기야 하지만 노턴 코프를 통해 장비를 구입한다면 외부의 눈을 속일 수 있었고, 의외로 뇌물이 들어오면 론 백작이 직접 손을 써서 일을 해결해 주는지라 쉽게 처리할 수 있었기 때문에 종종 이용하곤 했다.

"다음 처리할 일은 무엇인가?"

"슈펠트 경이 올린 안건입니다. 레빈 백작님의 용병단 백 명을 기사로 승격시키고 싶다 합니다."

"음… 역시나. 그래, 요구 조건은 무엇인가?"

"기사단에 필요한 풀 플레이트 메일과 플레일, 메이스 등 중병기와 연습용 랜스 삼백 개와 전투용 랜스 이백 개를 신청했군요."

"휴… 여기저기 돈 들어갈 일만 잔뜩이군. 그래, 예상되는 장비 구입료는?"

"론 백작의 노턴 코프 측에서 장비를 구입한다면 싸게 먹히긴 하겠지만, 워낙 기사용 장비가 고가이기 때문에 중갑 보병 양성에 필요한 액수와 비슷하게 들 것 같습니다."

"크흑… 역시… 기사인가……."

기사용 장비가 비싼 것은 알지만 기껏해야 백 명 정도가 중갑 보병천 명에 필요한 장비 구입료와 맞먹는다는 것은 조금 심하다는 생각이 들었다.

하지만 어쩌랴, 기사의 필요성은 중갑 보병보다 중요하면 중요했지 결코 낮은 것이 아닌지라 슈펠트의 안도 승낙할 수밖에 없었다.

단 두 건의 안건으로 들어가는 돈이 800만에 이르니, 영지 재산의 오 분의 일이 이곳으로 투입된 것이다.

자식새끼 세 명에게 들어가는 돈도 장난이 아니던데 혹시나 이렇게 파산하는 것은 아닐까?

"영주님, 훈련하실 시간입니다."

하지만 나의 이런 고민은 언제 들어왔는지 모르는 엡실론에 의해 멀리 사라져 버렸고, 집무실 한쪽에 놓여져 있는 바스타드 소드를 잡으며 눈물을 쏟을 수밖에 없었다.

엡실론을 따라 연무장에 도착하자 어이없게도 레빈의 모습을 볼 수 있었다. 요즘 들어 손자 녀석들을 보기 위해 자주 들르는 것 같은데, 알펜 성과 영지 사이의 거리를 생각한다면 알펜 성에 있는 시간은 일 주일이 넘지 않는다는 계산이 나왔다.

그곳에 남아 있을 케넬스만 죽어나겠구나 하는 생각이 들었다.

"아! 사위 왔는가?"

내가 연무장으로 오는 것을 보며 레빈은 반가운 듯이 미소를 지으며 말했고, 난 퉁명스러운 목소리로 답했다.

"영지는 어찌하고 떠날 생각을 안 하시오?"

"영지야 케넬스와 애로우 나이츠만 있으면 일루이드와 프렌스 두 명 청이 정도는 충분히 해결할 수 있으니 걱정할 필요 없다네."

애로우 나이츠는 레빈이 자신의 용병단을 중심으로 만든 기사단으

로 일루이드와 프렌스가 버리고 간 기사들을 회유, 보강하여 조직했다
고 한다.

　뭐 두 버려진 녀석들이 두고 간 기사들의 실력은 크게 떨어지지만
일반 보병과는 비교할 수 없었고, 레빈의 용병대만의 특색인 기마 궁술
을 집중적으로 교육시키고 있다니 시간만 있다면 상당한 전력으로 부
상할 것이 분명했다.

　"음… 그러시오? 그런데 연무장은 무슨 일로?"

　"아! 슈펠트 경의 대련이라도 해보자는 말에 나왔다네."

　"슈펠트 경이?"

　현재 레빈의 검술은 소드 익스퍼트 최상급, 슈펠트 역시 그와 같은
경지였기 때문에 두 사람의 대련에 조금 흥미가 생겼다.

　"백작님, 준비되셨습니까?"

　"아! 끝났네. 이제 시작해 볼까?"

　슈펠트의 말에 레빈이 고개를 끄덕이고는 연무대 위로 올라서니 많
은 이들이 이 두 사람의 대결을 보기 위해 연무장으로 모여들기 시작
했다.

제17장 선우드와 두 번째 대전

선우드와 두 번째 대전

슈펠트가 브로드 소드를 들어 자세를 잡자 레빈 역시 롱 소드를 들고 자세를 취했다.

물론 레빈의 손에는 마법 장갑도 마법 검도 들려 있지 않았다. 그가 자신의 마법 물품을 사용하면 소드 마스터와 비교해도 뒤지지 않을 힘을 발휘할 수 있지만, 단순한 대련이라 그리 승패에 연연하지 않는 듯했다.

"제가 먼저 가겠습니다."

"오게나!"

"합!"

먼저 선공을 가한 사람은 슈펠트였다. 강격을 주로 사용하는 기사답게 그의 움직임은 직선적이었으나 그 움직임은 덩치와는 달리 재빠르기 그지없었다.

슈펠트의 브로드 소드가 대각선으로 날아오자 레빈은 특유의 빠른 움직임을 통해 가볍게 일격을 피한 후 검을 내질렀지만, 슈펠트는 왼손에 들고 있던 카이트 실드를 사용하여 검을 옆으로 쳐낸 후 또다시 일격을 날렸다.

"합!!"

채쟁!!

하지만 레빈 역시 그리 만만한 사람이 아니었다. 카이트 실드에 비껴져 내려간 롱 소드를 원을 그리듯이 움직이며 아래에서 위로 쳐올리듯 휘두르자 두 사람의 검은 푸른 불꽃을 일으켰다.

푸른색의 마나가 서려진 검은 과연 이들이 소드 익스퍼트 최상급임을 증명하고 있었는데, 마나의 강도 면에서 슈펠트가 약간 부족한 듯했고, 검 역시 강격을 주로 사용하는 브로드 소드와는 달리 레빈의 검은 날카로운 면이 살아 있는 롱 소드였기에 브로드 소드가 롱 소드에 베어지는 듯했다.

"대단하신 분이군요. 저 정도면 소드 마스터에 근접했다고 해도 과언이 아닙니다."

"그런가?"

엡실론이 레빈의 검을 보며 탄성을 내지르니, 레빈이 소드 마스터에 근접했다는 말엔 조금 부러운 마음도 들었다.

"끄압!!"

자신의 검이 밀리자 슈펠트는 왼손에 들고 있던 카이트 실드로 앞으로 나와 있는 레빈의 오른쪽 다리를 향해 찍어 내리자, 급히 검을 거두어 들인 레빈은 실드 어택을 피할 수 있었다.

보통 때와는 달리 특유의 스피드한 공격을 살리지 않고 기사와 같이 정면 대결을 고집하는 레빈을 보며 조금 이상하다는 생각이 들었다.

그러면 덩치가 큰 슈펠트를 빠른 스피드를 이용하여 충분히 쉽게 처리할 수 있을 텐데 구태여 정면 대결을 고집하고 있는 이유가 무엇일까?

"과연 젊은 사람이라 다르군. 내 나이 쉰이 넘어가니 대련이 조금 버거워지는구먼."

"그 정도면 젊은 사람 못지않은 것 같습니다."

"허허. 그런가? 고맙네. 그러나 이제부턴 조심해야 할 것이네, 본가 기사단만의 비기를 사용할 생각이네."

"그렇다면 저 역시 크로우 나이츠의 비기로 상대해 드리지요."

소드 익스퍼트 상급 정도에 이르면 어느 정도 마나를 검에 능숙하게 주입할 수 있는 경지가 된다. 그 탓에 각 기사단에서는 이러한 것을 이용하여 독특한 검술이 하나 정도 존재했고, 그것은 상당한 위력을 가지고 있다고 들었다.

크로우 나이츠야 그런 기술이 있다는 것은 알고 있었지만, 레빈의 기사단은 만들어진 지 얼마 되지도 않았는데, 기사단의 비기라니 황당할 뿐이었다.

하지만 다음 순간 난 경악을 금치 못했는데, 과연 그가 비기라고 할 만큼의 강렬한 모습이 연출되었기 때문이다.

"울브스 그린데!!"

잠시 숨을 들이쉬었다고 생각한 레빈은 고함 소리와 함께 몸을 날리니, 순간 난 내 눈이 헛것을 본 것이 아닐까 하는 생각이 들었다.

고함 소리와 함께 슈펠트에게 쇄도해 들어간 레빈의 몸이 일순간 사라졌기 때문이다.

"헉!!"

그리고 다음 순간 강렬한 느낌에 고개를 돌려보자, 족히 오 미터 정도의 위로 레빈의 몸이 붉게 변해 슈펠트를 향해 빠른 속도로 날아가는 것을 볼 수 있었고, 슈펠트 역시 그 모습을 확인하고는 브로드 소드를 휘둘렀다.

쿠구궁!!

그리고 두 사람은 강렬한 기세로 격돌했다. 검이 충돌하는 소리라고는 생각지도 못할 굉음이 연무장을 크게 울렸다.

"끄윽!!"

그리고 다음 순간 슈펠트는 신음 소리를 내며 뒤로 튕겨지듯이 쓰러졌는데, 그의 손에는 놀랍게도 부서져 버린 검의 손잡이만 달랑 들려있었다.

"엄청난 강격이다!!"

엡실론은 레빈의 일격을 보고는 크게 놀란 표정을 지었고, 슈펠트가 쓰러지는 것을 보며 롱 소드를 검집에 집어넣은 레빈은 쓰러진 그에게 손을 내밀며 말했다.

"좋은 대결이었네, 슈펠트 경."

"휴… 저도 기사단에선 제법 한다고 자신했는데, 레빈 백작님은 못 당하겠습니다."

"하하하. 그거야 자네가 아직 나의 기술을 몰랐으니 내가 이겼던 것이지, 사실 울브스 그린더가 자네의 검에 막혔을 때는 섬뜩했다네."

"막으면 뭐 합니다. 엄청난 강격에 검이 부서져 버린 것을요. 이거 크로우 나이츠의 비기도 써보지 못하니 조금 아쉽긴 합니다."

"하하하. 언젠가 다시 한 번 대련을 갖도록 하지."

"기다리겠습니다."

역시나 사나이끼리의 대결이랄까? 나 같으면 제대로 된 기술도 써보지 못하고 패했다고 재대련을 요청했을 것이지만, 슈펠트는 자신의 패배를 인정하고는 오히려 미소를 짓고 있었다.

"공작님께 이야기는 들었습니다만, 저분의 수준을 조금 낮추신 듯하군요."

"응? 낮추다니?"

"저분은 소드 익스퍼트 최상급이 아니라 소드 마스터이십니다."

"응? 소드 마스터?"

"예. 아직은 초급 정도에 지나지 않지만, 울브스 그린더라는 저 기술을 발전시킨다면 중급이나 상급에 이르시는 것도 시간문제일 것입니다."

"오!"

분명 내 영지에 왔을 때 그가 소드 익스퍼트 최상급이었던 것을 기억하는 나는 일 년도 되지 않은 기간에 소드 마스터의 단계로 올라간 레빈을 보며 감탄할 수밖에 없었다.

하지만 그와 함께 조금 부러움도 들었다. 난 겨우 중급에 들었는데 레빈은 소드 마스터라니… 휴…….

"자, 영주님께서도 뒤질 수 없지 않습니까? 검의 경지를 올리기 위해선 오직 수련 또 수련만 있을 뿐입니다."

"알겠네."

엡실론은 상념에 잡혀 있는 나를 보며 훈련을 하라 다그치니, 난 힘없이 바스타드 소드를 들어서는 그가 가르쳐 준 크로우 기사단의 기초 검술을 수련하기 시작했다.

기사단의 싸움은 육상에서보다 마상에서 이루어지는 경우가 대부분이기 때문에 크로우 기사단의 검술 역시 다리 쪽은 변화가 그리 크지 않았다.

마상에서도 강한 검격을 휘두르기 위한 다리 힘과 허리 힘이 크게 강조되기 때문에 말을 탈 때의 자세인 마보를 취하고 옆으로 뉘어진 8자 형태로 검을 회전시키며 좌우 양쪽의 적을 보다 원활히 상대할 수 있는 검을 수련하게 된다.

제대로 훈련받은 기사의 경우에는 마나를 주입하지 않은 상태에서도 풀 플레이트 메일 정도는 잘라 버릴 정도의 검격을 날릴 수 있다고 하지만, 나의 경우에는 횡팔자의 형태에서 무너지는 일이 다반사였다.

"좌우로 두 개의 원을 그린다 생각하십시오. 너무 한쪽에 치우쳐진 원을 그리시게 되면 마상전에서 익숙하지 않은 방향의 적에게 목숨을 잃을 수도 있습니다. 원을 작게 그리시는 것은 상관없지만, 오른쪽으로 너무 기울어지는 것은 조심하십시오. 아! 그렇다고 그렇게 작게 원을 그리시면 어떡합니까!!"

엡실론은 나의 수련을 보며 연신 결점을 지적하느라 입에 침이 마르고 있었고, 이런 단순한 훈련을 계속한다는 것 자체가 나로선 따분하고 괴로울 뿐이었다.

언제나 이 훈련이 끝날까 하는 생각에 한숨이 나오고 있었는데, 그때 숨을 헐떡이며 자경대 소속의 젊은이 하나가 나를 향해 뛰어오는 것을 볼 수 있었다.

얼굴 표정을 보니 뭔가 심각한 일이 일어났다는 것을 알 수 있었다.

"무슨 일인가?"

"영주님, 큰일 났습니다! 셔… 션우드 자작이 또다시 군대를 이끌고 영지를 침범했습니다!!"

"뭣이!!"

그 말에 난 훈련하던 것을 멈추고는 소리칠 수밖에 없었다. 설마 션우드가 또다시 내 영지를 침범할 것이라고는 생각지도 못했기 때문이다.

"빌!! 빌!!"

"예, 영주님!"

"자경대의 소집 명령을 내리고, 용병단과 실로페스의 기사단에 영지에 적이 나타났으니 전투 준비를 하라 전하게!"

"예."

빌에게 자경대를 소집하라 전한 난 엡실론과 함께 급히 성으로 돌아갔다. 집무실 쪽에는 이미 소식을 들었는지 레빈이 게리오스와 함께 있다가 나를 확인하곤 다급한 목소리로 말했다.

"사위, 션우드가 영지로 침입했다는 소식은 들었는가?"

"음… 아무래도 션우드 놈이 죽으려고 작정을 한 모양인 것 같군. 게리오스! 영지 촌장들에게 전투가 시작될 것이라 전하고 차출된 자경대 외에 성의 무기를 모두 방출해 민병대를 조직하게 하시오."

"예, 영주님."

"션우드, 내 영지에 발을 디딘 것을 후회하게 만들어주마! 으드득!!"

션우드의 도발이 예상 밖이긴 했지만, 언젠가 그가 나에게 이빨을 드러낼 것을 예상하고 있었던지라 션우드의 군대를 상대하기 위한 준비는 빠른 속도로 진행되었다.

농번기인지라 자경대의 소집이 생각보다 늦긴 했지만, 그것에 대비하여 레빈의 용병단과 실로페스의 호위 기사단원 중 몇 사람을 지정하여 각 마을 자경대의 인솔을 맡겨놓았기 때문에 션우드의 기습에 당할 정도로 시간을 지체하진 않았다.

말을 타고 급히 레빈의 용병단과 실페로스의 호위 기사단과 함께 아메로스 영지의 남부 벌판으로 향했다.

"션우드 자작의 군세는 어느 정도나 된다 하는가?"

"성으로 달려온 자경대 소속 청년의 말을 들어보면 검은 갑옷의 기사들이 대략 삼백 명 정도에 기병은 1,000여 명, 보병은 5,000명 정도에 이른다고 합니다."

"뭐? 그렇다면 거의 7,000에 달하는 수가 아닌가?"

"예. 그들 대부분이 용병들이라고 하니, 아무래도 션우드가 단단히 준비를 한 듯합니다."

션우드의 작위로 모을 수 있는 병사는 많아야 2,000 정도란 것을 생각하면 게리오스의 말대로 이전의 패배를 설욕하기 위해서 절치부심했음을 알 수 있었다.

하지만 이미 왕도에서 국왕 폐하와 면담을 했고, 세 왕자 전하 분과 연을 맺었다는 것을 알고 있을 션우드가 이렇게 공격을 감행하는 것이 이해가 되지 않았다.

이 싸움에서 내가 진다 할지라도 작위의 권위를 무시했다는 이유로 자칫 작위마저 몰수당할 것이 분명한데, 그가 왜 공격을 하는 것일까?

또 병력 중에 검은 갑옷의 기사단이 있다고 들었는데, 아멘은 자작 이하의 작위를 지닌 자는 기사단을 보유할 수 없게 되어 있었다.

물론 자신을 보호하기 위한 기사가 없는 것은 아니지만, 많아야 오십 명 안팎에 지나지 않기 때문이다. 자작이나 남작이 기사단을 보유했다는 것이 알려지면 왕명에 항거했다는 이유로 반란으로 치부될 수도 있는데, 나에 대한 복수심이 그렇게 강했나?

만약 나에 대한 지나친 복수심이 아니라면 분명 그의 뒤에 상당한 힘을 지닌 누군가가 존재할 확률이 높았다.

설마 다른 공작가에서 위험을 느끼고 손을 쓴 것일까? 하지만 아직 나의 영지가 불모의 땅이라고 생각하는 그들이 구태여 병사들을 동원하여 나를 치려 하지는 않을 것이다.

또 선우드가 그것을 알렸을 확률도 있지만, 내가 알고 있는 선우드는 지극히 상인에 가까운 인물, 앞마당에 도사리는 늑대를 잡기 위해 호랑이를 끌어들일 정도의 바보는 아니었다.

"게리오스, 난 누군가가 선우드의 뒤에 있다 생각하는데, 자네의 생각은 어떤가?"

"저 역시 영주님과 같은 생각입니다."

"그렇지? 음… 네라드나 페이든 가라고 생각하기에는 조금 무리가 있고…… 그 외에는 나를… 아!"

하지만 순간 뇌리 속에서 하나의 존재가 생각났고, 게리오스를 보며 혹시나 하는 생각에 말했다.

"혹시… 자네의 형이 아닐까?"

"…그럴 수도 있겠군요. 선우드는 알디하렌 제국과 보석 교역을 하는 인물이니 형님께서도 접근하기 수월했을 테니까요."

"만약 우리들의 생각이 맞는다면 이번 싸움… 쉽지 않을 것 같군."

내가 생각하고 있는 사람은 바로 알디하렌의 황태자, 로만테우스였다. 황제에게 총애를 받는 게리오스를 노리고 있는 그라면 선우드 정도야 충분히 움직일 수 있을 것이니, 반란으로 치부될 수 있음에도 이렇게 나에게 이빨을 드러내는 것도 가능한 일이었다.

본국에서 역적으로 치부된다고 해도 제국의 황태자가 좋은 조건을 약속했다면 충분히 가능한 일이기 때문이다.

로만테우스가 선우드를 돕는 것이라면 자경대의 청년이 말했던 삼백 명의 기사는 황태자의 친위 기사단이라는 다크 데블 기사단일 것이다.

다크 데블 기사단은 소속되어 있는 소드 마스터만 다섯 명에 슈페리어 나이트의 숫자는 사백, 정규 기사의 숫자는 5,000에 이른다.

그렇다고 한다면 분명 선우드를 돕기 위해 소드 마스터 한 명 정도는 왔을 것이고, 슈페리어 나이트 중 상당수도 포함되어 있을 것이다.

물론 내 영지에는 이번에 알게 된 레빈까지 합쳐 소드 마스터의 숫자가 셋이나 되니, 다크 데블 기사단의 소드 마스터에 대한 걱정은 없었지만, 명성이 자자한 기사단인지라 조금 두려움이 생기는 것은 사실이었다. 자경단의 무장이 제대로 갖추어진 후에야 선우드가 공격해 왔다는 것이 다행이다.

벌판에는 레더 아머를 걸치고 스피어를 들고 열을 맞추어 서 있는 3,000 정도의 자경단 모습이 보였는데, 훈련은 제대로 받았는지 열을 흩뜨리며 두려움을 보이는 자들은 없었다.

아직 2,000의 자경단이 도착하지 않았지만, 농번기에 갑작스럽게 부른지라 지금 시간에 이 정도 모인 것도 다행이었다.

갑작스러운 전투인지라 엘프들을 부르지 못한 것이 못내 아쉬웠다. 궁병이 없는 내 영지에서 백발백중의 실력을 보이는 엘프들이라면 상당히 도움이 될 것이 분명했기 때문이다.

하지만 영지에서 엘프 마을까지는 빨리 가도 족히 이틀은 걸리는지라 그들의 도움을 얻을 때에는 선우드가 이기든 내가 이기든 승패는 나 있을 것이 분명했기에 엘프 궁병대는 포기하는 수밖에 없었다.

아직 남부 벌판으로 선우드의 병력이 보이지 않는 것으로 보아 연락 체계가 잘 짜여 있음을 알 수 있었기에 약간의 만족감도 느낄 수 있었다.

가문의 깃발이 펄럭이고 있는 진영의 모습을 보고 있자니, 전과는 비교할 수 없을 정도의 감개무량함이 느껴졌다. 제대로 된 병사들 사이에 휘날리고 있는 가문의 문장이란 진실로 아름답기까지 했다.

하지만 기병이 절대적으로 부족한 상태에서 상황은 그리 좋다고 할 수 없었다. 적의 기병이 기사단까지 합쳐 1,300에 이르지만, 아군의 경우에는 게리오스의 호위 기사단과 레킨 용병단을 합쳐도 육백 명 정도, 거기에다 보병이야 어떻게 됐지만, 궁병의 경우에는 편성 자체가 없었기 때문이다.

"적군이다!! 적군이 나타났다!!"

기병에 대한 고민으로 골머리를 앓고 있을 때 누군가의 외침 소리가 들려왔다. 드디어 선우드의 군대가 평원에 그 모습을 드러낸 것이다.

선우드의 군대에서 가장 선두에 선 자들은 검은 갑옷을 입고 있는 일단의 기사들이었는데, 거대한 말을 타고 있는 자들은 보기에도 섬뜩할 정도였다.

풀 헬름을 깊게 눌러쓰고 있는 이들은 살짝 눈만이 드러나 있었고, 오른손에는 갑옷의 색깔과도 같은 검은색의 랜스를 들고 있었다.

그들이 타고 있는 말은 역시나 알디하렌에서만 볼 수 있는 준마였으니 그 크기가 보통 말과 비교해서 월등히 차이가 나는 모습이었다.

"역시 다크 데블 기사단이군요."

"음……."

게리오스는 한눈에 상대가 다크 데블 기사단이라는 것을 알아냈고, 이전에 이야기를 듣지 못했던 엡실론은 게리오스의 말에 크게 놀란 표정을 지었다.

"다크 데블이라면 제국의 황태자 로만테우스의 기사단이 아니오?"

"그렇습니다."

"어째서 다크 데블 기사단이……."

설마 본국에서 제국 황태자의 기사단이 모습을 드러내리라고는 생각하지 못했으니 경악하는 것은 당연한 일이었다.

"청록의 숲 때문이네."

"그렇다면 로만테우스가 영주님의 영지에 청록의 숲이 있다는 것을 알고 있었다는 것입니까?"

"그렇다네. 로만테우스는 알려지진 않았지만 청록의 숲에 친인을 잃었기 때문에 그 일의 지휘자였던 게리오스를 죽이기 위해 저번에도 한 번 암살자를 보낸 적이 있었지. 이번에는 선우드를 부추겨 일을 저질렀고 말이야."

이곳으로 오면서 만약에 상대가 다크 데블이라면 또다시 청록의 숲을 이용하여 엡실론을 속이기로 했기 때문에 난 다크 데블 기사단의 출현에 놀라워하는 그에게 이렇게 말한 것이다.

내 말에 고개를 끄덕인 그는 제국의 기사들이 이곳에 왔다는 것에 살기가 번뜩였다.

다크 데블 기사단을 선두로 하여 평원에 도착한 그들은 기병들과 보병들이 차례로 도열하기 시작했다.

넓은 평원에 길게 늘어서 있는 적군의 규모에 나로선 탄성을 감추지 못했다.

선우드는 셔먼에서 싸웠던 프렌스나 일루이드와는 격이 다른 인물, 상인이라고는 하지만 주변의 작은 영지들을 힘으로 굴복시킬 정도로 군사상의 용병술도 그리 나쁘지 않은 인물이었다.

그들이 도열하는 가운데, 우리 쪽 진영 역시 나머지 자경대가 한 무리씩 도착하기 시작했고, 한 시간여 정도가 도자 평원의 양쪽으로 선우드와 나의 군대들이 길게 열을 이루며 대치하기 시작했다.

과거에 선우드의 군대가 왔을 때는 숫자상으로 너무나 크게 차이가 나는지라 감히 정면 대결을 꿈꾸지 못했지만, 지금은 나 역시 5,000이 넘는 병사들을 거느리고 있었기 때문에 숫자로는 다소 차이가 나지만 정면 대결을 포기할 정도는 아니었다.

선우드는 선두의 열에 삼백 명에 달하는 다크 데블 기사단을 배치했고, 그 뒤로 기병들은 세 개의 무리로 나누어 도열시켰고, 궁병들은 둘로 나누어 기병의 양 옆쪽으로 배치시킨 후 보병들은 중위에 네 개의 무리를, 선우드 지휘부의 옆으로 두 개의 무리들을 배치시키고 있었다.

그에 반해 우리 쪽은 호위 기사단이 선두에 길게 열을 이루고 그 뒤로 레빈의 용병단과 양 옆에 각 일천씩의 보병을 배치했고, 그 뒤로 일천의 보병들을 삼각으로 배치하여 그 중앙에 지휘부를 두고 있었다.

선우드 측의 진형이나 우리 쪽 진형 모두 처음 기병전을 시작으로 보병을 움직이는 대륙의 일반적인 전술을 구사하기 위한 진영이었다.

하지만 우리 쪽에 비해 선우드 쪽이 좀 더 유연한 전술이 가능했으니 그것은 궁병과 기병의 숫자에서 우리 쪽을 압도하기 때문이다.

그에 반해 우리가 유리한 점은 적 보병의 대부분이 용병이기 때문에 자경대 출신으로 근 반년 동안 계속적으로 훈련을 받은 병사들이 일률적으로 움직일 수 있다는 점이다.

"게리오스, 적 진영에 마법사의 존재는?"

"지휘부 쪽에 두 명이 있습니다만 4서클과 5서클 정도로 생각됩니다."

"그렇다면 필리아와 자네가 있으니 마법사의 숫자는 비슷하다는 것이군."

게리오스가 7서클 마스터, 필리아가 흑마법 5서클 익스퍼트인 것을 생각한다면 마법사 쪽에선 우리가 우세했지만, 이런 대규모 전투에서 제대로 먹혀들 수 있는 마법은 고 서클에 이르는 대단위 마법뿐이니, 게리오스라 해도 이러한 마법은 세 번 정도가 한계일 것이다.

'세 번의 대단위 마법으로 적의 기병대의 예기를 확실히 꺾어야 이번 전투에서 유리하겠군.'

"자네의 호위 기사단과 다크 데블 기사단이 정면으로 맞붙는다면 어느 쪽이 우세할 것 같은가?"

"서로 간의 실력은 비슷비슷할 것입니다."

"엡실론!"

"예, 주군."

"실로페스와 함께 그린 나이츠로 다크 데블 기사단을 맡도록 해라. 소드 마스터가 두 명이나 있다면 아무리 다크 데블 기사단이 막강하다 할지라도 그대들의 상대가 되지 않을 것이다."

"…알겠습니다."

나의 말에 실로페스와 같이 움직이는 것이 마음에 들지 않는 표정을 지었지만 역시나 기사라고 할까? 곧 큰 소리로 대답을 하고는 게리오스의 호위 기사단 쪽으로 말을 몰아갔다.

"장인어른."

"말하게."

"슈펠트와 함께 중위에 있는 2,000의 보병들을 맡아주십시오."

"알겠네."

"빌!"

"예."

"용병단으로 적을 끌어내라!!"

나의 말에 고개를 끄덕인 빌은 백 명의 용병단을 이끌고 적진을 향해 진격하는 것으로 드디어 선우드와의 두 번째 대전이 시작되었다.

두구두구.

용병 궁기병들이 앞으로 나오자 선우드 측에서 진영의 변화가 시작되었다. 진형의 옆에 도열해 있던 궁병들이 빠른 속도로 진의 안쪽으로 움직이기 시작한 것이다.

전에 레빈의 용병단의 화살에 당한 적이 있었던 선우드는 그것에 대비하여 궁병에 상당한 심혈을 기울인 듯했고, 삽시간에 다크 데블 기사단의 양 옆으로 붙어서는 기사의 명령에 따라 롱 보우에 화살을 먹이기 시작했다.

레빈의 용병들이 비교적 뛰어난 활을 지니고 있어 사거리가 뛰어나긴 하지만, 궁병들이 도사리고 있는 상황에서 무턱대고 나설 수는 없는 일이었기에 할 수 없이 용병단을 물러서게 했고, 그 순간 선우드의 진영에서 길게 북소리가 울리더니 일시에 다크 데블 기사단과 함께 기병들이 진격하기 시작했다.

"이런, 기사단을 진격시켜라!!"

다크 데블 기사단이 소유하고 있는 준마들은 놀라울 정도의 스피드를 내고 있었기에 자칫 레빈의 용병단이 그대로 적의 기사단에 뒤를 내줄 수 있는지라 난 기사단을 진격시킬 수밖에 없었다.

"미치겠군!"

하지만 다크 데블 기사단의 뒤로 나온 일천의 기병들 중 양쪽의 두 무리들이 옆으로 나와서는 한쪽은 레빈의 용병단을, 한쪽은 다크 데블 이 그린 기사단과 충돌하게 되면 옆구리를 칠 요량인지 우측으로 크게 치우치며 말을 몰아갔기에 미간이 찌푸려지고 말았다.

슈슈슉!!

쿠구궁!!

"끄악!!"

과연 알디하렌 기사들 간의 싸움이랄까? 기사단이 충돌하기에 앞서 양쪽으로는 수백이 넘는 손도끼 하렝데스카가 양 진영으로 날아가는 것으로 기사단끼리의 전투가 시작되었다.

바람을 가르며 날아간 하렝데스카는 선두에 서서 달리고 있는 양쪽 기사단을 마치 바람에 볏집이 쓰러지듯이 일순간에 쓰러뜨렸기에 장관 이라고밖에 말을 할 수가 없었다.

하지만 양쪽 기사단의 움직임에는 전혀 문제가 없어 드디어 랜스를 들고 있는 기사들이 정면으로 맞붙었고, 랜스와 방패가 부딪치는 소리 가 사방에서 작렬하는가 싶더니 드디어 기사들의 마상 혼전이 시작되 었다.

그 와중에 레빈의 용병단은 뒤따라오는 기병단을 활로 요격하며 움 직이고 있었지만, 이대로는 전선에 그리 큰 도움이 되지 않음은 분명했 기에 미간을 찌푸린 난 기수병을 보며 말했다.

"용병단을 불러들여라!"

"예!"

나의 명령에 북소리가 몇 번 들리더 깃발병이 작전 명령을 내리자 도망치며 따라오는 기병들을 요격하던 용병단은 기수를 돌려 진영 쪽으로 들어왔다.

그 와중에 게리오스의 호위 기사단, 바로 그린 기사단의 상황은 상당히 나빠지고 있었다. 다크 데블 기사단과 충돌하여 접전을 벌이고 있는 와중에 우회하여 돌아온 기병들이 그린 기사단의 옆구리를 노려 밀고 들어왔기 때문이다.

"젠장!! 보병을 전진시켜라!!"

이대로 두다가는 그린 기사단이 전멸해도 이상할 것이 없었기에 나로선 보병을 움직일 수밖에 없었다.

"와아아아!!"

레빈이 이끌고 있던 2,000 정도의 보병을 접전이 일어나는 곳으로 보낸 난 게리오스를 보며 말했다.

"용병단과 함께 그린 기사단을 돕기 위해 움직이겠다. 게리오스, 네가 지휘부를 맡도록 해라."

"하지만 잘못되기라도 한다면……."

"전과 같은 어설픈 짓은 안 할 테니 걱정 마!!"

게리오스가 말릴 틈도 없이 난 말을 몰고 돌아오고 있는 용병단 쪽으로 향했다.

"영주님!"

"그린 기사단을 돕는다. 가자!"

"예!"

나의 말에 빌은 용병단을 되돌려 그린 기사단이 싸우고 있는 곳으로 움직이기 시작했고, 그와 함께 선우드의 진영에서 드디어 보병들이 움직이기 시작했다.

그리고 우리 쪽으로는 전에 용병단의 뒤를 쫓던 기병들이 맹렬히 돌진해 들어오는 것이 보였기에 일단 저들을 뚫고 지나가는 수밖에 없었다.

"발사!!"

슈슈슈!!

다음 순간 빌의 외침과 함께 용병들이 일제히 활을 쐈고, 백여 발의 화살이 하늘을 가르며 정면으로 돌진해 오는 적의 기병들을 향해 쏟아져 나갔다.

"끄악!!"

히히힝!!

백여 발의 화살에 의해 족히 수십 명의 기병들이 앞으로 나가떨어지듯이 무너져 내렸고, 난 말안장에 매여져 있는 플레일을 집어 들었다.

"끄악!!"

그리고 잠시 후 선우드의 기병과 레빈의 용병단이 충돌했고, 수십 구의 인마가 교차하는 가운데 사방에선 비명과 파육음이 터져 나오며 일대는 피와 살이 튀기는 아수라장이 되어버렸다.

"하압!!"

"끄악!!"

나 역시 그 아수라장의 한가운데 있었기에 교차하며 지나가던 적 기병의 머리를 플레일로 바스러뜨리며 선우드와의 싸움에서 첫 번째 적을 쓰러뜨릴 수 있었다.

하지만 그를 쓰러뜨렸다고 안심할 수는 없었다. 난전에서는 등 뒤에서 언제 검이 날아올지도 모르는 상황이기 때문이다.

"끄압!!"

오른손에 들고 있던 플레일은 물론 건틀렛까지 적병의 피로 붉게 물들어 있었다. 얼굴까지 피의 끈적끈적한 기운이 올라오고 있었지만, 그런 것에 신경 쓸 나위도 없이 또 다른 적을 상대해야 했고, 또다시 손끝으로 묵직한 기운이 느껴짐과 동시에 상대의 두개골이 부서지며 피가 사방으로 터져 나왔다.

"이들은 상대하지 말고 그린 나이츠 쪽으로 돌진해라!!"

선우드의 기병은 용병들 중 말을 소유하고 있거나, 말을 탈 줄 아는 자들을 모아 편성했는지 마상전의 실력은 형편없었다.

순식간에 다섯 명의 적을 쓰러뜨린 난 더 이상 이들에게 잡혀 있을 수 없다고 생각하고는 게리오스의 호위 기사단을 돕기 위해 병력을 그쪽으로 움직였다.

역시나 단 한 번의 충돌로 이미 우리와 맞선 기병들 중 절반은 명을 달리하고 있는 상태였고, 물론 우리 쪽 피해도 만만치 않았지만 그것에 신경 쓸 겨를이 없었다. 호위 기사단이 무너진다면 이 싸움은 사실상 패배라고 할 수 있었기 때문이다.

"끄아아아!!"

쿵!!

"끄억!!"

레빈의 용병단과 함께 필사적으로 그린 기사단이 접전을 이루고 있는 곳으로 말을 몰아간 난 들어서자마자 아군 측 기사와 싸우고 있는 기병의 머리를 부수어뜨리며 그대로 적진 속으로 밀고 들어갔다.

"젠장!!"

아나나 다를까, 상황은 상당히 나쁜 편에 속했다. 접전이 시작되고 내가 이곳으로 올 때까지의 시간은 기껏해야 이십 분이 넘지 않음에도 불구하고 이미 그린 기사단 중 절반 정도가 명을 달리한 상태였기 때문이다.

멀리서 엡실론이 검은 갑옷의 기사와 검을 맞대고 있는 것을 본 난 앞에서 알짱거리는 기병 녀석의 말 머리를 부수어뜨린 후 그가 있는 쪽으로 급히 말을 몰아갔다.

카가가강!!!

푸른 마나가 번쩍이는 두 개의 검이 맞닥뜨릴 때마다 불꽃이 사방으로 작렬하며 주위에 있는 모든 것을 날려 버릴 정도의 기세로 싸우고 있는 두 사람, 엡실론의 상대는 바로 다크 데블 기사단의 소드 마스터였다.

마상 위에서의 검술 대결은 지상에서의 싸움보다 더욱 고난도의 기교가 있어야 한다. 기수가 말을 잘 다루어야 함은 물론이요, 마상에서의 중심 유지, 그리고 발을 땅에 대지 않는 이상 허리의 움직임과 어깨, 그리고 팔의 움직임이 서로 간에 부드럽게 이어지지 않는다면 강타를 날리는 것조차 어려웠다.

그런 이유로 보통 기사들 간의 마상전은 랜스와 플레일 같은 중병기 대결뿐이지 검으로 대결하는 일은 극히 드물었지만, 기사들의 난전에서 검으로 싸우자고 마상에서 내려갈 수는 없는 일이 아닌가?

하지만 소드 마스터라면 이미 마나라는 존재에 능숙해져 있기 때문에 중병기나 검이나 그리 큰 차이는 없었다.

오히려 플레일과 같은 병기에 마나를 주입하는 것이 더 힘들어 마상에서도 중병기보다는 검을 선호하는 것이 소드 마스터였다.

두 사람의 대결은 눈부실 정도였다. 서로를 향해 휘두르고 내찌르는 검은 푸른 마나의 빛만이 번뜩이고 있을 뿐, 검 자체의 모습은 보이지도 않았다.

과연 소드 마스터 간의 대결이라는 생각이 들었다.

내가 엡실론 쪽으로 뛰어가는 이유는 그와 상대하고 있는 자의 정신을 딴 곳으로 돌리기 위함이었다.

뛰어난 검사들 간의 대결에서 한순간의 방심은 바로 죽음으로 연결되어지는 것이 보통임을 잘 알고 있기 때문이다.

물론 비겁하다 할 사람도 있겠지만, 난전어서의 싸움에서 비겁이고 말고가 어딨는가? 무조건 상대를 쓰러뜨리면 그만이지.

하지만 이런 나의 속셈을 아는지 기사 한 명이 뛰어와서는 나를 향해 메이스를 휘둘렀다.

"끄악!!"

키기잉!!

깜짝 놀란 난 급히 고개를 앞으로 숙이며 무의식적으로 들고 있던 플레일을 휘둘렀고, 쇠뭉치에 연결되어 있던 쇠사슬이 메이스와 얽혀 손에 강한 충격이 오며 떨어지고 말았다.

"휴!!"

만약 메이스의 공격을 알아채는 것이 약간만 늦었어도 또다시 머리가 부서지는 것을 면치 못했을 것이란 생각에 섬뜩했지만, 지금은 그럴 사이도 없었다.

급히 안장에 있는 메이스를 집어 든 난 기수를 돌렸고, 역시나 말을 몰며 나를 향해 메이스를 휘둘렀던 기사 역시 메이스에 매달린 플레일을 흔들어 떨어뜨리고는 나를 향해 다시 돌진해 오고 있었다.

"빌어먹을!!"

나에게 메이스를 휘두른 기사는 다크 데블 기사단으로 보이는 검은 갑옷의 기사, 아직 실력에 자신이 없는 나로선 겁이 나는 것은 어쩔 수 없었다.

"끄압!!"

카강!!!

그러나 겁만 먹고 있을 수는 없는 일, 달려오는 녀석을 보며 나 역시 말을 몰아 달려가서는 오른손에 들고 있던 메이스를 휘둘렀고, 그 순간 강한 기운이 손끝으로 밀려오며 날카로운 소리가 고막을 찢어버릴 듯이 울려왔다.

"큭!!"

무거운 중병기끼리의 충돌에 손에 들려 있던 메이스는 또다시 내 손을 벗어나고 말았지만, 다행히도 상대 역시 메이스를 놓치는 것을 볼 수 있었기에 급히 또 다른 병기인 브로드 소드를 뽑아 들었다.

마상전에서 무엇보다 중요한 것이 상대를 말 위에서 떨어뜨리는 것이라 할 수 있기 때문에 보통은 롱 소드를 사용하지만 이번 싸움을 위해 브로드 소드를 준비한 것이다.

채재쟁!!

역시나 제국 황태자의 친위 기사단이라고 할까? 상대는 결코 만만하지 않았다. 검이 한 번 마주칠 때마다 손목이 부서질 정도의 고통이 밀려왔다.

지금 잡고 있는 검마저 놓친다면 상대의 검에 목숨을 잃는 것은 뻔한 일이었기에 죽을 힘을 다해 검을 잡고 있을 수밖에 없었다.

하지만 실력 차이는 어쩔 수 없는 일이었을까? 계속되는 상대의 강공에 손목은 점점 마비되어 가고 등줄기론 식은땀이 흘러내렸다.

그리고 잠시 후 재차 상대의 검과 충돌했을 때 검은 나의 손을 벗어나 땅으로 떨어지고 말았다.

"젠장할!!"

검을 놓친 난 어찌할 바를 몰랐다. 상대는 내가 검을 놓친 것을 보며 투구 쪽을 향해 검을 휘둘렀기에 급히 몸을 좌측으로 돌려 상대의 검을 피할 수 있었지만, 그 탓에 난 말 위에서 떨어지고 말았다.

쿵!!

"끄윽!!"

강한 통증이 어깨에서부터 밀려왔기에 고통의 신음 소리가 나왔지만, 이대로 죽을 수는 없기에 급히 몸을 일으킨 난 말의 옆에 붙어서는 무기를 찾을 수밖에 없었다.

다행히 근처에 적의 기병으로 보이는 자의 시신과 함께 검이 떨어져 있었기에 급히 몸을 날려 검을 잡을 수는 있었지만, 난전이랄까? 그런 나를 보며 다른 기병이 나를 향해 메이스를 휘둘렀다.

"끄윽!!"

하지만 적 기병의 마술이 그리 뛰어나지 않았기에 간신히 몸을 숙여 공격을 피할 수 있었고, 떨어진 검을 잡은 난 몸을 일으키며 말의 배쪽으로 검을 찔러 넣었다.

히히힝!!

검이 배를 뚫고 들어가자 말은 고통에 크게 앞발을 들며 울음을 터뜨렸고, 말 위에 타고 있던 기병은 땅으로 떨어졌다.

그것을 보며 온 힘을 다해 다시 말의 뱃속에 꽂아 넣었던 검을 뽑아서는 녀석의 배에 찔러 넣었다.

"끄윽!!"

칼이 배를 파고들자 고통스러운 신음과 함께 녀석의 입에서 피가 터져 나오니, 오른발로 녀석의 배를 밟고 검을 뽑은 난 주위를 돌아보았다.

쾅!!

"컥!!"

아니나 다를까, 내가 있는 곳으로 기병 하나가 달려오고 있었고, 그 순간 눈앞이 번쩍이는가 싶더니 난 말과 충돌해서는 그대로 뒤로 튕겨져 날아가 버리고 말았다.

역시나 이번 싸움도 나에게는 그리 운이 없었던 것일까? 까맣게 변한 세상이 다시 훤해지며 주변의 병장기가 부딪치는 소리와 비명 소리가 사방에서 들려오기 시작했다.

간신히 몸을 일으켜 근처에 있던 검을 들 수 있었지만, 사방이 뼁뼁 도는 것 같은 혼미한 느낌에 정신은 딴 곳으로 가버린 듯했다.

"차압!!"

오직 죽을 수는 없다는 생각에 검을 휘두르고 또 휘둘렀지만 손으로는 어떠한 느낌도 오지 않았고, 다음 순간 등줄기에 뜨거운 느낌이 밀려오며 나의 몸은 앞으로 쓰러졌다.

어깨 쪽으로 적의 공격을 받은 것이다.

역시나 지휘부에서 그냥 지시나 내리고 있을 걸 하는 생각이 들었지만, 사실 내가 나온 것에는 다른 이유가 또 있었다.

솔직히 이러한 대규모의 전투에 자신이 없었기에 제왕학과 전술학을 전문적으로 배웠을 게리오스에게 군을 맡기는 것이 나을 것이란 생각이 들었기 때문이다.

하지만 지금의 상황에 처하고 보니 그것은 후회가 될 수밖에 없었는데, 그때 누군가가 나의 몸을 일으키고 있다는 느낌이 들었다.

"영주님!! 영주님!!"

간신히 고개를 돌려보니, 나를 부축하고 있는 자들은 바로 영지에 소속된 자경대 대원들이었고, 그 뒤로는 엡실론이 말 위에서 얼굴에 피가 범벅인 채로 소리치고 있었다.

"뭐 하는 것이냐!! 빨리 영주님을 지휘부로 모셔가라!!"

"예!"

역시나 엡실론이 나를 발견했던 모양이다. 내가 레빈의 용병단을 이끌고 오기 전에 출발시켰던 보병들이 드디어 난전 속에 합류했다는 것을 알 수 있었던 난 손바닥으로 얼굴을 가격하고는 정신을 차리기 위해 노력했다.

몇 번을 강하게 내려쳤을까? 사물은 점점 또렷해지기 시작했고 그 순간 어깨에 참을 수 없는 고통이 밀려왔다.

"나를 놓아주게."

몸을 부축하고 있던 자경대원에게 차분히 말한 난 주위를 돌아보았고, 드디어 기마전에 이어 양쪽의 보병들이 충돌한 것을 볼 수 있었다.

내 주위로는 족히 오십여 명이 넘을 듯한 자경대원들이 원을 그리듯 감싸며 나를 보호하고 있는 것이 보였고, 적과 충돌하고 있는 곳에서 검에 푸른 마나를 불어넣은 채 상대를 쓰러뜨리고 있는 레빈의 모습이 보였다.

"간다!!"

그의 모습을 본 난 희망을 가지고 옆에 있던 자경대원들을 보며 소리친 후 앞으로 걸음을 옮겼다. 걸을 때마다 고통이 밀려오고 있었지만, 또다시 전과 같은 아무것도 못하고 실려가고 싶은 생각은 없었기에 그것을 참으며 적이 있는 곳으로 걸음을 옮겼다.

"영지를 침범한 악적을 쓰러뜨리고 우리들의 땅과 가족을 지키자!!"

검을 높게 들고 소리친 난 온 힘을 다해 큰 소리로 소리친 후 검을 두 손으로 잡고는 적의 병사들을 향해 몸을 날렸다.

"끄아악!!"

"와아아아!!"

나의 함성이 먹혀들어 갔을까? 주위에 있던 자경대원들 역시 고함을 지르며 적을 향해 달려들고 있었다.

사실 내가 뭐 하러 이들의 가족을 지켜주겠는가? 내 재산 지키자는 생각 하나뿐이지. 어쨌든 평민들의 심리를 파악하고 그들의 사기를 높일 말을 찾고 외친 것에 불과했지만, 그들은 나의 말에 큰 힘을 얻는 듯했다.

하긴 영주가 직접 자신들의 안위를 위해 싸워준다는데, 힘이 안 생기겠는가?

"죽어라!!"

앞에 보이는 병사의 얼굴에 검을 날려 쓰러뜨린 난 또다시 밀려오는 적병을 향해 검을 휘둘렀다.

다크 데블 기사단을 상대하는 것은 어려웠지만, 어설픈 실력의 적 보병을 상대로 싸우는 것은 훨씬 편한 듯했다.

하긴 마상 전투가 익숙하지 않다는 것이 가장 주효했지만, 아직 익스퍼트의 단계에도 이르지 못한 자들을 상대로 진다는 생각은 전혀 없었기에 부상을 입었음에도 불구하고 힘이 솟고 있었다.

얼마나 지났을까? 선우드의 진영에서 갑자기 엄청난 불꽃이 솟아오

름과 동시에 폭발하는 소리가 들려오니 깜짝 놀랄 수밖에 없었다.

불꽃은 족히 이십여 미터가 넘는 범위를 붉게 물들이고 있었고, 사방에서 비명 소리가 터져 나오며 진영은 한순간에 아수라장이 되어버렸다.

"마법? 게리오스인가?"

이 정도의 마법을 행할 수 있는 자는 양쪽 진영에서 단 한 명, 게리오스밖에 없다는 것을 아는 나로선 승기가 우리 쪽으로 기울어짐을 느낄 수 있었다.

우리 쪽의 병력 역시 상대편의 진영에서 불꽃의 폭발이 일어나는 것을 보며 아군의 마법사가 마법을 사용했다는 것을 알고 더욱 사기가 올랐고, 어느 쪽이 우세라 볼 수 없었던 난전은 자연히 우리 쪽이 유리해지며 상대를 밀어붙이고 있었다.

십여 분 정도가 지났을까? 적의 진영 쪽에서 깃발이 흔들리는가 싶더니 지휘부가 서서히 뒤로 물러나는 것이 보였다.

"적군이 도망치고 있다!!"

"와아아!!"

아마도 더 이상의 싸움은 어렵다고 생각한 선우드가 지휘부를 물리고 후퇴하려 한다는 것을 안 난 큰 소리로 소리쳤고, 아군 사이에서 큰 함성이 들려왔다.

대규모의 전투에서 보통 병사들을 상대로 마법이란 상당한 힘을 보이고 있었다. 마법이라고 하는 것이 그렇다그 한꺼번에 수천 명을 죽일 수 있다는 것은 아니지만 보통 사람은 익히기 어려운 것인 데다가, 시각적 효과는 상당한 크기 때문에 심리적으로 큰 효과를 거두는 것이다.

일반 평민들이 마법이라는 것을 구경하는 것은 극히 드문 일이었기에 게리오스의 대단위 화염 마법은 상당한 효과를 보였고, 그 탓에 적의 사기가 급감한 것이다.

나로선 상당한 시간의 스펠이 필요한 대단위 마법진을 게리오스가 어떻게 적진의 가까이에서 실행시켰는지가 궁금했다. 아까 그 정도의 위력을 낼 마법이라면 적진에 가까이 붙어야 가능한 일이기 때문이다.

지휘부가 물러난다는 소리에 아군의 병사들은 노도와도 같이 적군을 밀어붙이기 시작했다.

그리고 다시 이십여 분이 지났을 때 지휘부는 완전한 퇴각을 하고, 적병들은 드디어 항복하기 시작했다.

지휘부가 사라진 이상 용병들은 더 이상 싸울 필요성도 없고, 싸울 만한 사기도 지니지 못했기 때문이다.

적병들이 하나둘씩 항복을 시작하자 난 그제야 안도의 한숨을 쉴 수 있었다. 내가 직접 전투에 참여함으로써 상당히 힘든 전투가 되었기 때문이다.

"끅."

그제야 등 쪽으로 강한 통증이 밀려왔기에 난 무릎을 꿇고 말았고, 자경대원 몇 명이 나의 곁으로 뛰어오는 것이 보였다.

"영주님, 괜찮으십니까!!"

"난 괜찮다. 너희들이 수고가 많았구나."

"별말씀을요. 영주님께서 이렇게 직접 전장에 나오시니 힘이 더 솟았습니다!"

나의 말에 젊은 청년은 큰 소리로 소리쳤다. 역시나 내가 직접 나온 것이 상당한 효과를 거두었구나 하는 생각이 들었다.

보통 영주라고 하는 것은 그저 뒤에서 병사들을 지휘하며 선우드와 같이 전황이 안 좋을 때는 가장 먼저 도망치는 것이 보통이었다.

하지만 선우드에 비해 난 최전선에서 직접 싸웠고, 부상까지 입었으니 일반 병사들이 얼마나 감동하겠는가?

거기에 또 다른 이유가 있다면 가문의 전통 탓도 있었다. 이드리샤 가문은 아멘 왕국에서 가장 오래된 무가, 가문의 선조들 어느 누구도 최전선에서 싸우지 않은 자가 없었고, 나 역시 그러한 것을 따른 것이다.

물론 그 탓에 한때는 가문의 대가 끊어질 위기도 있었지만, 그 때문에 아멘 제일의 무가라는 명성을 지닐 수 있었던 것이다.

"영주님, 부상은 어떠십니까?"

"괜찮네."

그때 엡실론이 떠돌아다니던 말 한 마리를 끌고 나의 곁으로 와서는 물었기에 난 괜찮다고 말한 후 그가 몰고 온 말 위에 올라탔다.

"피해는 어느 정도인가?"

"…기사단의 피해는 상당합니다. 적 기사단과 기병에 둘러싸인 탓에 반 이상이 죽임을 당했습니다."

"…음……."

정면 대결을 펼쳤던지라 피해는 예상하고 있었지만, 이건 생각보다 심했다.

"보병은……."

"약 1,000 이상이 전사한 것 같습니다만 포로로 잡은 자가 2,000이 넘으니 엄청난 대승이라고 할 수 있습니다."

"도망간 선우드의 부하는?"

"대략 1,000 정도입니다."

"추격한다."

"예?"

"이번에 포로를 잡은 자들을 최대한 빨리 회유하여 후발대로 출발시키고 남아 있는 기사단과 보병들을 2,000 정도 추스린 후 추격한다."

"하오나……"

나의 말에 엡실론은 찬성하지 않는 듯했지만, 지금의 기회를 놓치고 싶지는 않았다.

"잘 들어라. 션우드는 다크 데블 기사단까지 끌어들이며 모험을 했다. 하지만 이 싸움은 우리가 승리했으니 녀석에게 갈 곳은 없겠지? 아마 알디하렌으로 그가 가진 사업의 모든 것을 이미 이전했을 것은 분명한 일, 션우드의 영지는 비어 있다고 해도 과언이 아닐 것이다."

"그렇군요."

"지휘부는 아마 션우드의 영지로 갈 테지만, 중요 인물들은 분명 영지를 우회하여 알디하렌으로 탈출을 감행할 것이다. 그렇다면 여기에서 놀고 있을 필요가 없지 않은가?"

내 말에 엡실론은 고개를 끄덕이고는 말했다.

"그렇다면 중요 요인들이 탈출한 곳에 병사들을 배치하는 것은 어떻습니까?"

"션우드에게 자식이 있다 알려져 있다. 이미 그가 알디하렌으로 기반을 옮겼다면 션우드를 잡는다고 해도 그의 모든 것을 얻을 수는 없는 것, 그렇다면 차라리 데니언 남작의 영지와 함께 션우드의 영지를 재빨리 빼앗는 것이 훨씬 이득이다."

"알겠습니다."

내 말에 고개를 끄덕인 엡실론은 추격대를 편성하기 위하여 지휘부 쪽으로 말을 몰아갔고, 나 역시 천천히 지휘부 쪽으로 말을 몰아갔다.

지휘부에 도착하자 필리아와 사제들이 내가 부상을 당했다는 것을 엡실론에게 들었는지 달려왔기에 이음새를 풀고는 갑옷을 벗어 내렸다.

"끅……."

갑옷이 벗겨지며 상당한 통증이 밀려왔지만 이를 악물며 그것을 참았다. 영지의 신전을 맡고 있는 셀든 사제가 와서는 두 손을 들어 올리며 말했다.

"영주님, 잠시만 참으십시오. 모든 이를 사랑으로 어루만져 주시는 자애의 여신이시여, 이 어린 양의 상처를 여신의 따뜻한 손길로 보듬어 주십시오. 힐링!!"

나에게 안심을 시켜주는 말을 한 그는 신성 주문을 외웠고, 새하얗고 따뜻한 빛이 몸으로 느껴져 왔다.

역시나 신성 치료일까? 고통은 점점 사라져 갔기에 난 필리아를 보며 물었다.

"필리아, 게리오스는?"

"지금 오고 계실 것입니다."

"다행이군. 그런데 어떻게 게리오스가 적 진영에서 대단위 마법을 실행할 수 있었던 것이지? 그것이 이번 싸움의 승패를 좌우했는데 말이야."

"그것은 모두 게리오스님의 선견지명이었습니다."

"선견지명?"

"예. 게리오스님의 말씀을 들어보면 선우드의 공격이 있을 것이란 예측은 있으셨다더군요. 그래서 그들이 진영을 이루고 있는 곳 근처의 숲에 이동 마법진을 설치한 것 같습니다. 그것을 이용하면서 적 마법사에게 이동하고 있는 것을 들키지 않으려면 상당한 마나를 소모하게 되어 대단위 마법의 경우에는 한 번밖에 사용할 수 없지만, 이번 전투에서 상당한 도움이 된다 여기시고 지휘부를 기사 한 분에게 맡긴 후 급히 가셨던 것이지요."

"음……."

과연 게리오스라는 생각이 들었다. 어떻게 그런 생각을 다 하는지, 제국 황제의 총애를 받을 만한 인물이었다.

"영주님, 게리오스님께서 돌아오셨습니다."

"아!"

지휘부 천막 안으로 들어온 게리오스의 모습은 가관이었다. 입고 있던 로브는 지저분해져 온통 나뭇잎과 흙으로 범벅이 되어 있었고, 머리 역시 엉망인 것을 보며 절로 미소가 흘러나왔다.

"하하하, 상당히 수고한 것 같군, 게리오스."

"휴… 아무 말 마십시오. 세 번의 파이어 필드 마법으로 일단 적 지휘부 쪽을 쓸어버리긴 했는데 그 탓에 마나는 모두 떨어지고, 간신히 미리 준비해 둔 곳에 몸을 숨겨 목숨은 보전할 수 있었지만 꼴이 말이 아니게 됐지요."

"그래도 살아 돌아와 다행이네. 그런데 적 지휘부라고?"

"예. 그것도 션우드가 있는 지휘부 천막을 중심으로 말입니다. 뭐 두 명의 마법사가 있으니 살아는 있겠지만, 그 외에는 상당한 피해를 입었을 것입니다."

"그렇군."

그의 말을 듣고서야 난 지휘부가 급히 후퇴한 것을 이해할 수 있었다. 지휘관의 대부분이 게리오스의 파이어 필드 마법으로 피해를 당했으니 당연히 지휘부가 마비되었겠지.

그 탓에 군을 움직이는 것이 어려워졌을 것은 당연했기에 이번 승리의 반 이상은 게리오스의 힘이라고 해도 과언이 아니었다.

"자네의 덕으로 승리를 한 것이로군."

"별말씀을 다 하십니다. 실제로 제가 죽인 자들은 기껏해야 이백 정도에 불과할 텐데요."

"아니야. 지휘부를 자네의 마법으로 무너뜨리지 않았으면 싸움은 쉽게 끝나지 않았을 것이네. 아! 자네, 움직일 수 있겠는가?"

"마나야 바닥이지만, 말을 탄다면야 문제는 없습니다."

"이대로 데니언과 선우드의 영지를 쓸어버릴 생각이네."

"좋은 생각입니다."

역시나 게리오스 또한 내가 생각했던 것을 생각하고 있었던 듯했다.

엡실론과 슈펠트가 빠르게 움직인 탓에 토병 2,000가량을 모을 수 있었던 난 남아 있는 기사들과 함께 바로 데니언 남작의 영지로 병사들을 움직였다.

성을 가지고 있지 못하는 데니언 남작이라면 공성전은 필요없기에 병사들의 숫자 역시 얼마 되지 않을 것이니 그들을 무너뜨리는 것은 어렵지 않을 것이다.

영지의 젊은이들로 이루어진 후발 보급대는 레빈이 최대한 빨리 준비하여 따라올 것이기 때문에 현재 내가 할 일은 적의 뒤를 쫓아 데니언 남작의 영지를 점령하는 데 있었다.

물론 남작과 그의 사병들만을 처리한다면 영지는 알아서 들어오는 것이고, 그와 함께 바로 션우드의 영지로 군을 몰아 열흘 안에 두 녀석의 영지를 완전히 나의 것으로 할 생각이다.

작전은 예상대로 진행되었다. 녀석들은 데니언 남작의 영지를 거치지 않고 그대로 자신들의 영지 쪽으로 계속 후퇴했고, 그 덕에 우리들은 그대로 데니언 남작의 저택을 급습하여 거의 피해없이 남작과 그의 식솔들을 쓸어버릴 수 있었던 것이다.

하긴 2,000에 가까운 병사들을 거느리고 있었으니 데니언 정도는 정공으로 밀어붙여도 충분했다.

쉽게 데니언의 영지를 흡수한 난 삼백 정도의 병사들을 남겨두고 다시 션우드 쪽으로 향했고, 그전에 레빈의 보급대는 데니언의 영지에서 합류할 수 있었다.

군을 움직인 지 거의 오 일 만에 드디어 션우드의 성에 도착할 수 있었다.

하지만 예상과는 달리 션우드 측에선 어떠한 저항도 없었고, 남아 있던 지휘부의 인물들은 우리 쪽 군대가 도착하자마자 항복을 선언했다.

역시나 예측대로 션우드는 이미 다른 길을 통해 알디하렌으로 도주한 후였기에 남아 있던 기사와 측근들도 더 이상 싸울 생각을 하지 못한 것이다.

데니언과 션우드의 영지를 흡수한 후 모든 피해를 들었을 때 생각 외로 많은 피해가 있었음을 알 수 있었다.

자경대 소속 보병의 사망자만 해도 1,000이 넘는 데다가 중경상을 입은 부상자는 1,500을 넘어서고 있었다.

게리오스의 호위 기사단인 그린 기사단의 경우에는 오백의 인원 중

반 이상이 죽임을 당해 경상자를 합쳐도 이백 정도에 불과했고, 레빈의 용병단 경우에는 제대로 된 인원은 삼십 명 정도에 불과했다.

게리오스의 호위 기사단과 레빈의 용병단은 내 영지에서 가장 정예화된 병력, 그러한 병력의 반 이상이 사라졌기에 영지 전체 힘의 삼 분의 일 이상이 허공으로 날아갔다고 해도 과언이 아닌 것이다.

물론 데니언과 선우드의 영지를 얻었다고는 하지만, 나에게는 그들을 잃었다는 것이 훨씬 더 강하게 다가오고 있었다.

"이거 레빈과 자네, 그리고 실로페스에겐 상당히 미안하군……."

"적의 숫자를 생각한다면 이 정도의 피해는 당연한 것입니다. 적당한 보상을 해준다면 그들 역시 만족할 것입니다."

"아니… 아니야. 솔직히 자네의 호위 기사단에는 미안하군. 나와는 전혀 상관이 없는 자들인데 말이야."

"괜찮습니다. 만약 선우드가 승리했다면 저 역시 위험했을 테니, 그들은 저를 보호하기 위해 싸웠을 뿐이라 생각할 것입니다."

"그런가? 그렇다면 다행이지만……."

물론 실제로는 그리 미안한 생각은 없었다. 레빈의 용병단이나 게리오스의 기사단이나 나의 것이 아니기 때문이다.

하지만 레빈의 용병단만큼은 거의 내 것이나 다름없었으니 게리오스의 호위 기사단보다는 조금 아까운 생각이 들었다.

선우드의 성을 점령함으로써 그와의 두 번째 대전은 완전히 막을 내릴 수 있었다. 녀석이 만약 배수의 진을 치는 각오로 임했다면 이번 싸움은 힘들었을 수도, 아니, 크게 본다면 패할 수도 있는 일이었지만, 알디하렌이라는 탈출구를 마련함으로써 반쯤은 승리가 예고된 싸움이 된 것이다.

선우드는 이미 상당한 기반을 잡은 대상인, 그런 자가 위험한 일을 감행할 리는 없으니 상황이 조금 어렵게 되자 구태여 목숨을 걸고 하는 싸움보다는 살아서 도망가는 것을 택한 것이다.

그렇게 해서 패할 수도 있었던 싸움이 승리 쪽으로 기울었던 것을 생각한다면 자신의 기반을 놓치려 하지 않았던 선우드에게 감사하다고 할까?

제18장 요슨 성가의 방문

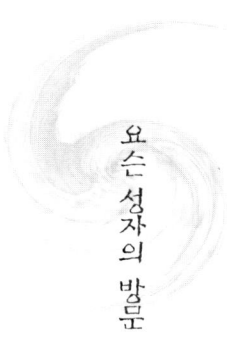

요슨 성자의 방문

이번 싸움으로 얻은 영지의 크기는 엄청나다고 할 수 있었다.

전에 얻었던 아메로스 남작의 영지가 본래의 나의 영지 3배의 크기라는 것을 감안한다면 데니언의 영지는 그것에 비해 작은 영지였지만, 선우드의 영지는 아메로스와 나의 영지를 합한 것에 족히 2.5배는 넓었기 때문이다.

거기에다 상인 출신답게 그가 머물던 성을 포함하여 4만이 넘는 도시가 두 개, 일만 이하의 마을만 열네 개나 있었기에 선우드 자작의 영지에 속한 영지민의 숫자만 15만에 가까웠고, 데니언 남작의 영지 역시 3만 정도의 영지민이 있는 것을 생각한다면 영지민의 숫자만 해도 어마어마한 것이다.

내 영지의 영지민이 이제 8만에 가까운 것을 감안한다면 족히 25만에 달하는 영지민을 얻은 것이다.

게리오스에게 션우드와 데니언의 영지에 대한 보고서를 받은 난 감격에 목이 매여왔다.

"휴… 약간 모자라긴 하지만, 이제야 공작 체면에 맞는 영지를 얻은 것 같군."

"그렇습니다. 아멘 왕국의 특성상 션우드는 많은 영지민을 거느리고 있음에도 이들을 사병화시키지 못했으니 재력만 보강해 준다면 족히 수만에 이르는 병사들을 양성할 수 있을 것입니다."

"그렇단 말이지… 음… 아! 후작에게는 이번 일에 대한 경과서를 보냈는가?"

"예. 또 션우드 자작의 성에서 일하던 문관 귀족 한 사람을 포섭했고, 그 외에도 그가 법을 어기고 과도한 병사를 양성하여 귀작의 권위를 무시하고 영주님을 공격했다는 증언이 가능하니 이번 일은 어느 누구도 정당했음을 부인할 수 없을 것입니다."

그의 말에 난 고개를 끄덕일 수 있었지만, 문제는 정당하고 그렇지 않고의 문제가 아니었다. 션우드와 데니언의 땅을 손에 넣음으로써 나의 영지는 거의 아델슨 후작의 영지와 맞먹을 정도로 커졌으니 두 공작이 이 소식을 듣지 못했을 리가 없을 것이다.

우리 가문의 세력 확장을 두려워하고 있는 그들이라면 손을 쓸 것이 분명했기에, 아델슨 후작의 포섭과 함께 또 다른 존재에게 힘을 얻어야 했다.

그러나 나의 근처에 두 공작의 도발을 막을 수 있는 인물이라고는 단 한 명밖에 없었기에 한숨이 나오고 말았다.

"알디하렌과의 보석 교역은 힘들겠지?"

"션우드가 제국에 투신했으니 어려울 듯합니다."

"뭐 서먼 쪽의 교역만으로도 충분하니 큰 문제가 없겠지만, 그 탓에 론 백작이 돈줄을 놓쳤으니 한소리 하겠구만."

"그렇습니다. 하지만 론 백작은 확실히 저희 쪽으로 끌어들여야 할 자입니다."

론 백작은 그저 돈이나 밝히는 무능력한 귀족임을 게리오스나 나나 똑같이 생각하고 있는 것이다.

하지만 그가 능력이 있든 없든 그가 맡고 있는 노턴 코프는 두 명의 공작에게 포섭되지 않은 세력이었기에, 북부에 영지를 가지고 있는 나에게는 주인이 밉더라도 친분을 가져야 하는 곳이 노턴 코프였다.

"일단 론 백작에게 이번 션우드와의 싸움 결과와 함께 어느 정도의 돈을 쥐어주는 것이 좋겠군."

"션우드라는 돈줄을 잃었는데, 그 정도로 될까요?"

게리오스의 말에 나 역시 동감을 표시했다.

"새로운 돈줄을 집어주어야겠지. 우리 쪽에서도 이득이 있는 그런 것을 말이야."

"론 백작과의 동맹을 생각하고 계십니까?"

"역시 자네로군. 그렇다네."

론 백작의 노턴 코프는 사방 군단 중에서 가장 적은 수의 군단이지만, 그와는 별도로 가장 여유가 있는 군단이기도 했다.

북으로 셔먼과 대륙 제일의 강국 알디하렌을 맞대고 있지만, 드래곤 산맥이라는 천혜의 방어벽 덕에 타국의 침공 루트는 거의 전무하다고 해도 과언이 아니었다.

그런 이유로 적은 숫자의 병사들이 배치되어 있음에도 필요하다면 군단의 인원 중 70% 이상을 움직일 수 있는 것이 노턴 코프였으니 그 정도의 숫자만 해도 2만이 넘는 수였고, 전체 인원 중 반에 가까운 이들이 드래곤 산맥에 적합한 레인저 출신이기에 신속한 군대 운용이 가능한 것이 노턴 코프였다.

뭐 신속한 군대 운용이라고 해봤자 이미 썩을 대로 썩은 것이 노턴 코프인지라 귀족들의 사병보다 약간 빠른 편에 지나지 않았지만, 그것이 어딘가?

내가 생각하고 있는 것은 내 영지의 병사들을 상당한 숫자로 끌어내고 제대로 훈련시키기까지 노턴 코프의 레인저들을 영지의 중요 요소에 배치하고자 하는 것이다.

또 내 영지의 병사들이 일만을 넘어선다면 그 이후의 숫자는 노턴 코프의 정규병으로 등록해 놓으면 내가 과도한 병사를 키우고 있다는 것을 감출 수 있는 장점이 있었다.

물론 협정이 맺어져 그것이 가능하게 된다면 상당한 액수의 돈을 그에게 지불해야 하지만 지금 당장 병사들이 필요한 나로선 그것이 최선의 방침이고, 잘만 하면 노턴 코프의 병사들마저 내 것으로 할 수 있기 때문에 해볼 만한 도박이었다.

"알겠습니다. 론 백작에게 가까운 시일에 사람을 보내도록 하겠습니다."

론 백작과의 일을 끝으로 오늘의 일은 간단히 끝마치기로 했다. 물론 해결해야 할 일은 산재해 있었지만, 좀처럼 흥분 때문에 일이 손에 잡히지 않기 때문이다.

집무실을 나와 방으로 돌아온 난 알리샤가 머무르고 있는 방으로 들어섰는데, 그녀가 자신의 품에 안겨 있는 두 아이를 보며 긴 한숨을 쉬고 있는 것을 볼 수 있었다.

"응?"

알리샤가 이런 표정으로 한숨을 쉬는 것은 거의 드문 일인지라 나로 선 그 이유를 물어볼 수밖에 없었다.

"알리샤, 무슨 걱정이 있는 것이냐?"

"아! 영주님, 어서 오십시오."

"앉아 있어라. 네가 한숨을 쉬다니, 어디 아프기라도 한 것이냐?"

일어서서 인사하려는 그녀를 다시 앉힌 난 침상에 걸터앉아 그녀에게 물어보았는데, 알리샤는 나의 물음에 또다시 한숨을 쉬니 답답할 수밖에 없었다.

"무슨 걱정이지?"

"…두 아이 중 하나를 신전에 보내야 한다는 생각을 하니……."

"아!"

그제야 난 그녀가 한숨 짓는 이유를 알 수 있었다. 과거 알리샤에게서 태어난 아이를 신전에 맡기기로 한 것이다.

신을 모시는 성자와의 약속인만큼 그것은 반드시 지켜져야 하는 일이었지만, 두 아이 중 어떤 아이도 보내고 싶지 않은 것이 사실일 것이다.

"영주님… 아이를 보내지 않으면 안 될까요?"

"…휴… 알리샤 너의 마음을 왜 모르겠느냐? 하지만 그것은 성자와의 약속이기에 앞서 자애의 여신님과의 약속이기도 하니, 공작인 나로서도 어려운 일이구나……."

"흑흑흑……."

내 말에 눈물을 흘리는 그녀의 모습에 안타까운 마음이 들었다.

성전으로 갈 아이는 이미 정해져 있었다. 벨루와 프리티아 중 벨루는 영지를 이어받기 위한 기사 수업을 받아야 하는 아이이기 때문에 성전으로 갈 아이는 딸아이 프리티아가 될 것이다.

"아이가 레트론에 간다고는 하지만, 영영 이별하는 것은 아니지 않는가. 나중에 게리오스에게 부탁하여 레트론에 텔레포트 마법진을 설치하면 자주 만날 수 있을 것이다. 아니, 매일 만날 수도 있겠지."

"영주님……."

나의 말에 그녀는 조금 안심하는 듯한 표정을 지었지만, 근심은 사라지지 않는 듯했다.

"아직 아이가 신전으로 가려면 족히 칠 년은 더 있어야 하니, 그것은 나중에 생각하도록 합시다."

"…예, 영주님."

보통 신전에 아이를 맡기는 나이는 일곱 살에서 여덟 살 사이, 그 이전이라면 아이를 부모에게·떨어뜨려 놓기가 쉽지 않았기에 부모가 있는 아이라면 그 나이가 보통이었다.

뭐 고아라면 그 이전에도 가능하긴 하지만 우리 프리티아가 고아들과 같을 수 없으니 보내려면 제대로 된 나이에 맞추어 공작가에 어울리는 격식으로 보낼 것이다.

"자자. 오늘은 이만 아이를 유모에게 맡기고 자리에 들도록 합시다."

"예, 영주님."

근래에 들어 간신히 리안나와 알리샤의 아이를 맡을 유모를 구할 수 있었던 덕에 그녀와 같이 잠자리에 들 수 있었다.

어느 정도 학식이 있고 예절을 갖춘 여인을 찾는 것이 쉽지 않은데다가, 아이가 세 명이나 되니 유모 역시 셋이나 구하느라 시간이 걸린 것이다.

　그날은 알리샤와 편한 밤을 보낸 난 다음날 다시 집무실로 돌아와 이번 전투로 생긴 수많은 업무를 처리해야 했다.

　일은 일대로 쌓여 있고, 엡실론은 엡실론대로 수련을 빼먹으면 안 된다고 하니, 몸이 남아나지 않을 지경이었다.

　"휴… 미치겠군……."

　서류를 볼 때마다 머리가 지끈지끈 아파오는지라 작위를 버리고 도망이라도 치고 싶은 심정이었으나 그럴 수는 없는 일이었다.

　다시 펜을 들어 서류를 확인하고 내 사인을 적어 넣는 일을 반복하고 있었는데, 한 시간여 정도를 서류에 매달리고 있었을 때일까? 노크 소리가 들리며 집무실 안으로 한 사람이 들어와서는 고개를 숙이며 인사했다.

　"영주님께 인사드립니다."

　"셸든 사제 아닌가?"

　영지의 신전을 담당하고 있는 셸든 사제가 집무실로 찾아오자 난 그 이유를 물어보았는데, 녀석의 입에서 듣기 싫은 자의 이름이 나오자 절로 미간이 찌푸려졌다.

　"영지로 요슨 성자님께서 당도하셨습니다."

　"응? 그 재수없는 늙은이가?"

　"…영주님."

　"알겠다고, 알겠어! 젠장! 그래서 내가 나가봐야겠는가?"

　"성자님께서는 성전으로 오실 아기님을 만나고 싶어하십니다."

　역시나 그 늙은이 나이를 먹었으면 깜빡할 때도 됐건만 약속을 잊지 않고 영지까지 찾아온 모양이다.

"젠장! 그래, 어디 있는가?"

"지금 성의 귀빈관에 계십니다."

"알았네."

일단 성자 정도 되는 인물이 왔으니 가봐야 할 것 같았기에, 한숨을 쉰 난 서류 정리하는 것을 멈추고는 성의 귀빈관으로 걸음을 옮겼다.

귀빈관에 도착하자 역시나 백발의 재수없는 늙은이가 홀짝거리며 차를 마시고 있는 것이 보였기에 난 그의 앞으로 가서는 말했다.

"늙은이, 그 정도 나이 되면 건망증이라도 있어야 되는 것 아닌가?"

"흥! 재수없는 공작 나으리로군."

나의 말에 녀석도 그리 반갑지는 않았는지 콧방귀를 뀌며 말하고는 천천히 자리에서 일어나 계속 말을 이었다.

"잔말 말고 네 자식놈에게 안내해라. 그 아이의 얼굴을 보아야겠다."

"약속은 약속이니 지키기는 하겠지만, 성자라는 직분을 지닌 당신이 구태여 이곳까지 올 필요가 있었는가? 시간이 되면 어련히 보낼 텐데 말이야."

"나도 네 녀석을 생각하면 이곳에 오고 싶은 마음이 없었지만, 자애의 여신님의 말씀이 있으셨다."

그의 말에 난 깜짝 놀랄 수밖에 없었다. 자애의 여신님의 말씀이 있었다니?

"자애의 여신님의 말씀이라고?"

"그래. 자세한 이야기는 그 아이를 보고 말해 주마."

요슨 성자는 그 이상 말을 해주려 하지 않았기에 난 궁금하기는 했지만 일단 요슨 성자를 아이가 있는 곳으로 안내했다.

이번에 태어난 자식놈들은 내 방과 가까운 곳에 방을 꾸며놓았기에 세 아이가 같이 머무르고 있었는데, 그것이 아이들에게도 좋을 것 같다는 생각에 방을 하나로 선택한 것이다.

아이가 있는 방에 도착하자 낮잠을 잘 시간이었는지 세 명의 유모가 요람을 흔들어주고 있는 것이 보였다.

"영주님께 인사드립니다."

우리들이 들어오자 유모들은 고개를 숙이며 예를 표했지만 난 간단히 손을 들어 인사를 받은 후 프리티아의 앞에 가서는 말했다.

"이 아이가 바로 성전에 가게 될 나의 딸이오."

"오… 이 아이인가?"

요슨 성자는 나의 말에 한달음에 아이의 앞으로 다가가더니 쌔근거리며 잠이 들어 있는 아이의 귀여운 모습을 보고는 얼굴이 시뻘게지며 미소가 흘러나왔다.

"오… 이렇게 어여쁠 수가. 과연 성녀가 될 아이란 말인가……."

"응? 성녀?"

성녀란 바로 여신의 강림을 받을 수 있는 자격을 지닌 여인을 뜻하는 것이기에 그것은 독실한 신의 사제가 아니면 불가능했다.

그런 이유로 태어나면서부터 성녀나 성자로 정해지는 일은 극히 드문 일이라 요슨 성자의 말에 놀랄 수밖에 없었다.

"여신의 계시가 있었네. 어머니께서 말씀하시기를, 플로렌과 알리샤의 자식 프리티아는 나의 자식이 될 아이라고 말일세."

"음… 그런 일이……."

말해 주지도 않았는데 내 딸 프리티아의 이름을 아는 것을 보니, 확실히 계시를 받긴 받았나 보다. 태어나자마자 이렇게 선택되어진 것을 보면 내 딸이 자애의 여신의 사제로선 수제라고도 할 수 있는 일이기에 기분이 좋은 것은 당연했다.

요슨이 곤히 잠자고 있는 프리티아를 보며 두 손을 가슴으로 모으고는 기도를 올리자, 그 순간 그의 몸에서 순백의 빛이 뻗어 나왔다.

"모든 만물을 자애로운 눈으로 바라보시는 어머니 레비나님이여, 그대의 자식 프리티아를 어머님의 권능으로 돌보아 모든 사악한 기운이 범접하지 못하게 하옵소서."

그리고 그의 기도가 끝났을 때 순백의 빛이 놀랍게도 프리티아의 몸속으로 빨려 들어가듯이 사라졌다. 아이의 몸이 빛나는가 싶더니 잠시 후 원래의 상태로 돌아왔다.

"요슨 성자, 그것은 무엇인가?"

"프리티아에게 신께서 권능을 내리사 마의 기운이 범접하지 못하게 한 것이네. 이런 권능을 받아야 진정한 사제로서 힘을 발휘할 수 있는 것이지."

"오! 그렇다면 우리 프리티아가 당신이나 셀든 사제처럼 신성력을 사용할 수 있단 말인가?"

난 그 말에 프리티아가 신성력을 사용하게 된 것이 아닐까 물었는데, 요슨은 그런 나를 아래위로 훑어보더니 길게 한숨을 쉬고는 말했다.

"자네 기사 맞는가?"

"검을 익히고 있으니 기사라고 할 수는 있지."

"그럼 묻겠다. 왕의 기사는 처음부터 오러 블레이드를 팍팍 쓰던가?"

"미친 늙은이! 말이나 되는 소리를 해라!"

나로선 그의 말에 역시나 조금 맛이 간 늙은이라 생각하며 조롱을 보냈는데, 그는 오히려 콧방귀를 뀌며 말했다.

"흥! 미친 늙은이? 잘 들어라, 머저리 귀족아! 기사가 검을 익히면서 자연의 마나를 자신의 것으로 하여 오러 블레이드를 쓸 수 있는 것처럼 사제 역시 그러한 과정을 거친다! 물론 검사와 같이 훈련을 하는 것은 아니지만, 사제들은 자신이 모시고 있는 신에게 절실한 기도를 올리고, 그 믿음에 따라 일정량의 신의 권능을 부여받아 신성력을 사용하는 것이다. 검을 익히는 자에게 소드 익스퍼트, 마스터 같은 단계가 있다면, 사제 역시 신에게 절실한 마음으로 기도를 하여 얻은 권능으로 점점 자신의 신성력을 올려 높은 사제의 길로 가가는 것이다! 멍청한 놈! 하긴 이런 한적한 곳에 박힌 시골 영주 따위가 그런 것을 알 리가 없지!"

"이 빌어먹을 늙은이가!! 으드득……."

역시나 화를 돋우는 늙은이였다. 하지만 이곳은 아이들이 머무르는 곳, 잠자고 있는 자식놈들을 노성으로 깨울 수는 없는지라 화를 누그러뜨려야 했다.

하지만 사제가 신에게 기도를 올림으로써 신성력을 얻는다는 것은 처음 들어보는 이야기였던지라 새삼 새로운 사실을 알았다는 생각도 들었다.

마음을 가다듬은 난 노기가 치솟는 감정을 가라앉힌 후 그를 보며 물었다.

"그럼 프리티아는 계속 네놈의 찢어진 목소리의 기도를 들어야 하느냐?"

"흥! 네 녀석의 면상을 계속 보아야 한다면 내가 먼저 이걸 때려치우 겠다. 걱정 말아라! 기도는 아이의 생일 때마다 한 번씩이면 충분하니, 네 녀석은 알리샤에게 말해 아이가 말을 할 수 있는 나이가 되면 자애 의 어머니께 기도를 올리는 것을 습관화시키라고 전해라."

기도를 올리면 올릴수록 신성력도 높아진다고 하니, 아무래도 프리 티아는 사제 조기 교육으로 조금 고생할 것 같다는 생각이 들었다.

"이번에 션우드인가 뭔가 하는 놈하고 싸웠다고 했지?"

"그렇다."

"레트론으로 가는 길에 부상으로 목숨이 위태로운 자를 치료하고 갈 테니, 안내해라. 네 녀석은 마음에 들지 않지만 자애의 여신님의 아이 가 있는 곳이니 내가 자비를 베풀어주마!"

"…고맙군."

그 말에 난 퉁명스럽게 고맙다는 말을 했다. 미운 늙은이이긴 했지 만 부하들을 고쳐 준다는데 괜히 자존심을 세워 마다할 만큼 바보는 아니기 때문이다.

이번 전투에서 부상을 입은 자는 모두 전 아메로스 남작의 저택, 지 금은 임시로 신전 겸 병원으로 사용하고 있는 곳에 있었다.

넓은 저택임에도 불구하고 상당한 전투였기 때문에 중상을 입고 사 제들의 치료를 받고 있는 자는 이백여 명이 넘었다.

사제의 숫자가 많은 것도 아니기에 중상을 입고 있는 사람들을 신성 마법으로 치료하기란 쉬운 일이 아니었다.

신성 마법이라고 해서 죽을 정도의 부상을 하루아침에 치료할 수 있 는 것은 아니었다. 신이 기적을 내리는 것도 아닌 이상 인간이 어떻게 그런 것을 하루아침에 치료할 수 있겠는가?

과거 내가 부상을 입었을 때 셀든 사제가 나의 부상을 치료하기 위해 신성 치료를 행했던 기간은 거의 삼 주일에 가까웠고, 난 그 후로도 일주일간 정신을 차리지 못했음을 알기 때문에 이들 중 많은 수가 죽음을 당할 것이라 생각했다.

하지만 요슨 정도의 인물이라면 셸든보다는 훨씬 더 사람들이 살 가망성이 있었기에 그에게 조금 기대가 갔다.

성에서 나온 난 마차를 타고 셸든, 요슨과 함께 아메로스 저택으로 갔다.

저택에 들어서자 묵은 피 냄새가 진동을 하고 있었다. 이러한 피 냄새는 청소를 한다고 해서 쉽게 지워지는 것이 아니기에 들어서자마자 미간이 찌푸려질 수밖에 없었다.

"지독하군. 향수라도 뿌려야겠어.'

요슨 역시 피 냄새가 역겨운지 미간을 찌푸리며 셸든에게 말했다.

"부상자들은 어디 있는가?"

"따라오십시오."

셸든을 따라 도착한 곳은 저택 이층이었는데, 계단을 통해 올라서자마자 병자들의 신음 소리가 들리기 시작했다.

우린 가장 처음에 보인 방으로 들어갔는데, 안으로 들어서자 역한 냄새와 함께 다섯 명 정도의 부상자가 누워 있는 것을 볼 수 있었다.

"끔찍하군."

이들의 부상은 보는 것만으로 구역질이 날 정도였다. 문 쪽에 가장 가까이 있는 병사는 복부에 부상을 당했는지 상처를 감싼 천은 검붉은 피로 물들여져 있었고, 그 뒤로 머리가 부서진 자는 물론 팔이 어깨에서부터 잘려져 나간 자도 있었다.

엄청난 피를 흘린 탓에 곧 죽어도 이상할 것이 없는 자들이었다. 요슨은 복부에 부상을 당해 신음하고 있는 자의 곁으로 가서는 두 손을 그의 상처 위에 올려놓고 신성 치료를 행하기 시작했다.

"모든 만물을 자애로운 눈으로 보시는 어머니시여, 이 불쌍한 자의 상처를 어머니의 권능으로 치유해 주옵소서."

그가 기도를 올리자 두 손에서는 순백의 빛이 뻗어 나오며 상처를 치유해 갔다. 고통스러운 표정을 짓던 병사는 잠시 후 편안한 표정으로 바뀌기 시작했다.

그것을 보며 성질은 괴팍하지만 과연 성자로 불려도 부족함이 없다는 생각이 들었다.

요슨의 치료는 그 이후에도 계속되었기에 난 가장 피 냄새가 적은 일층으로 내려가 견습 사제가 가져다 주는 차를 마시며 시간을 보냈다.

물론 지금 당장 성으로 돌아가고 싶은 마음이 있긴 했지만 성자가 병사들에게 신성 치료를 해주고 있는 상황에서 나 몰라라 하고 돌아갈 수는 없었다.

아메로스 저택에 앉아서 난 영지의 일로 잠시 생각에 잠겼다. 선우드와 데니언의 영지를 흡수함으로써 내 영지는 상당히 커졌지만 아직까지 내가 거주하고 있는 곳은 본래의 내 영지에 있는 성이었다. 과거에 군사 요새였던 관계로 성의 규모나 방어적인 면에서 상당히 유리한 곳이지만 성이 영지의 북쪽 끝에 위치해 있기 때문에 여러 가지 면에서 불편한 점이 있었다.

"거처를 옮겨야 하나……."

선우드의 성이 있는 도시는 상당한 규모인데다가 성 자체도 내가 거처하고 있는 곳과는 비교도 안 될 정도로 화려한 곳이었다.

대의를 도모하기 위해서는 그곳이 상당히 좋은 입지 조건을 가지고 있지만, 그만큼 위험성이 많은 곳이기도 했다.

그런 생각이 들자 지금 당장은 기존에 거처하고 있던 성에 머무르는 것이 좋겠다는 생각이 들었다. 어쨌든 4대에 걸쳐 가문의 가주들이 머무른 곳이기도 한 데다가 노턴 코프와의 연계를 생각하면 방어적으로는 가장 좋은 요건을 갖추었기 때문이다.

한참을 그렇게 생각에 잠겨 있을 때 문이 열리며 요슨 성자가 들어왔다. 얼굴을 보아하니 피로한 모습이 역력한 게 아무래도 중상자를 치료하기 위하여 상당히 많은 신성력을 사용한 듯했다.

"고생했소, 요슨 성자."

"흥!"

마음에 들진 않지만 일단 내 부하들을 위해 수고한 것이니 치하의 말을 해주었는데, 녀석은 콧방귀를 뀌며 자리에 앉아서는 내 앞에 놓여진 찻잔을 들어 물을 들이키듯이 꿀꺽꿀꺽 마시니 녀석의 행동에 황당함이 밀려왔다.

"커억!! 이제야 살 것 같군."

"……."

"뭘 보냐?"

"휴… 되었소. 레트론에는 언제 돌아갈 생각이오?"

"한 일주일 정도 머무르다 갈 생각이다."

"편히 쉬다 가시구려. 그럼 난 이단 성으로 돌아가도록 하지."

지금 심정 같으면 당장이라도 돌아가라고 소리치고 싶지만, 요슨 성자 같은 사람은 영지에 오래 있으면 있을수록 좋다는 것을 알고 있었기에 그런 말은 하지 않았다.

성으로 돌아온 난 또다시 집무실에 처박힐 수밖에 없었다.

이번 전투로 손실된 병력을 회복하는 한편, 션우드가 사라짐으로써 생기는 보석 교역을 완전히 나의 것으로 하기 위하여 시미온이 머무르고 있는 왕도의 저택으로 이십여 명의 인원을 보충하는 한편, 데니언과 션우드의 재산 몰수에 들어갔다.

이미 알디하렌으로 기반의 거의 대부분을 옮긴 탓에 션우드에게서 몰수할 수 있었던 재산은 그리 많지 않았다.

기껏해야 남아 있는 그의 측근들의 재산이나 몰수하는 정도였다. 그들은 션우드에게 이미 버려진 인물인지라 재산 역시 그리 많지 않았고, 보석 교역을 위해선 그들의 도움이 필요한 덕에 모든 것을 몰수할 수는 없는 일이었다.

그런 이유로 내가 몰수할 수 있었던 것은 데니언 남작의 재산뿐이지만, 그것만으로는 이번 전투의 사망자와 부상자에게 보상금을 주는 것으로 모두 날아가는 판이었다.

영지에서 걷어내는 세금은 보통 일 년에 한 번이나 두 번 정도가 보통이었는지라 앞으로 영지에서 세금을 걷는 건 가을 추수기에만 가능한 일이었기에 아무래도 재정적 압박이 상당히 심할 듯했다.

물론 강제 징수로 재정을 유지할 수는 있지만, 처음 영지가 망하려고 할 때에도 하지 않았던 일을 대영주가 된 지금에 하고 싶은 생각은 없었다.

"이번 전투로 인하여 이전에 계획되었던 중갑 보병화와 용병단의 기사화 계획은 수정이 불가피하게 되었습니다."

"하긴, 많은 수가 죽음을 당했으니까… 전리품으로 용병단 전체의

무장은 가능하겠는가?"

"예. 다크 데블 기사단이 입고 있었던 갑옷이나 말은 최상품이기 때문에 제대로 정비만 다시 한다면 오히려 장비가 남아돌 것 같습니다."

그렇다고 한다면 돈이 상당히 절약이 되는지라 안도감이 들었는데, 그런 나를 보며 게리오스가 뜻밖의 의견을 냈다.

"영주님, 용병단과 저의 호위 기사단을 통합했으면 합니다."

"응? 무슨 소리인가?"

게리오스의 말에 난 조금 의외라는 생각이 들었다. 게리오스가 레빈의 용병단과 같이 왔다는 것은 알지만, 용병단과 호위 기사단은 성격이 상당히 다르기 때문이다.

"용병단과 호위 기사단의 남은 사람들을 도두 합쳐도 이제는 삼백도 넘지 않으니 구태여 따로 운용할 필요는 없다고 생각합니다."

"하지만 자네의 기사단은……."

"저의 명령이라면 실로페스라 할지라도 따를 것입니다."

"음……."

그 말에 잠시 생각에 잠겼던 난 마음을 결정하고는 그를 보며 말했다.

"확실히 그렇게 하면 두 개의 운영 자금을 하나로 모을 수 있으니 수고는 덜 수 있겠군. 하지만 하나로 합치는 것만으로는 조금 부족한 듯하네. 실로페스에게 알려 각 도시와 마을에 견습 기사 모집 공고를 내도록 하게."

"견습 기사 모집 공고라면?"

"정식으로 본 영지의 기사단을 조직할까 하네. 실로페스에게 모든 권한을 줄 터이니, 기사단의 명칭이나 여러 가지 부수적인 문제는 그에게 일임시킬까 하는데, 자네의 생각은 어떤가?"

"저 역시 찬성입니다. 영지의 발전을 위해서 기사단은 반드시 필요한 것이니까요."

이렇게 해서 실로페스를 중심으로 하여 새로운 기사단을 조직하게되었다. 과연 이들이 제대로 된 규모를 유지하게 되었을 때 얼마나 큰힘을 나에게 줄지는 알 수 없었지만, 시작이 반이라고 했던가?

이것은 모두가 싸움에서 용병단과 호위 기사단의 숫자가 급감했기에 가능한 일이었다. 그렇지 않다면 감히 그들에게 통합이나 견습 기사를 받아들이라는 말을 할 수 있었겠는가?

이렇게 정식으로 영지의 기사단으로 만든다는 것은 그들에게는 소속이 바뀌는 것이라 할 수 있으니 말하기가 조금 껄끄러웠던 것이다.

어쨌든 레빈이 있는 알펜 성에 비해서는 조금 늦었다고는 하지만, 정식 기사단이 생긴다는 생각에 조금 마음이 들떴다.

그렇게 시간이 지나고 다시 레트론으로 떠날 때가 오자 요슨 성자는 성으로 방문해 프리티아를 만나보았다. 전과는 달리 프리티아는 깨어있었기에 그는 마치 할아버지가 손녀를 보는 모습으로 내 어린 딸을보며 만면에 웃음이 사라지지 않고 있었다.

프리티아가 꺄르르 하고 웃을 때마다 얼굴이 빨개지는 것을 보면 조금 의심스럽기도 했지만, 성자가 변태일 수는 없는 일인지라 그러려니하고 넘어갈 뿐이었다.

제19장 알디하렌 제국

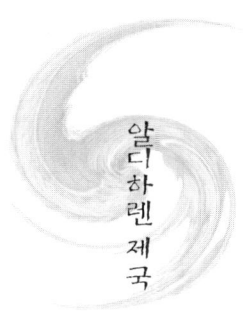

선우드와의 대전이 끝난 지 일 년, 영지는 안정 궤도로 들어서고 있었다. 보석 교역과 서면 왕당파와의 교역을 통하여 이제 과거처럼 영지의 재정에 대한 걱정도 없었다.

기사단의 문제 역시 칠백 명이 넘는 견습 기사가 매일 피나는 검술 등을 연마하고 있었기에 정규 기사단과 비교해서는 크게 뒤지지만 귀족가의 사병과는 비교할 수도 없는 수준에 이르렀다.

또 한동안 멈추었던 중갑 보병화 계획도 다시 시작해 현재 영지에는 론 백작과의 협약으로 얻어낸 정규 레인저가 3,000명, 영지의 중갑 보병이 2,000명, 경보병이 5,000명, 기병이 3,000명, 어설프긴 하지만 편제를 갖춘 궁병이 약 3,000명 정도에 이르렀다.

물론 이러한 병사들은 영지의 도시들과 마을들로 각각 흩어놓았지만, 전투가 일어났을 때는 최대한 빠른 소집이 가능하도록 모든 조치가 끝나 있었다.

론 백작에게 속한 정규 레인저들은 영지에 귀속되었다고 해도 과언이 아닐 정도로 이곳에 익숙해져 있는 상태였기에 내가 가진 병력만 해도 기사단까지 합친다면 17,000에 달하고 있었고, 그런 이유로 주변의 다른 귀족들을 두려워할 필요가 없었다.

하지만 제대로 이루어지지 않는 것이 있었으니 바로 엡실론에게 배우고 있는 검술이었다.

소드 익스퍼트 중급에서 더 이상 발전이 없었기 때문이다. 아직 4년이라는 시간이 남아 있기는 했지만, 중급에서 상급이나 최상급으로 오르는 것은 쉬운 일이 아니기에 한숨만 나올 뿐이었다.

일 년 동안 성은 보수를 해왔기에 과거와 같이 유령이라도 살 것 같은 성이 아니라 대영주가 살 만한 웅장한 성으로 변해 있었다.

외성벽은 물론 내성벽에서 성벽 보수를 위한 대규모의 공사가 있었고, 서쪽 내성 쪽에서는 본성과 연결되는 탑을 쌓고 있었다.

또 기사들의 연무장 역시 최고급 석재로 왕도에서 구경했던 연무대와 비슷하게 꾸미며 온갖 종류의 무기들을 진열해 두었다.

그리고 현재 빛이 나는 것 같은 순백의 대리석 바닥 위에서 지금 난 슈펠트와 대련을 하고 있었다.

"하압!!"

챙!!

"강격이 약합니다. 조금만 더 힘을 내십시오."

"으랏차!!"

슈펠트를 향해 브로드 소드를 휘두르는 나였지만, 그는 한 손에 검을 들어 막고는 강격이 약하다고 잔소리를 해대고 있었다.

내 딴에는 온몸의 힘을 다해 내려친 것인데, 쩝……

어쨌든 그가 말하는 대로 다시 한 번 온 힘을 다해 검을 내려쳤고, 날카로운 소리가 크게 울려 퍼졌지만, 슈펠트는 고개를 저을 뿐이었다.

"휴… 잠시 휴식을 취하도록 하겠습니다."

"알겠네."

온몸이 땀으로 범벅이 되어 있는 나를 보며 그는 잠시 휴식을 취하자고 말했기에 검을 들고 연무장 한쪽에 위치한 의자로 걸음을 옮겼다.

차양막이 설치되어 있는 의자 아래로는 리안나와 알리샤가 어린 세 아이와 함께 내가 연무하고 있는 것을 지켜보고 있었다. 내가 다가오자 프리티아가 와인이 들어 있는 잔을 가지고는 뒤뚱거리며 걸어오는 것이 보였다.

"아이구! 우리 이쁜 프리티아!"

빨간 머리칼에 커다란 눈동자가 어여쁜 프리티아를 보며 급히 손에 들려 있는 잔을 받아 든 난 아이의 머리를 쓰다듬어 주었다.

여신의 권능을 받은 탓일까? 프리티아는 다른 두 아이 코넬과 벨루와 비교해서 덩치도 크고 훨씬 더 똑똑했다.

이제 겨우 첫돌이 지났을 뿐인데도 몇 마디 말도 할 줄 알고, 알리샤가 시키는 일도 곧잘 하는 것을 보면 혹시 제일 처음 태어난 애가 프리티아가 아닐까 하는 생각도 들었다.

다른 쌍둥이 아들인 벨루가 조금 병치레가 잦고 허약한 것을 미루어보면 첫째가 확실한 것도 같긴 하다.

벨루에 비해 코넬은 곧잘 장난감 목검을 가지고 휘두르며 노는 것을 보니, 아무래도 지금의 상황을 보아 후에 가문을 물려받을 아이는 코넬이 아닐까 싶다.

그런 생각을 하며 난 벨루를 가슴에 안고 있는 알리샤를 보며 물었다.

"벨루의 감기는 다 나은 건가?"

"예. 셀든 사제께서 직접 조제해 주신 약을 먹고 많이 나아졌어요."

"다행이군."

무가의 가주로서의 입장에선 병치레를 많이 하는 벨루가 마음에 들지 않을 수도 있었지만, 난 생각이 다르다. 나 역시 어렸을 때는 잦은 병치레로 어머니의 속을 많이 썩였기 때문이다.

나랑 가장 많이 닮은 아이가 벨루라고나 할까? 그에 반해 코넬은 이야기로만 들었던 증조 할아버지와 많이 닮았다.

고조 할아버지 덕에 지방의 영주가 됐음에도 검술만큼은 소드 마스터까지 이르셨던 분이기 때문이다.

솔직히 벨루가 나의 후계자가 되었으면 하는 생각도 있었지만, 이미 약속했던 만큼 열다섯이 되는 해에 검술 대결로써 후계자를 가려야 한다.

잠시의 휴식을 끝으로 다시 검술 연습을 하기 위해 연무대로 올라가고 있었는데, 그때 멀리서 게리오스와 함께 실로페스가 걸어오고 있는 것을 볼 수 있었다.

그런데 가까이에 오고 보니 두 사람의 표정이 그리 좋지 않았다. 게리오스의 경우에는 평상시에도 표정 변화가 그리 없었던 사람이기에 무슨 좋지 않은 일이 벌어졌음을 알 수 있었다.

"영주님."

"게리오스, 무슨 일인가? 표정이 좋지 않은데?"

"…아버님께서… 와병 중이십니다."

"아버지?! 그렇다면!"

그 말에 난 크게 놀랄 수밖에 없었다. 게리오스의 부친은 바로 제국의 황제, 그런 사람이 병을 얻어 누웠다는 것은 단순히 한 사람이 병으로 누워 있는 것으로 치부할 수 있는 문제가 아니었다.

"병세는 어떠하시다던가?"

"나이도 나이이시니, 사제들도 속수무책이라 합니다."

"음… 자네의 고향이 시끄러워지겠군."

황제가 노환으로 저세상으로 간다면 제국이 아수라장으로 변할 것은 눈에 보듯 선한 일이었다. 물론 현재의 제국은 그 어느 시절에도 볼 수 없을 만큼 치안 유지가 잘되고 부유하지만 그것은 황제의 힘이라기보다는 각지에 흩어진 그의 일곱 명의 아들 때문이었다.

그런 상황에서 황제가 차대 황제를 선임하지 않고 죽는다면 그야말로 일곱 황자의 대전쟁이 제국에서 벌어질 판이었다.

"음… 차대 후계자는 어찌 되었는가?"

"일단 공식적으로는 첫째 형이지만, 부친께서 저를 아끼셨던지라 확실한 것은 알 수 없습니다."

"그렇겠지. 어떤가? 자네는 다음 대 계승자가 되고 싶은 생각은 있는가?"

"…솔직히 개인적으로는 다음 대 계승자가 되기보다는 지금처럼 살고 싶습니다. 계승자가 된다면 더 이상 자유는 없을 테니까요. 하지만 첫째 형은 결코 계승자가 되어서는 안 됩니다."

"그건 무슨 말인가?"

절대 황태자에게는 제국을 줄 수 없다는 그의 말에 의문을 느껴 물어보았다. 게리오스는 잠시 눈을 감고 생각에 잠기는가 싶더니 이내 말을 이었다.

"만약 첫째 형이 계승자가 된다면 아마 영지뿐 아니라 그 외의 지역으로도 대전쟁이 일어날 것입니다."

"대전쟁!"

지금 주위에 다른 사람들이 있는지라 게리오스는 말을 돌려 하고 있었지만, 그의 말은 황태자가 제국의 황제가 된다면 제국에만 전쟁이 국한되는 것이 아니라 그 주변의 타국까지 전화에 휩싸일 것이라는 뜻이었다.

"첫째 형은 우리 일곱 형제 중 그 누구보다 호전적인 분입니다. 과거에 형님과 이야기를 나누어본 적이 있었는데, 그분의 마지막 목표는 바로 모든 땅의 통일입니다."

"그런……."

황태자의 야심이 크다는 것은 알고 있었지만, 그가 대륙 통일을 꾀하고 있다고는 생각지도 못했다.

과거 대륙의 반을 차지하고 있던 대제국 라피나르조차도 대륙 통일의 야욕이 있었음에도 매번 무릎을 꿇어야 했던 것을 생각한다면 대륙 통일은 단순히 강한 국력을 가지고 있다는 것만으로는 부족한 무엇인가가 있었다.

그렇기 때문에 황태자가 황제가 되어도 대륙 통일을 할 수 없을 것이라 생각하고 있었지만, 문제는 대륙 통일을 꾀하고 있다면 이제 대륙에선 셀 수도 없는 수많은 사람들이 목숨을 잃어야 한다는 것이다.

또 제국이 대륙 통일을 위해서 가장 먼저 처리해야 할 국가는 아멘 왕국, 그렇다면 대륙 통일의 첫발은 본국에서 시작될 것이 분명했으니 남의 일이라 모른 척하고 있을 수는 없는 일이었다.

"그렇다면 문제로군……."

"예. 저의 개인적인 바람은 후계자는 저와 첫째 형님이 아니라 넷째 형님이나 여섯째 형님께서 되셨으면 합니다. 그 두 분께서는 적어도 전쟁을 바라는 분은 아니시니까요."

"음……."

솔직히 난 그가 말하는 사황자와 육황자가 어떤 인물인지 알지 못한다. 그런 이유로 일곱 명의 황자 중 누구를 선택하라고 한다면 주저없이 게리오스를 선택할 것이다.

그가 나에게 해준 만큼 나 역시 그에게 해주어야 했고, 그것이 귀족으로서 자신을 믿고 따르던 사람에 대한 예우였다.

하지만 그가 개인적으로는 황제의 위에 서고 싶지 않다고 했기 때문에 내 속마음은 밝히지 않았다.

"그렇다면 제국으로 돌아가야겠군."

"예. 어쩌면 아버님의 유명을 들어야 할지도 모르겠습니다."

"휴… 개인적으로는 자네를 보내기 싫지만, 보내지 않으면 안 되는 일이로군. 아마 자네가 돌아가는 길은 수월하지 않을 것이네."

"알고 있습니다."

황태자라면 분명 게리오스가 황도로 가는 것을 무슨 방법을 쓰더라도 막거나 죽이려 할 것이 분명했기에 그냥 보낼 수는 없는 일이었다.

"그렇다면 견습 기사 삼백 명과 중갑 보병 1,000명에 론 백작에게서 우리 쪽으로 포섭된 레인저 중 삼백 명을 주겠네. 또 셔먼을 경유해서 제국으로 가야 할 테니 엘프 마을에 연락해서 열 명 정도 도움을 받고, 알펜 성에서 애로우 나이츠 이백 명과 보병 3,000명을 지원받게 해주겠네. 아니야… 그라면 그 정도도 어려울 테니, 중갑 보병을 1,500명으로 하고 알펜 성에서 보병 5,000명 정도는……."

난 게리오스가 제국으로 무사히 갈 수 있게 운용할 수 있는 최대의 병력을 그에게 딸려 보내어 무사히 황도로 갈 수 있게 해주려고 했지만, 그는 고개를 저으며 말했다.

"아닙니다. 저의 호위 기사단만 대동하고 제국으로 갈 생각입니다."

"미친! 황… 아니, 자네의 첫째 형이 어떤 인물인데 그런 소리를 한단 말인가!!"

게리오스의 말에 난 절대 불가하다는 입장을 내세웠다. 현재 게리오스에게 남아 있는 호위 기사단의 숫자라고 해봤자 이백사십 명밖에 되지 않기에 황태자의 손을 피한다는 것은 불가능한 일이었다.

"너무 많은 수의 병사를 대동하고 가는 것이 오히려 위험할 수도 있습니다. 저희 첫째 형은 마음만 먹는다면 그 이상의 병력으로도 저를 죽이려 할 테니까요."

"음……."

제국의 일곱 황자 중 가장 거대한 군사력을 지닌 인물이 바로 황태자였다. 휘하에 있는 병사들의 숫자만 해도 10만에 가까운 그이고, 다크 데블 기사단이라는 제국에서도 그 명성이 자자한 기사단이 있으니 내가 아무리 병사를 보낸다 해도 그의 상대가 될 수 없었다.

"하지만……."

"저의 호위 기사단이라면 충분히 가능할 것이라 생각됩니다. 소수 정예로 최대한 조용히 움직인다면 첫째 형도 쉽게 알아채진 못할 것입니다. 휴… 지금 가면 언제 다시 영주님을 뵐지 알 수 없으니 그것이 안타깝군요."

그의 말에 난 미간을 찌푸렸다. 그것은 게리오스에 대한 서운함이 아니라 나의 못남에 대한 짜증이었다.

일단 이야기는 그렇게 끝냈지만, 연무를 끝낸 난 고심할 수밖에 없었다. 게리오스는 내일 아침에 떠난다고 했는데 난 그를 무사히 보낼 방법이 없기 때문이다.

이대로 그냥 보낸다면 부덕한 자가 될 것이다. 게리오스가 무사히 황도로 갈 수 있는 것은 거의 불가능에 가까운 일, 황태자가 아니라 하더라도 야심을 지닌 다른 황자들이 그를 죽이려 할 것이고 그런 마수에서 게리오스가 무사히 황도로 갈 확률이 전무했기 때문이다.

현재의 그는 차대 황제로서 가장 유력한 인물이었다. 말은 하지 않았지만 그가 자신의 땅을 벗어나 내 영지까지 흘러온 것도 어쩌면 형제들의 검은 손을 피하기 위함일 것이다.

'어떻게 해야 하나… 이대로 그냥 보내야 하나… 아니야… 지금까지 그가 나에게 해준 것을 생각한다면 그래선 안 되지…….'

난 이기적이다. 어느 누구라도 내 것에 손을 댄다면 죽는 날까지 그를 추적하여 목을 벨 것이다. 너무나 없이 살아왔기에 지금의 나의 것이 무엇보다 소중하다.

그런 때문인지 나에게 조금이라도 도움을 준 사람에게는 어떻게든 보답을 하고 싶었다. 레빈에게 알펜 성과 함께 백작의 작위를 내준 것도 그가 능력이 있는 탓도 있지만, 더 이상 나의 곁에 있는 자가 천한 자로 살기를 원하지 않기 때문이다.

나에게 도움을 준 자에게는 반드시 그에 합당한 보상을 해주고 싶었다.

그리고 나에게 도움을 준 사람 중에는 레빈과 함께 게리오스가 있었고, 게리오스는 어쩌면 레빈보다 나에게 더 깊은 도움을 준 사람이라

할 수 있었다.

"그래… 난 아멘의 대공작 플로렌 폰 나이다르 이드리샤 공작이다!"

수시간을 고민에 잠겼던 난 밤이 되어서야 마음을 결정하고는 자리에서 벌떡 일어나 소리쳤다.

그리고 바로 게리오스가 있는 방으로 걸음을 옮겼다. 내일 아침 일찍 떠난다고 했기 때문에 오늘밤에 시간이 없었기 때문이다.

그의 방 문앞에 도착한 난 방문을 두드리며 소리쳤다.

"게리오스! 나다!"

나의 외침에 잠시 후 문이 열리며 그의 모습이 보였다. 잠을 자고 있었는지 눈이 반쯤 감겨져 있는 것을 보자니 아무래도 가끔씩 이런 행동을 해서 녀석의 망가진 꼴을 자주 구경해야겠다는 생각이 들었다.

"게리오스, 할 말이 있다!"

"영주님… 이 밤중에 무슨 일로?"

"나도 제국으로 가겠다!"

"…예?!"

나의 말에 녀석은 잠시 침묵 속에 있다 이내 놀란 표정으로 소리치니, 아무래도 이번 말로 잠이 확 달아난 듯했다.

"일단 안으로 들어오시지요."

방문 앞에서 이야기할 것이 아님을 생각한 게리오스는 방으로 들어가서 이야기하자고 했고, 난 고개를 끄덕이고는 안으로 들어갔다.

게리오스가 머무르는 방은 초라하기 그지없었다.

형식적으로 침대와 탁자, 그리고 옷장 정도뿐이고, 그나마 제대로 된 것은 족히 수백 권이 넘을 듯한 책이 꽂혀 있는 책장이 다였다.

실질적으로 이드리샤 영지의 이인자라고 할 수 있는 사람이 머무르는 곳이라 생각하기에는 너무나 초라했다.

"앉으십시오. 차를 내어 오겠습니다."

나를 보며 그는 의자를 손으로 가리키며 말하고는 차를 준비하기 위해 자리를 옮겼고, 난 그가 없는 틈을 타 책장에 무슨 책이 있는지 구경했다.

과연 마법사라고 할까? 그에 책장에 꽂혀 있는 책은 거의 대부분이 마법에 관한 것이었다. 마나의 이론이라던가 연금술의 시대적 변화, 포션 제조 요령 같은 제목만 들어도 머리가 아플 것 같은 책들이 대부분이었다.

"음……."

이 정도의 책을 읽는 것을 보면 역시나 마법사라는 것이 힘들긴 힘들겠구나 하는 생각이 들었는데, 그때 게리오스가 찻잔이 있는 쟁반을 들고 안으로 들어오는 것이 보였다.

"밤늦게 미안하군."

"괜찮습니다. 전 영주님의 부하인걸요."

나의 미안하다는 말에 그는 고개를 저으며 아니라고 말한 후 탁자 위에 찻잔을 올려놓았고, 자리에 앉았다.

모락모락 김이 나는 차 주전자가 기울어지며 찻잔에 차가 담기자 머리 속까지 상쾌하게 만드는 차향이 방 안 가득 퍼졌기에 눈을 감으며 그것을 음미했다.

"좋군. 무슨 차인가?"

"그린 티아스만 차라고 하는 것입니다. 머리를 맑게 해서 마법사들이 주로 마시는 차 중 하나지요."

"그런가? 나도 자주 애용해야겠군."

"근래에 최고급 티아스만을 구입했으니 그것을 드리겠습니다."

"고맙네."

그가 내준 차를 잠시 음미하며 시간을 보낸 나였는데, 한참의 침묵에 깬 사람은 게리오스였다.

"제국으로 가신다니 무슨 말씀이십니까?"

"말 그대로네. 나도 제국으로 가겠네."

"휴… 제국은 위험한 곳입니다. 저조차도 살아서 황도에 도착할 수 있다고 자신할 수 없는 곳입니다."

"알고 있네."

"그런데도 왜 제국으로 가시겠다는 것입니까!!"

그는 내가 한사코 제국으로 간다고 말하자 답답하다는 표정으로 소리쳤지만, 티아스만 차를 마시며 그의 말을 흘려보낸 난 잠시 차를 음미하는 모습을 보인 후 천천히 말했다.

"이것도 다 영지를 위한 것이네."

"영지를 위한 것이라뇨?"

"본국과 자네의 조국인 알다하렌 제국은 서로 앙숙 간이라고 할 수 있네. 그러니 앞으로 본국의 실권을 장악할 내가 제국을 모른다는 것은 말이 되지 않지."

"억지이십니다! 그렇게 제국을 가고 싶으시다면 저와 같이 갈 필요는 없지 않습니까?"

"아니지. 제국을 잘 알고 있는 사람, 그것도 신분이 높은 사람과 동행하여 나의 가장 큰 문젯거리라 할 수 있는 제국의 수뇌부를 알 수 있지 않은가?"

"휴… 그렇다면 제가 다른 사람을 소개하겠습니다."

"아니. 난 자네와 같이 가고 싶네."

"영주님!!"

다른 사람을 소개시켜 준다는데도 같이 간다는 나의 말에 게리오스는 이제는 화를 내며 소리치고 있었지만, 그런 것에 주눅 들 내가 아니었다.

"이번 여정은 나뿐 아니라 레빈도 같이 갈 것이야."

"예? 레빈 단장님까지요?"

나의 말에 게리오스는 예상치 못했는지 반문을 했기에 난 그 이유를 설명해 주었다.

"자네도 알다시피 알디하렌 제국과 서먼 왕국은 불가침 조약을 맺고 있네, 아닌가?"

"맞습니다."

"그런 이유로 레빈이 왕명을 받아 황제의 병을 치료하기 위해 칙사로 가게 된다면 아무리 황태자라 할지라도 쉽게 칙사의 일행을 건드리지는 못하겠지. 그것은 국가 간의 협약을 어긴 것이 되고, 서먼을 차지하기 위해 왕당파와 귀족파를 부추키는 이황자와 오황자를 물먹이는 꼴이 될 것이 아닌가?"

"음……."

역시나 게리오스는 나의 말을 쉽게 알아듣는 듯했다. 이것은 게리오스가 쉽게 황도까지 가게 하기 위해서 생각해 놓은 것이었다.

"하지만 큰형님의 암수를 피하기는 어려울 것입니다."

"맞네. 어떻게든 자네를 죽이려 하겠지. 하지만 말이야, 레빈이 칙사로 가게 된다면 우리 쪽에서는 상당히 유리한 면이 있네."

"그렇겠지요. 첫째는 어느 선까지 병력을 제국으로 끌어들여 갈 수 있고, 둘째는 노골적인 공격을 피할 수 있을 테니까요."

"역시 자네로군. 뭐 그렇게 해봤자 칙사의 일행에 동원할 수 있는 병사의 숫자는 1,000명이 한계이겠지만, 우리 쪽에서 최정예를 이루어 간다면 기껏해야 산적 같은 것들로 이목을 숨기며 자네를 해하려 하는 자들은 쉽게 칼을 뽑지 못할 것이네."

나의 말에 게리오스는 생각에 잠기는 듯한 표정을 지었다. 하긴 내가 생각해도 이번 계획은 상당히 괜찮은 것이었다.

"하지만… 영주님께서 직접 제국으로 가신다는 것은 재고해 주십시오. 영지가 안정 궤도로 들어섰다고는 하지만, 그렇다고 영주님께서 장시간 자리를 비울 정도는 아닙니다."

"아니야. 애석하게도 자네가 너무 힘을 잘 써준 탓에 내가 없어도 문제가 없을 것이네. 거기에다 대리 영주로 슈펠트를 올려놓을 것이고, 영지의 경비는 엡실론에게 맡겨놓을 생각이네. 둘 모두 자신의 영지를 가지고 있으니 내 영지 정도야 어렵지 않게 이끌 수 있겠지."

"……."

실로페스와 함께 기사단의 중추를 맡고 있는 슈펠트의 능력은 게리오스가 더 잘 알고 있었기 때문에 나의 말에 반박을 할 수가 없는 듯했다.

호호호. 하긴 아무리 게리오스라고 해도 생각지도 못한 문제가 갑자기 터졌는데, 미리 준비를 단단히 하고 온 나를 이길 수 있을 것인가. 만약 이길 수 있다면 게리오스는 정말 천재 중의 천재일 것이다.

"어쨌든 난 이미 마음을 정했으니 그리 알도록 하게. 이번에 나와 같이 갈 사람은 성에 있는 레빈의 용병대와 견습 기사를 합쳐 백여 명 정도로 할 것이니, 그리 알도록 하고."

"휴······."

내 말에 게리오스는 길게 한숨을 쉬었고, 난 그가 또다시 반박하지 못하게 잽싸게 방을 나왔다.

처음으로 게리오스를 말로 눌렀다는 생각에 가슴속에서부터 밀려오는 뿌듯함에 눈물이 다 날 지경이었다.

방으로 돌아온 난 리안나의 품에서 편한 밤을 보내고 다음날 일찍 자리에서 일어날 수 있었다.

아침에 일어나자마자 내가 생각한 것은 게리오스와 함께 제국으로 가는 것이기에 대충 옷을 주워 입고는 집무실로 뛰어갔고, 아니나 다를까, 그곳에는 게리오스가 서류를 정리하고 있는 것을 볼 수 있었다.

"게리오스, 좋은 아침."

"오셨습니까, 영주님."

"아침부터 뭘 그렇게 열심히 정리하고 있는 것인가?"

"···그것은 영주님께서 더 잘 알고 계시지 않습니까."

나의 말에 게리오스는 퉁명스럽게 답했기에 절로 미소가 흘러나왔다. 그가 정리하고 있는 것은 바로 내가 제국으로 가기 위한 준비였으니 내가 이곳에 남아 있는다면 모를까 자신과 함께 가야 하니, 그에게는 일이 생긴 것이다.

"엡실론과 슈펠트가 쉽게 일을 처리할 수 있게 부탁하네."

"···휴······."

한숨을 쉬는 게리오스를 보며 난 엡실론과 슈펠트에게 갔다. 일단 내가 제국으로 가는 이상 그들에게 갈해 주어야 했기 때문이다.

엡실론과 슈펠트는 과연 천성이 기사라고나 할까? 아침 운동이랍시고 연무장에서 검을 휘두르고 있었다.

"영주님, 어서 오십시오. 아침 운동을 하시겠습니까?"

내가 오자 두 사람은 인사를 했고, 난 고개를 저으며 말했다.

"아니네. 자네들 두 사람에게 부탁할 것이 있어서 왔네."

"부탁이요?"

엡실론은 내 말에 부탁이라는 것이 무엇인지 물어보았고, 난 잠시 헛기침을 한 번 한 후 말했다.

"흠흠… 갑작스럽게 셔먼으로 가야 할 일이 생겼네."

"셔먼이요?"

"자네들도 알다시피 알펜 성의 영주로 계시는 장인어른께서 나를 잠시 보자고 하더군. 그래서 말이야, 이번에 게리오스도 고향으로 돌아가고 나 역시 셔먼으로 가야 하니 자네들 두 사람에게 잠시 영지를 맡기고자 하네."

"저희 두 사람에게요?"

"그래. 슈펠트는 영지의 운영을, 엡실론 자네는 영지의 병력을 담당해 주게. 자네들이라면 나도 마음 편안히 셔먼으로 갔다 올 수 있겠군."

내 말에 그들은 조금 당황하는 표정이 역력했고, 엡실론은 잠시 생각에 잠기는 듯하다가 말했다.

"알겠습니다."

"수고 좀 해주게. 나로선 영지를 버려두고 가는 것이 불안하니, 자네들에게 부탁을 하는 것이니까."

"성심을 다해 영지를 보살피겠습니다."

이렇게 두 사람을 멋지게 영지에 묶어놓은 난 다시 걸음을 옮겼고,

집무실에 도착하자 게리오스가 서류 몇 장을 들고는 방을 나오는 것을 볼 수 있었다.

"게리오스, 모두 끝냈는가?"

"예. 저희 호위 기사단과 영주님 기사단의 병력 이동에 관한 것과 여정에 필요한 지출 보고서까지 모두 마쳤습니다."

"수고했네. 자자, 그런 것은 시종에게 전하주고 밥이나 먹으러 가자고."

이번에 게리오스와 같이 가는 내 호위 병력은 레빈의 용병단 출신의 정규 기사 삼십오 명과 견습 기사 이백 명이었다. 지금의 내 영지 병력을 보아서는 상당히 적은 숫자였지만, 제국으로 들어갈 때 병사들을 셔먼에 남겨놓을 수는 없는지라 최소한으로 병력을 줄인 것이다.

물론 그 일은 게리오스가 다 했지만 말이다.

이번 여정에는 필리아가 같이 하기로 했다. 싸움을 할 줄 모르는 리안나나 알리샤를 데리고 갈 수 없는 상황에서 적적한 여행을 할 수 없었기 때문이다.

또 이상하게도 필리아에게는 아직까지 손을 안 대고 있기 때문에 이번 참에 확실히 내 것으로 하기 위해서였다.

그동안은 알리샤와 리안나, 그리고 세 자식놈들 때문에 필리아를 안을 시간이 없었다.

모든 준비를 마치고 여정을 떠난 것은 거의 오후가 다 되어서였다. 영주와 함께 오백 정도의 영지 정예들이 한꺼번에 빠져나가니 처리해야 할 일이 한두 가지가 아니었기 때문이다.

황제의 병고 때문에 움직이고 있는 것인지라 여정은 상당히 빠르게 진행될 수밖에 없었다. 개인적으로는 말을 타고 가고 싶었지만, 고된 여정에 시달리고 싶은 생각은 없는지라 필리아, 게리오스와 함께 마차를 이용했기 때문에 그리 힘들지는 않았으나 조금 따분한 여정이었다.

물론 그런 따분함은 제국에 들어서자마자 긴장감으로 바뀔 것은 분명하지만 말이다.

서먼으로 들어서자마자 우리가 제일 처음 향한 곳은 밀드런 백작의 영지였다. 레빈을 황제의 칙사로 만들어야 했기에 일단은 그에게서 서먼 왕의 칙명서를 받아야 했기 때문이다.

영지를 떠난 지 열흘이 넘어서야 밀드런 백작의 영지에 도착할 수 있었고, 다행히 밀드런 백작은 영지에 있었기에 쉽게 그와 만날 수 있었다.

"알디하렌 제국의 황제 폐하께서 병고를!!"

"그렇다네. 그래서 이번에 칠황자께서 황도로 가서야 하는데, 그것을 서먼 왕국에서 보내는 칙사 일행의 도움을 받고 싶네."

"음… 그렇다면……."

"일단 칙사는 우리 쪽의 레빈 백작으로 해주게. 물론 그 칙사의 대표는 자네 측 인사가 해야 할 테지만 말이야."

어쨌든 제국 황제의 병고라면 서먼 왕국에서 칙사를 보내도 무방하기 때문에 밀드런은 그리 반대하는 것 같지는 않았다. 또 왕당파가 이번 내전에서 승리하기 위해서는 더 많은 도움이 필요했기에 이번 기회에 이황자 일루테우스에게 사람을 보내는 일도 겸할 것이 분명했다.

"알겠습니다."

"아! 또 한 가지, 칙사의 호위 병력은 백 명 정도로 해주게. 칠황자 전하께서 황도로 가는 길이 무척 험할 것이라 예상하시어 서먼 측에 피해를 주지 않기 위해 말씀하신 것이라네."

"음… 알겠습니다."

예상외로 밀드런은 쉽게 우리의 요청을 수락했다. 하긴 내전으로 한 명의 병사가 아까울 그들이었으니 우리 쪽에서 칙사의 호위 병력을 책임지겠다는데, 마다할 이유가 없지.

"지금 곧 왕도로 사람을 보낼 테니, 공작 각하께서는 알펜 성으로 가십시오. 그곳으로 칙사가 갈 것입니다."

"고맙네. 아! 군량 문제는 어찌 도었는가? 필요하다면 저번에 보냈던 양만큼의 곡물을 보내줄 수 있는데."

"그렇게만 해주신다면 저희로선 감사할 뿐입니다."

"허허, 우리 사이에 감사할 것이 무엇이 있겠는가? 나야 어서 빨리 서면의 국왕 폐하께서 간악한 반도들을 물리치고 서면의 평화가 오기를 바랄 뿐이네."

요구를 했으면 적당히 사탕 정도는 물려주어야 하기 때문에 난 군량이라는 것으로 그를 적당히 다독이는 것을 잊지 않았다.

밀드런과의 협약을 끝낸 우린 바로 알펜 성으로 향했다.

이제 남은 것은 알펜 성에 도착하여 왕도에서 오는 칙사와 함께 제국으로 가는 일만 남은 것이다.

하지만 시간이 지나면 지날수록 게리오스의 안색은 그리 좋지 못했다. 황제가 언제 죽을지 모르는 상황에서 자식인 그의 마음이 편할 리가 없는 것은 당연했다.

그것도 일곱 명의 아들 중에서 제일 사랑을 받았던 그였기에 다른 여섯 명의 황자들과는 달리 유일하게 진짜 황제의 병고를 걱정하는 사람도 그일 것이다.

왕당파에서 적어 건네준 내전지를 피해 여정을 계속한 우리는 거의 이 주일이 넘어서야 알펜 성에 도착할 수 있었다.

지나친 강행군으로 인하여 병사들은 상당히 지쳐 있었지만, 왕도에서 칙사가 올 때까지 기다리는 동안 피로는 풀릴 것이기에 걱정하지는 않았다.

우리들이 알펜 성에 도착하자 레빈과 케넬스는 소식을 듣고 기사단과 함께 마중 나와주었다. 그동안 많은 변화가 있었는지 레빈의 기사단은 과거 용병단의 모습에서 많이 탈피해 있었다.

온몸을 감싸고 있는 풀 플레이트 메일의 가슴에는 붉은 늑대의 문양과 백색 화살의 모양을 하는 두 종류의 기사단이 있었는데 붉은 늑대는 레빈의 용병단 출신, 백색 화살은 새로 영입한 기사들을 표하는 것을 알 수 있었다.

물론 이름은 같은 애로우 나이츠라고는 하지만, 레빈의 용병단은 자신들만의 표식을 갖고 싶었던 모양이다.

"기사단의 갑옷이 두 가지던데? 어떻게 된 건가, 케넬스?"

난 레빈과 같이 온 케넬스를 보며 그것에 대해 물었다. 케넬스 역시 붉은 늑대의 문양이 새겨진 갑옷을 입고 있었는데 나의 물음에 바로 답했다.

"이름이야 애로우 나이츠이지만, 기사단 내부에는 울브스 나이츠와 애로우 나이츠 두 부류로 나누어집니다. 울브스 나이츠는 기존의 용병단원이, 애로우 나이츠는 알펜 성과 프렌스, 일루이드의 기사들 중 저희 쪽으로 영입된 자들로 이루어져 있습니다."

"두 부류의 융합이 어려우니 차별을 준 것이군."

"예. 물론 시간을 두어 하나로 융합시킬 생각입니다만 현재는 울브스 나이츠가 상위 나이트가 되겠지요."

"승급 요건은 마상 궁술이겠군."

"그렇습니다. 팬시리 애로우 나이츠겠습니까."

"하지만 울브스 블러드 마치의 출신들은 마상 궁술이야 모르겠지만 검술이나 기사들의 기술은 미흡하여 상위 나이트로서 인정을 받기가 쉽지 않을 텐데?"

기사들은 자존심이 강한 부류였다. 그런 자들이 용병들의 밑에 있다는 것은 인정하기 쉽지 않은 문제인 것을 아는 나는 그것을 물어보았다.

"공작 각하의 생각대로입니다. 레빈 단장님이나 저야 삼류 기사보다 강하지만 다른 이들이야 그렇지 못하지요. 하지만 다행히 알펜 성의 외곽에서 이름은 알려지지 않았지만 검술가 한 분을 만날 수가 있어서 그분에게 기사의 기술을 배울 수 있었습니다.'

"검술가?"

케넬스의 말에 난 그것에 대해 궁금함을 느껴 물어보았다.

"아멘이야 안정기를 찾은 지가 오래이지만, 이곳 셔먼은 건국 때부터 혼란기가 계속되고 있는 실정입니다. 그래서 라피나르 대제국의 기사들 중 이곳 출신의 기사들은 이름을 감추고 평민이나 유랑민으로 살아가는 경우가 많지요. 저희에게 기사의 검술을 가르쳐 주시는 분은 그런 라피나르 대제국 출신 기사의 후손입니다."

"아! 그런가? 한번 만나보고 싶군."

"거의 대부분의 시간을 알펜 성의 연무장에서 보내시니 만날 수 있으실 것입니다."

케넬스의 말에 난 어떤 사람인지 궁금했다.

비록 아멘과 알디하렌 제국에 의해서 멸망하고 지금은 사라진 나라였지만, 라파나르 대제국은 결코 우습게 볼 나라가 아니었다. 워낙 넓은 땅을 지닌 대제국이기에 지방의 호족들에 대한 중앙의 관리가 허술했고, 그로 인하여 제국 말기에 큰 혼란기를 겪다가 아멘과 알디하렌 제국에 의해 망한 것뿐이다.

만약 혼란기가 아니었다면 아멘이나 알디하렌이란 나라는 존재하지도 않았을 것이다.

레빈과 케넬스와 함께 알펜 성으로 들어선 후 내가 제일 처음 향한 곳은 바로 연무장이었다. 라파나르 제국의 기사 가문의 후손이라는 자가 얼마나 뛰어난 실력을 가졌는지 궁금했기 때문이다.

가문의 처음 시작으로 거슬러 올라가면 이드리샤 가문 역시 라파나르 무가의 가문이었다.

연무장에 도착하자 십여 명의 기사들이 검을 휘두르는 것을 볼 수 있었는데, 나의 시선이 닿은 곳은 연무장의 한편에서 이들의 연습을 살펴보고 있는 사십 대 정도의 중년인이었다.

일 미터 팔십 센티미터는 됨 직한 키에 근육이 온몸을 덮고 있는 덩치의 그는 짧은 갈색 머리에 날카로운 눈매의 소유자였다. 아무 일도 하지 않고 가만히 서 있는 모습이지만, 상당한 위압감이 저절로 흘러나오고 있었다.

"저 사람이 그 기사 가문의 후손이란 자인가?"

난 저자가 아닐까 하는 생각에 케넬스를 보며 물었고, 그는 고개를 끄덕였다.

"예. 레빈 단장님께서 요즘에 실력이 느신 것도 다 저분을 만났기 때문이라고 하더군요."

"오……!"

레빈이 소드 마스터 초급에 이른 것을 아는 난 조금 놀랄 수밖에 없었다. 익스퍼트의 각 단계를 오르는 것도 힘들지만, 그것보다 힘든 것은 익스퍼트에서 마스터의 단계로 오르는 것이다.

평생 익스퍼트 최상급에만 머무르는 사람도 있으니 결코 쉬운 일이 아니었는데, 레빈이 저자를 만나고 마스터에 올랐다는 것은 실력이 가볍지 않음을 말해 주고 있었다.

케넬스와 함께 내가 다가가자 그는 살짝 고개를 돌리고는 케넬스를 보며 말했다.

"무슨 일인가?"

"전에 얘기했던 분이십니다."

"이드리샤 가문의 현 가주를 말하는 것인가?"

"예."

케넬스의 말에 내가 이드리샤 가문의 가주라는 것을 알아챈 그는 나를 아래위로 훑어보더니 콧방귀를 뀌며 말했다.

"흥! 배신자 가문의 끝인가? 저런 자가 이드리샤 가문의 가주라니."

"뭣이!!"

그의 말에 난 노기가 치솟아올랐다. 솔직히 상대가 라피나르 대제국의 기사의 후손이라면 배신자의 가문이라 볼 수도 있지만, 나를 얕보는 것은 참을 수 없었다.

"검이라도 뽑겠다는 것이냐?"

"으드득……."

솔직히 상대는 레빈과 비슷하거나 아니면 더 높은 실력의 소유자, 그런 자를 상대로 내가 이긴다는 것은 어려운 일이었다.

하지만 가문의 가주로서 모욕을 당했다는 것은 참을 수 없는 일이기에 그의 말에 난 고개를 끄덕이고는 검을 뽑았고, 나의 모습에 녀석은 연무대의 사람들을 물리고는 가운데로 서며 말했다.

"덤벼라!"

"끄아아!!"

그의 말에 난 더 이상 참지 못하고 검을 들고는 그를 향해 몸을 날렸다.

그동안 엡실론에게서 검술 훈련을 받았던지라 속도와 힘이 많이 늘어났기 때문에 순식간에 그의 정면으로 쇄도해 들어갈 수 있었다.

하지만 그는 내가 정면으로 들어왔음에도 검 뽑을 생각을 하지 않았고, 난 큰 모욕을 느끼며 그의 배를 향해 검을 찔러갔다.

채쟁!!

하지만 나의 검이 상대의 배에 닿기도 전에 어느새 상대의 검은 나의 검을 튕겨내었다.

"헉!!"

검을 휘두르는 것조차 보지 못했던 난 당황할 수밖에 없었는데, 그런 나를 보며 녀석이 발을 가볍게 앞으로 내딛자 순간 엄청난 통증이 가슴에서 밀려오며 그대로 뒤로 튕겨지듯이 날아가고 말았다.

"끄아악!!"

쿠구궁!!

보이지도 않는 공격, 낌새를 느낄 사이도 없이 녀석의 공격에 당한 난 정신이 하나도 없었다. 강하다는 것은 알고 있었지만, 이건 너무하지 않는가?

"실망이군. 그래도 어느 정도 이드리샤 가문의 검술을 익혔다고 생각했는데 이건 삼류 기사보다 못하지 않은가?"

"크으윽……."

그 말에 난 온 힘을 다해 자리에서 일어났다. 이렇게 모욕당하고는 참을 수가 없었기 때문이다.

"하하하! 그러고도 이드리샤 가문의 가주라 할 수 있는가!"

"끄아앗!!"

녀석의 조롱에 난 고함을 지르며 다시 녀석을 향해 달려들었다. 분노로 인하여 이제 아픔 같은 것은 생각나지도 않았다. 내가 달려들어 대각선으로 검을 휘두르자 그는 오른발을 앞으로 내딛는 동시에 검을 잡고 있는 나의 손을 오른손으로 막고는 그대로 숄더 차지로 나의 몸통을 가격했고, 그 탓에 또다시 난 뒤로 튕겨지듯이 날아가 버렸다.

상대는 검을 뽑지도 마나를 일으키지도 않았는데도 너무나 어이없이 당했기 때문에 일어설 힘조차 없었다.

엡실론에게 그렇게 훈련을 받고 수련을 했건만 내 실력이 이렇게 보잘것없었나 하는 생각에 자괴감까지 들고 있었는데, 그때 녀석의 목소리가 들려왔다.

"레빈에게 대충 이야기는 들었지만, 직접 대하고 보니 그런대로 쓸 만은 하군. 내일 새벽부터 연무장에 나와라!"

그렇게 말한 녀석은 아무 일도 없었다는 듯이 걸음을 옮기니, 난 노기를 참을 수가 없었다.

"영주님, 괜찮으십니까?"

"으드득… 죽여 버리겠다."

"휴… 참으십시오. 제가 알기로 저분은 소드 오버러이십니다."

"소드 오버러?!"

그 말에 난 큰 충격을 받을 수밖에 없었다. 소드 오버러, 그것은 소드 마스터의 단계를 뛰어넘은 자를 일컫는 말이기 때문이다.

소드 마스터 역시 마나를 자유자재로 다루는 자들을 말하는 것이지만, 소드 오버러는 이미 그런 단계를 지난 단계였다.

소드 오버러에 이르면 마나로 인하여 몸은 젊어지고 넘치는 마나로 자신의 주위에 마나의 공간을 이루는데, 들리는 소문에 의하면 그 공간에서 소드 오버러는 거의 무적이라고 한다.

물론 그러한 공간 자체가 몸에 상당한 무리를 주어 서너 번 사용하게 되면 온몸의 내장이 파괴되어 심하면 죽는다고까지 하지만, 한순간이라도 무적에 가까울 수 있는 힘을 지닐 수 있는 것이 어디인가?

또 마나의 공간을 만들지 않아도 소드 오버러는 그 위의 단계인 그랜드 소드 마스터의 존재가 거의 전무한 현실에서 최강이라고 해도 이상할 것이 없었다.

'소드 오버러라……'

만약 케넬스의 말이 사실이라면 레빈은 엄청난 자를 기사들의 교관으로 데리고 온 것이다.

본국이나 알디하렌에서도 소드 오버러의 단계에 이른 자는 많아야 하나둘 정도에 지나지 않으니 엄청난 거물이라고 할 수 있었다.

"케넬스, 저자의 이름이 뭐지?"

"페온이라고 합니다."

"페온… 이라……."

소드 오버러라는 사실을 알게 되자, 상대에 대한 증오보다는 저자를 어떻게 내 영지로 끌어들일 수 없을까 하는 생각이 들었다.

저런 실력자가 영지에 있는다면 숙적이라고 할 수 있는 네라드나 페이든 공작을 쓰러뜨리는 것은 시간문제였기 때문이다.

그날 밤은 페온이란 자 때문에 잠을 이루지 못한 난 다음날 새벽 아침도 먹지 않고 바로 연무장으로 뛰어갔고, 역시나 녀석은 아직 아무도 없는 연무장에서 검을 수련하고 있었다.

소드 오버러라는 높은 단계에 있음에도 불구하고 누구보다 먼저 연무장에서 수련을 하는 그를 보며 과연 강자는 다르다는 생각이 들었는데, 그는 내가 온 것을 알곤 수련을 멈추고는 나를 보며 말했다.

"이제야 오는가?"

"내가 올 줄 알고 있었군."

"이드리샤 가문의 가주가 패배를 당하고도 잠자코 있는다면 그것도 말이 되지 않으니까."

그의 말에 난 그가 내 가문과 무슨 관련이 있지 않을까 하는 생각이 들었다. 물론 그런 언급은 없었지만 그의 말트에는 마치 나의 모든 것을 알고 있는 듯한 어감이 있었기 때문이다.

"내 가문을 아는가?"

"이드리샤 백작가, 아니, 이제 공작가인가? 드래곤 산맥 남부의 최고 무가가 이드리샤 가문이라면 동부 최고의 무가가 어떠한 가문인지는 알고 있겠지?"

"…이스페온?"

"역시 알고 있었군. 하긴 이드리샤 가문과 이스페온 가문은 오랜 숙적이었으니 당연한 일인가?"

그의 말에 난 충격을 받았다. 내 가문은 라피나르 제국 당시에도 드래곤 산맥 남부에서는 그 이름을 모르는 자가 없을 정도의 뛰어난 기사의 가문이었다.

그 탓에 아멘 왕국의 건국왕인 빌헬름이 가장 먼저 자신의 편으로 끌어들이고자 한 가문이 이드리샤 가문이었고, 마음만 먹었으면 왕좌까지 차지했어도 이상할 것이 없었던 것이 우리 가문이었다.

하지만 드래곤 산맥 동부에는 본가와 비등한 힘을 지닌 가문이 있었는데, 그것이 바로 이스페온 백작가였다.

이드리샤와 함께 최고의 기사 가문이라 일컬어지는 이스페온 가는 끝까지 제국과 함께 대항하여 싸웠고 역시 제국과 함께 사라졌다고 알려져 있었다.

"그렇다면 당신은……?!"

"본인이 바로 이스페온 가문의 현 가주인 아서 이스페온이라 한다."

귀족의 호칭인 폰과 가문의 시작을 말하는 중간 성이 사라지긴 했지만, 아직 이스페온의 성은 그대로 유지하고 있었다.

하긴 알디하렌으로 인하여 작위와 영지를 모두 잃었으니 당연한 일이긴 하겠지만, 가문의 역사에서 이스페온과 본가와의 무수히 많은 싸움을 알고 있는 나로선 생각지도 못한 곳에서 가문의 잔재를 발견했다는 것에 반가움 마음도 들었다.

하지만 그와 함께 분한 생각도 들었다.

두 가문이 한때는 제국 최고의 가문을 다투었음에도 불구하고 현 가주인 난 소드 익스퍼트 중급인 데 반해 상대는 소드 오버러에 이르렀으니 역대 본가의 선조들에게 죄송스러울 뿐이었다.

그러나 아무리 라피나르 제국과 함께 모든 것을 잃었다고 해도 지금 그의 실력이라면 어떠한 나라에서도 높은 작위를 받을 수 있는 실력,

그런 그가 왜 알펜 성에 있는지 이해할 수 없었다.

"당신 같은 사람이 왜 알펜 성에 있는 거지? 이해할 수 없군."

"후후후… 그대의 마법사가 나의 조직을 사칭하지 않았는가? 아니, 제국의 칠황자께서 그랬다고 하는 것이 옳겠지."

"……!!"

그 순간 난 크게 놀랄 수밖에 없었다. 그가 말하고 있는 사람은 바로 게리오스. 그렇다면 아서라는 자는 현재 청록의 숲에 속해 있다는 뜻이기 때문이다.

"청록의 숲?"

"미흡하지만 내가 청록의 숲의 수장 직을 맡고 있지."

청록의 숲, 반 제국주의자들의 집단. 과거 이스페온 가문을 생각한다면 확실히 반 제국 사상을 가졌음은 당연한 일이고, 그의 실력이라면 수장이 되었다고 해도 이상할 것이 없었다.

"단순히 그것만으로 나에게 접근했다 보기에는 조금 무리가 있다 생각되는데?"

확실히 게리오스가 청록의 숲의 이름을 쓴 것 때문에 그가 알펜 성에 왔다는 것은 이해할 수 없었다.

하지만 난 그가 이곳에 있다는 이유보다는 어떻게 게리오스가 청록의 숲을 사칭했다는 것을 알았느냐 하는 것이 더욱 궁금했다.

'영지에 청록의 숲의 첩자가?'

다시 생각해 보면 그리 이상한 것도 아니었다. 내 영지의 사람들 중 거의 7만여 명에 가까운 사람들은 서면의 내전을 피해 흘러들어 온 자들, 청록의 숲의 첩자가 숨어들어 왔다 해도 이상할 것이 없었다.

"글쎄. 뭐 자네에게 해를 가하자는 것은 아니네. 이드리샤 가문이

반역자의 가문이라 할지라도 솔직히 아멘은 라피나르 제국의 후신이라 해도 과언이 아닌 곳이니까. 하지만 야만족의 나라인 알디하렌은 마음에 들지 않는군."

"…게리오스에게 용건이 있는 것인가?"

"제국의 칠황자? 확실히 황제의 총애를 받는 인물이니, 청록의 숲의 수장으로서 척살자의 명단에 이름을 올리기는 했지만, 솔직히 지금의 상황에서 그를 죽여봤자 별 효용이 없을 것 같군."

그의 말대로였다.

황제가 멀쩡했을 때라면 모르겠지만, 현재 알디하렌 제국의 황제는 언제 죽을지 모르는 상황이니 칠황자를 죽인다고 해도 단지 황제만이 변할 뿐이다. 청록의 숲에는 그다지 이득이 없고, 살려서 인질로 한다고 해도 같은 일이었다.

"그렇다면 무슨 용건이지? 이스페온의 가주!"

"글쎄. 처음에는 칠황자에게 접근할 목적으로 알펜 성에 왔지만 현재에 와서는 그 목적도 사라졌으니 시간을 두고 살필까 생각 중이네."

"음……."

아서 이스페온. 생각지도 못한 인물의 출현에 난 어떻게 해야 할지 갈피를 잡을 수 없었다. 물론 레빈들에게 말해 이자를 알펜 성에서 몰아낼 수도 있는 일이지만, 소드 오버러에 달하는 실력을 가진 자를 쫓아내려면 알펜 성도 상당히 많은 피해를 감수해야 했다.

아직 나에게 득이 될지 실이 될지 모르는 자를 섣불리 판단하여 쫓아내다 감당할 수 없는 피해를 입는 것은 그리 좋은 생각이 아니라는 판단에 난 미소를 지으며 말했다.

"하릴없으면 내 검술이나 도와주지 그러나? 솔직히 자네의 말대로 현재의 난 이드리샤 가문의 가주로서 부족함이 많으니 소드 오버러의 검술을 지닌 자네에게 도움을 받고 싶군."

"하하하! 명예보다는 실을 택한단 말인가? 하긴 과거의 이드리샤 가문의 가주들도 그랬지. 좋다. 나 역시 숙적 가문의 가주가 삼류 기사만 못한 실력을 가진 것이 마음에 들지 않으니까."

이렇게 해서 난 셔먼의 왕의 칙사가 올 대까지 아서 이스페온이란 자의 밑에서 검술을 익히게 되었다.

과연 소드 오버러라고 할까? 그저 막연히 검을 휘두르라고 하는 엡실론의 훈련 방법과는 달리 그는 나에게 명상을 요구했다.

검사가 마나를 얻을 수 있는 것은 수백 수천 번 검을 휘두르며 무아지경에 이르고, 그때서야 자연의 마나가 인간의 몸에 쌓이게 되는 것이다.

그럼 육체적인 훈련을 하지 않더라도 무아지경에 이를 수 있다면 마나를 얻을 수 있는 것이니, 훨씬 더 효율적이라고 할 수 있었다.

하지만 단순히 명상만으로 해결되는 일은 아니었다. 이러한 명상의 수행은 마법사들도 마찬가지로 하는 것이었으니 검사가 마법사가 될 것이 아니라면 명상의 방법 역시 다름은 당연한 일이었다.

그런 이유로 아서가 나에게 말한 명상 수행법은 바로 관념 수행, 즉 명상 속에서 하나의 검로를 그리며 그것을 무한히 파고드는 정신 수행이었다.

이러한 수행을 통해서 자신의 검로가 바른지 바르지 않은지를 되돌아볼 수 있으면 점점 안정된 검로에 대한 관념이 머리 속에 새겨지게 되는 것이다.

단 이러한 방법은 잘못된 부분을 정확히 지적해 줄 수 있는 스승이란 존재가 필요했으니 소드 오버러에 이른 아서는 더할 나위 없이 좋은 스승이 되었다.

하지만 아서에게 받는 수업은 그리 오래가지 않았다. 알펜 성에 도착한 지 일주일 정도가 지난 후 드디어 기다리고 있던 서먼의 칙사 일행이 도착했기 때문이다.

"반갑습니다. 이번 제국의 칙사로 임명된 기리아스입니다."

기리아스 백작은 처음 서먼과의 곡물 교역을 시작할 때의 네만 성의 영주였다.

"다시 만나게 되어서 반갑소."

이번 칙사에 내가 포함되어 있음을 아는 밀드런은 안면이 있는 사람을 주선함으로써 내가 편하게 일을 진행할 수 있게 한 것이다.

"폐하께서는 이번에 공작 각하께서 직접 제국으로 가시겠다는 말씀을 듣고 상당한 우려를 표시하셨습니다."

"음… 나 역시 이해하네. 하지만 이번에 제국으로 가야 하는 피치 못할 사정이 있는지라 어쩔 수 없구만."

"아멘과 알디하렌 제국이 서로 사이가 좋지 않음을 알기 때문에, 공작 각하의 정체를 밝힐 수 없음을 아시고 폐하께서는 일단 알펜 성의 성주 레빈 백작을 부칙사로, 공작 각하를 부칙사 보좌관으로 임명하셨습니다. 작위는 남작으로 시피로스란 성을 사용하시면 됩니다."

"고맙네."

칙사의 일행으로 숨어든다는 것은 자칫 잘못하면 서먼이 제국과의 협정을 위반한다 생각될 수도 있는 일이었기에 서먼의 국왕이 우려를 표시하는 것은 당연한 일이었다.

하지만 내전의 상황에서 유일하게 아멘에서 군량을 지원하는 나를 무시할 수는 없는 일이니, 일단은 부칙사 보좌관으로 임명해서 신분을 속이게 한 것이다.

"허허. 사위가 내 부하인가? 좋군 좋아. 허허허."

그의 말에 레빈은 만족함을 표시하고 웃음을 터뜨리니, 아무래도 제국에서 녀석에게 된통 당할 것 같은 느낌이 드는 것은 어쩔 수 없었다.

"고맙소. 셔먼의 국왕 폐하께서 이렇게 도움을 주시니 뭐라 감사의 말을 해야 할지 모르겠소이다."

"공작 각하, 이번 일은 상당히 위험한 일입니다. 자칫 셔먼 자체가 흔들릴 수 있으니 주의해 주시기 바랍니다."

"물론이오. 나 역시 셔먼이 제국에 무너지는 것을 바라지 않소이다."

기리아스 백작의 도착으로 이제 남은 것은 제국으로 들어서는 일뿐이었다. 아서에게 검술 수련을 계속 받지 못하는 것이 아쉽기는 하지만, 이곳에 남고 싶은 생각은 없었기에 난 제국으로 들어갈 준비를 해야 했다.

알펜 성은 제국의 남부 국경과 맞닿아 있었고, 아멘과 제국의 국경과는 달리 낮은 구릉성 산지와 평원이 대부분이기에 국경을 나누고 있는 것은 넓이가 십여 미터 정도의 작은 하천이었다.

지방마다 다른 이름이 붙어 있는 이 하천은 셔먼의 공식 명으로는 스핀스 강이라 불리고 있었다.

알펜 성에서 서북부 사십 킬로미터 정도 위로 올라가면 스핀스 강을 가로지르는 다리가 있었고, 우린 그 다리를 통해 제국으로 들어가기로 했다.

기리아스 백작이 직접 데리고 온 셔먼의 정규 기사 이백 명을 포함하여 영지에서 데리고 온 오백 명, 그리고 알펜 성의 애로우 나이츠에서 레빈과 함께 삼백 명이 추가되어 칙사의 일행은 총 1,000여 명에 가까이 늘어나 있었다.

거기에다 제국의 황제에게 보내는 선물과 여러 가지 물품 등을 운반하는 마차와 인부들을 합하면 총 2,000여 명에 달하는 인원이 제국으로 향하니 사람들의 눈에 띌 수밖에 없었다.

하지만 정식 칙사 일행인만큼 그러한 소문도 불가피한 일이었고, 게리오스가 안전하게 황도로 가기 위해서는 반드시 필요한 것도 사실이었다.

케넬스는 영지에 남기로 했기 때문에 제국으로 향하는 내 마차에는 레빈이 합류하게 되었다.

제국의 땅은 중앙의 황도를 중심으로 황제가 다스리는 땅, 그리고 그 주위를 게리오스가 다스리는 땅이 둘러싸듯이 존재하고 있었다.

그리고 나머지 여섯 명의 황자들이 하나의 영역권을 가지며 나머지 부분을 여섯 등분으로 나누고 있는데, 알펜 성과 닿아 있는 곳은 바로 제국의 이황자의 영역권이었다.

일단 게리오스가 다스리고 있는 땅에 도착하게 되면 안정권에 들어선다고 할 수 있었지만, 이황자의 영역에서 게리오스의 영역까지 도착하기까지는 적어도 삼 주일 이상의 시간이 걸리기 때문에 이황자가 왕당파에 힘을 실어준다고 해도 안심할 수는 없는 일이었다.

우리로선 그 시간 동안 황제가 죽지 않기를 바랄 수밖에 없었다.

황제가 죽는다면 게리오스가 무리를 하면서까지 황도로 가는 목적이 사라지기 때문이다.

스펜스 강의 다리를 넘자 일단의 제국 병사들이 그 모습을 보이기 시작했다. 태어나서 처음 접하는 제국의 땅이기에 난 마차의 창을 통해 밖을 보는 데 여념이 없었는데 칙사의 보좌관을 맡고 있는 그린 자작이 국경 수비군의 기사와 이야기하는 것을 볼 수 있었다.

하지만 기사의 신분에 지나지 않을 국경 수비군의 기사에 비해 자작이라는 귀족임에도 불구하고 그린의 모습은 몸집의 왜소함은 둘째 치고 조금 비굴해 보이기까지 했다.

족히 일 미터 구십 센티미터가 넘는 덩치의 기사의 모습은 정중하기까지 했는데, 왜 그런 생각이 드는지 알 수 없었다.

내가 듣기로는 그린 자작은 서먼 왕국의 외교 중심 인물 중 한 사람이라 들었으니 저런 모습은 더 이해가 되지 않았다.

"기사에 비해 그린 자작이 너무 초라하군."

다시 자리에 앉은 난 게리오스를 보며 말했는데, 그는 미소를 지으며 나의 말에 답했다.

"국가 간의 외교란 강경책만 있는 것은 아닙니다."

"응?"

"자국의 힘이 떨어질 때에는 적절히 고개를 숙여야 하는 것도 필요한 것이니, 현재 서먼의 입장에선 그린 자작과도 같은 사람도 필요할 것입니다."

"그런가?"

게리오스의 말에 그렇구나 하며 고개를 끄덕이긴 했지만, 마음에 들지 않는 것은 사실이었다.

이황자 일루테우스의 영지는 흑마법사들의 땅으로도 유명하다. 그 자신이 흑마법사로 마계의 신인 마신왕 블러드 스톰의 힘을 사용하고 있기 때문이다.

필리아 역시 흑마법사이지만, 그녀는 마계 서열 7위의 불꽃의 이펠리스를 따르고 있다.

마족의 힘을 근본으로 하는 흑마법사는 자신이 따르고 있는 자에 따라 큰 힘의 차이가 있기 때문에 어둠의 창조주에 이어 마계 서열 2위의 블러드 스톰을 따르고 있는 일루테우스와 필리아의 힘의 차이는 어마어마하다고 할 수 있었다.

일루테우스의 영지는 그를 중심으로 모두 여덟 개의 흑마법사의 탑이 존재하고 있었는데, 우리가 지나는 곳은 이 여덟 개의 흑마법사의 탑 중 마계 서열 6위인 검은 안개 쇼무의 힘을 따르는 자들이 모여 있는 곳이었다.

그들의 땅에 도착하자마자 자욱한 안개가 깔려 있었고, 대로의 주위에는 정체를 알 수 없는 넝쿨 식물들이 자리하고 있었기에 뭐랄까, 호러틱한 분위기가 가득했다.

"유령이라도 나올 것 같군."

주변의 모습을 보며 투덜거리듯이 중얼거리며 고개를 돌려보니 레빈과 게리오스의 표정이 좋지 않음을 볼 수 있었다.

"무슨 일인가?"

"자네는 아직 느끼지 못했는가?"

"응?"

나의 물음에 레빈은 오히려 반문을 하듯이 말했기에 나로선 영문을 알 수 없었는데, 옆에 앉아 있던 필리아가 조용히 말했다.

"사악한 기운이 가득해요. 마치 드래곤 산맥에서 원혼이 나왔을 때처럼 말이에요."

"음……."

그녀의 말에 나 역시 조용히 정신을 모아 주위의 마나를 느껴보니, 역시나 사악한 기운이 주변에 가득함을 알 수 있었다.

"그렇군. 그렇다면 언데드라도 나온다는 말인가?"

"아니요. 이곳이 검은 안개의 마왕 쇼무의 흑마법사의 탑이 있는 곳이라면 단순히 사악한 기운이 느껴진다고 원혼이 있다고는 말할 수 없어요. 하지만 이 기운을 따라 적이 기습을 하기에는 어느 곳보다 좋은 곳이겠지요."

"그렇군."

그녀의 말을 듣고서야 왜 레빈이나 게리오스가 인상을 쓰며 정신을 집중하고 있는지 알 수 있었다.

나 역시 이러한 기분에 휩싸인 것이 마음에 들지 않았는데, 그때 갑자기 마차가 멈추어 섰다.

"응?"

마차가 멈추어 서자 이상하게 생각한 난 문을 열고 밖으로 나갔는데, 이십 미터 앞도 보이지 않는 안개 속인지라 선두 일행의 상황을 쉽게 알 수가 없었다.

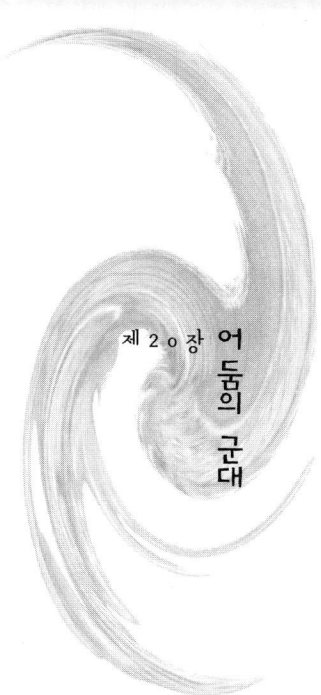

제20장 어둠의 군대

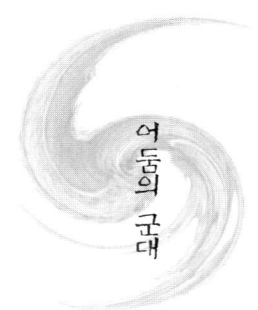

어둠의 군대

"실로페스!! 무슨 일인가?"

난 마차의 곁에서 호위하던 실로페스를 보겨 칙사단이 멈추어 선 이유를 물어보았지만, 그 역시 알지 못하는 듯했다.

"모르겠습니다. 칙사단의 선두에서 문제가 생긴 것 같습니다."

"그래?"

2,000여 명이 넘는 인원들인만큼 칙사단은 길게 늘어서 있었는데 우리가 있는 곳이 중간쯤이라 자욱한 안개로 선두에서 무슨 일이 일어났는지 알 도리가 없었다.

일단 무슨 문제인지 알아보기 위해서 난 내 호위를 맡고 있는 대장인 빌을 불렀다.

"빌!! 빌!!"

"예, 영주님."

"기사 두 사람을 선두로 보내 마차가 멈춘 이유를 알아보게."

"예."

나의 명령에 두 기사가 칙사단의 선두 쪽으로 말을 몰아갔지만 그들은 한 시간이 지나도 돌아올 생각을 하지 않았다.

빌의 명령을 받고 간 자들은 실력이 있는 자들이기에 아무래도 심상치 않은 일이 일어났음을 직감할 수 있었다.

아무리 진열이 길게 이루어졌다 하더라도 한 시간이 지나도 소식이 없다는 것은 무슨 문제가 없다면 있을 수 없는 일이기 때문이다.

"아무래도 이상하군."

레빈 역시 한 시간여 동안 무리들이 움직이지 않고 앞서 갔던 기사들조차 돌아오지 않자 마차에서 나오며 중얼거렸고, 난 잠시 생각에 잠겼다가 말했다.

"레빈, 아무래도 선두 쪽으로 가보는 것이 좋겠군. 실로페스는 호위기사단과 함께 이곳에서 게리오스를 보호하고 있게. 황태자나 다른 황자들의 암수일 수도 있으니까."

"예."

게리오스를 마차에 남겨놓은 후 흑마법사인 필리아와 레빈, 그리고 애로우 나이츠 백여 명과 함께 짙게 깔려져 있는 안개를 뚫고 칙사단의 선두 쪽으로 말을 몰아갔다.

자욱한 안개 탓에 빠른 속력은 낼 수가 없었지만, 오 분 정도 후에 우린 최선두에 도착할 수 있었다. 하지만 이상하게도 늘어서 있는 진열이 짧다는 것을 안 난 선두 쪽에 있어야 할 사람들이 없어졌음을 알 수 있었다.

"선두 쪽에 있던 사람들은 어디로 갔는가?"

"그것이… 저도 모르겠습니다. 갑자기 안개가 심해지더니 순식간에 사라졌는지라……."

진열의 가장 앞에 있던 마부를 보며 선두에 있던 사람들이 어디로 갔는지 물었지만 그 역시 아무것도 알지 못하고 있었다.

안개가 짙게 깔린 탓도 있겠지만, 그렇다고 앞에 있는 사람을 볼 수 없을 정도는 아니기에 난 이상한 생각이 들었다.

"이곳으로 기사 두 사람이 오지 않았는가?"

"그게 앞전에 있던 사람들이 사라진 후 다른 기사 분들도 사라진 사람들을 찾기 위해 안개 속으로 향했는데, 돌아오지 않고 있습니다."

그의 말에 고개를 끄덕인 난 앞을 쳐다보았다. 내가 있는 곳 역시 안개가 짙었지만, 앞으로 몇 발자국만 더 가면 한 치 앞도 보이지 않을 정도로 안개가 심해져 있었다. 하지만 안개가 몇 발자국 차이로 이렇게 심해질 수는 없는 일, 마치 보이지 않는 막이 있는 것 같았다.

"인위적으로 만든 결계 같군."

상당한 이질감을 보이고 있는 안개를 보며 혹시나 이것이 마법으로 만든 결계가 아닐까 하는 생각이 들었고, 나의 말에 필리아가 고개를 끄덕이며 말했다.

"검은 안개 쇼무의 흑마법사는 안개를 이용하여 결계를 만들 수 있다고 알려져 있으니 그들의 소행일 즈도 있어요."

"그런가? 음……."

나 역시 흑마법사들이 자신이 힘을 받는 마왕들의 고유 능력을 사용할 수 있다는 이야기를 들은 적이 있었기 때문에 필리아의 말에 고개를 끄덕였다.

일단 마법으로 만들어진 결계라는 생각이 들자 이곳을 들어가야 할지 말아야 될지 고민이 될 수밖에 없었다.

많은 수의 사람들이 사라진 상황에서 내가 들어간다면 또 다른 피해자가 될 수도 있는 일이기 때문이다.

"사위는 일단 이곳에서 기다리게. 나와 열 명 정도의 기사가 들어가도록 하지."

이런 나의 고민을 알아챘는지 레빈이 앞으로 나와 안개 속으로 들어간다고 말했다. 나 역시도 그와 함께 가고 싶었지만, 조금 두려움도 있었고 만약 레빈이 잘못되었을 시에 칙사단에 지시를 내릴 사람이 필요하단 생각에 고개를 끄덕이며 말했다.

"부탁하오. 그리고 조심하시오. 안개 속에서는 방향을 잡기 어려울테니까. 빌!"

"예, 영주님."

"구할 수 있는 데까지 밧줄을 구해라. 길을 잃는다 해도 밧줄을 이용한다면 다시 돌아올 수 있을 테니까."

"알겠습니다."

그렇게 해서 안개 속으로 레빈과 십여 명의 기사들이 들어가기로 결정을 했다. 빌에게 지시하여 구한 밧줄은 상당한 양이었기에 밧줄을 서로 이어 가장 후미에 있는 기사의 말에 묶은 후 레빈 일행들은 안으로 들어갔다.

난 남아 있는 기사들과 함께 다시 레빈들이 안개 밖으로 나오기를 기다렸지만, 한 시간이 지나도 이들이 돌아올 생각을 하지 않고 있었기에 초조함이 밀려왔다.

"빌!"

"예."

"밧줄을 당겨라. 아무래도 이상하군."

"알겠습니다."

사전에 밧줄을 당기면 돌아오라는 지시를 내렸기 때문에 빌과 기사들에게 밧줄을 당기게 했다. 하지만 모든 밧줄이 안개 속에서 나왔을 때 또다시 당혹감이 밀려왔다.

후미에 있던 기사의 안장에 묶었던 밧줄의 끝에는 아무것도 매여 있지 않았기 때문이다.

"레빈까지……."

레빈까지 안개 속으로 실종되리라고는 생각지도 않은 난 미간을 찌푸릴 수밖에 없었다.

그런데 그때 빌이 떨어진 밧줄을 살피는가 싶더니 나를 보며 소리쳤다.

"영주님, 밧줄이 검에 의해 잘라진 듯 보입니다!"

"잘라져? 밧줄을 가져와 봐라."

빌이 가져온 밧줄을 보니 역시나 검으로 자른 흔적이 역력했고, 밧줄의 길이도 약간 모자람을 알 수 있었다.

도대체 무엇이 사람들을 안개 속으로 삼키고 있는 것일까? 밧줄의 모습이나 안개로 이루어진 결계로 보아서는 인위적인 것이란 것을 알 수 있었지만, 도저히 이 상황을 타개할 방법이 떠오르지 않았다.

잠시 어떻게 해볼까 생각한 난 일단 칙사단을 뒤로 물리기로 했다. 지금까지 안개 속으로 사라진 인원은 족히 삼백여 명에 가까웠지만 전체를 생각한다면 그들을 구하기 위해 계속 모험을 감행할 수는 없는 일이기 때문이다.

"칙사단을 뒤로 물린다."

"영주님!"

나의 말에 애로우 나이츠는 크게 놀라며 소리쳤다. 그들은 레빈과 오랜 시간을 같이해 온 사람들이었으니 대장인 그를 버려두고 물러선 다는 것은 있을 수 없는 일이라 생각했을 것이다. 하지만 많은 이들을 통솔해야 하는 나로선 전체를 위해 일단 안전한 곳으로 칙사단을 물리게 하는 것이 최선일 수밖에 없었다.

"이곳에 있다가는 나머지 사람들 역시 피해를 입을지 모른다. 나 역시 레빈을 버릴 생각은 없으니 일단 칙사단을 뒤로 물린 후 만반의 준비를 갖춘 뒤 안으로 들어가도록 하지."

"…알겠습니다."

나의 말에 레빈의 부하들 역시 수긍을 했고, 난 기리아스 백작에게 알려 칙사단을 뒤로 물리게 했다.

내가 칙사단의 수장은 아니지만 전투 병력의 대부분이 나와 레빈의 수하였고, 구태여 위험한 곳을 뚫고 나갈 생각이 없는 기리아스였기에 삼백여 명이나 실종된 지금 나의 말을 따라 칙사단을 뒤로 물리는 것은 당연한 일이었다.

기리아스 백작의 동의까지 얻은 난 칙사단을 안전한 곳으로 물러서게 했지만, 그 와중에도 레빈이 무사할까 걱정이 들었다.

가까이 있으면 밉상맞은 사람이지만, 위험에 처했다고 생각하니 걱정이 사라지지 않는 것은 아무래도 내 사람으로 정이 단단히 든 모양이었다.

안전한 곳까지 칙사단을 물린 후 난 기리아스 백작에게 가까운 알디하렌 제국의 귀족에게 이 사실을 알리게 한 후 애로우 기사단과 함께 결계 속으로 사라진 사람들을 구하기 위한 구출대를 편성하기 시작했다.

일단 결계 안의 상황을 알 수 없는 만큼 구출대는 정예로 이루어져야 했기에 애로우 나이츠와 내 영지의 기사단 중 실력이 뛰어난 자 백 명 정도만을 구성했다.

또 흑마법사의 결계일 수도 있기 때문에 같은 흑마법사인 필리아를 동행시켜 있을지 모르는 매직 트랩에 대한 대비를 한 후 결계 쪽으로 향하려고 했는데, 그때 우리 쪽으로 백여 명의 무리들이 다가오는 것을 볼 수 있었다.

"게리오스."

우리 쪽으로 다가오고 있는 무리들은 바로 게리오스와 그의 호위 기사단이었는데, 이들의 모습을 보아하니 아무래도 나와 함께 결계로 들어가려 하는 것 같았다.

"영주님, 구출대에 저도 동행하겠습니다."

"위험하네. 이것이 황태자의 암수라면 자네가 따라간다는 것은 알면서도 함정으로 걸어 들어가는 것과 다를 것이 없네."

"흑마법사의 결계라면 마법사의 존재가 반드시 필요합니다. 물론 필리아가 있기는 하지만 그녀의 실력으로 영주님을 보호하는 것은 어려운 일입니다."

"음······."

이번 여정은 그를 위한 것이기에 극적을 생각하며 최대한 그를 안전한 곳에 머물게 하고 싶었다. 하지만 현재 상황에서는 나의 안위를 위해서라도 게리오스의 도움이 절실한 시점이기에 잠시 생각에 잠긴 난 고개를 끄덕이며 말했다.

"알겠네. 같이 가도록 하지."

이렇게 해서 구출대는 총 이백 명의 인원으로 움직이게 되었다. 일행들이 결계에 도착한 시간은 레빈이 결계 안으로 사라진 지 만 하루 정도가 지난 시점이었다.

결계 안으로 들어가기에 앞서 안개 속에서 흩어지는 일이 없게 하기 위해서 구출대는 총 다섯 명이 한 조를 이루게 했다.

또 각 조 간의 간격은 밧줄을 이용하여 삼 미터 정도 사이를 두어 앞 조가 위급한 상황에 이르면 뒷조가 최대한 빨리 도움을 줄 수 있게 했다.

하지만 만반의 준비를 했음에도 불안감은 사라지지 않았기에 미리 준비해 두었던 실을 결계의 입구에 묶어 되돌아오는 방법을 확보하는 것도 잊지 않았다.

전에는 두꺼운 밧줄이라 상대에게 들켰지만, 이런 얇은 실이라면 짙은 안개 속에서 적들이 발견할 수 없으리라 생각했기 때문이다.

모든 준비를 마친 후에야 난 떨리는 가슴을 진정시키며 천천히 결계 안으로 구출대를 진입시켰다.

결계 안으로 들어서자마자 자욱한 안개가 우리들을 감싸기 시작했고, 시야는 한 치 앞도 분간이 가지 않을 정도였다.

무턱대고 안으로 들어갈 수 없는지라 선두에 있는 사람들에게 이전에 지나간 이들이 남기고 간 바퀴 자국와 말발굽 자국을 더듬어 가게 하는 방법을 취했지만 그것도 잠시, 삼십 분 정도를 찾아갔을 때 결계 속으로 사라진 자들의 흔적은 거짓말같이 사라졌다.

"이상하군. 어떻게 이렇게 감쪽같이 사라질 수 있지?"

사라진 사람들의 흔적을 보며 난 고개를 갸우뚱거릴 수밖에 없었는데, 나의 곁에 있던 게리오스는 바닥을 살피며 무엇인가를 느꼈는지 미간을 찌푸리며 말했다.

"아무래도 윈드 계열의 마법으로 흔적을 지운 것 같습니다."

"찾을 수 있겠는가?"

"잔존 마나의 흔적을 따라간다면 가능하지만, 결계를 이루는 안개가 마나를 감지하는 것을 방해하기 때문에 사라진 사람들의 흔적을 따라가는 것은 힘들 수밖에 없습니다."

"시간이 걸려도……."

쿠궁!!

시간이 걸려도 좋으니 일단 흔적을 찾아가자고 말하려는 순간 갑자기 큰 굉음 소리와 함께 안개의 한쪽 편이 붉게 물들었기에 난 크게 놀랄 수밖에 없었다.

"무슨 일이냐!!"

"적습이다!"

안개 속을 붉게 물들이는 폭발이 일어난 곳은 후미 쪽이었고, 이내 기사들의 목소리가 크게 들리는가 싶더니 병장기가 충돌하는 소리가 울려 퍼지기 시작했다.

채재쟁!! 챙!!

"끄악!!"

짙은 안개로 가려져 있었기 때문에 후미 쪽에서 도대체 무슨 일이 일어났는지 알 도리가 없었기에 밧줄을 따라 기사들과 함께 그쪽으로 향했지만, 우리가 도착했을 때에는 잘려진 밧줄과 시체들만이 널려 있을 뿐 적의 모습은 전혀 보이지 않았다.

"미치겠군! 도대체 어떤 녀석들이야!!"

한순간에 삼십여 명이 시체가 되어버리자 노기가 치솟아올랐다. 하지만 이들과 가장 가까이에 있었던 조들은 그저 강렬한 폭발 소리와 함께 병장기가 부딪치는 소리, 그리고 기사들의 비명 소리 외에는 아무것도 듣지 못했다고 하니 답답함만 늘어갔다.

"아무래도 어쎄신들의 무기인 자마다르의 흔적인 듯합니다."

"자마다르?"

"주로 어쎄신들이 사용하는 무기로 찌르기를 위한 단검입니다. 검 자체에 여러 가지 변형을 줄 수 있어 종류에 따라서는 기사의 중갑주를 꿰뚫는 것도 있다고 알고 있습니다."

"미치겠군. 이런 안개에 암살자라니……."

안개가 짙게 깔린 이러한 곳에서 암살자와 상대한다는 것은 거의 죽으라는 말과 다를 것이 없었기 때문에 절로 미간이 찌푸렸다.

"그건 그렇고, 왜 이런 곳에 결계가 있고 암살자들이 있지?"

"그건……."

"자네를 노리는 것이라면 무턱대고 수백 명의 사람들을 끌고 가지는 않았을 것이 아닌가?"

"아! 그렇군요."

나의 말에 게리오스 역시 고개를 끄덕였다. 이건 누군가를 노리고 있다기보다는 마치 무차별적으로 사람들을 끌어들이고 있는 것 같았다.

만약 게리오스를 노리고 한 짓이라면 우리들이 안개의 결계 속으로 완전히 들어갈 때까지 기다렸을 것은 뻔한 일, 아무래도 귀찮은 일에 빠진 것이 아닐까 하는 생각이 들었다.

"잔존 마나의 흔적을 쫓게. 실로페스는 기사들을 모두 당장이라도 전투를 할 수 있게 준비시키게. 어쎄신이 있다는 것을 안 이상 방금 전처럼 어이없이 당하지는 않겠지."

"알겠습니다."

"누군지 모르지만, 뼈를 발라주겠다!"

이렇게 무턱대고 당하는 것은 내 성격에도 맞지 않는 일이었고, 가만히 당하고 있을 생각도 없었다.

게리오스는 잔존 마나를 추적하며 사람들이 사라진 곳을 찾아 움직이기 시작했다. 하지만 삼십 분 정도의 시간이 지났을까? 녀석들도 우리 쪽에 마법사가 있다는 것을 알았는지 마법을 엉뚱한 곳에서 펼쳤기에 마나의 흔적은 여러 갈래로 나누어져 있었다.

"이거… 아무래도 마법사가 한두 명이 아닌 것 같습니다."

"그렇겠지."

여러 갈래로 흩어진 것을 보면 게리오스의 말대로 한두 명이 아니었다.

"그렇다면 상대는 거대한 조직일 수도 있겠군. 이 정도의 마법사들을 고용할 수 있다면 말이야."

"예."

"그리고 이곳은 이황자령이니 이 결계를 펼친 이가 이황자일 확률도 높고 말이야?"

"그렇습니다."

대륙 흑마법사들의 수장이라 일컬어질 정도로 흑마법사들 사이에서 명망을 떨치고 있는 인물이니, 이런 곳을 그가 만들었다 해도 이상할 것이 없었다.

또 게리오스의 말을 들어보면 겉으로는 성자와 같은 사람이라 불리고 있지만 그의 형제들 중에서 가장 속을 알 수가 없는 인물이라고 하니, 그의 짓일 확률이 높았다.

'만약 이것이 이황자의 짓이라면 결코 왕당파의 칙사단에게 이런 짓을 저지를 이유가 없다. 그렇다고 한다면 재수없게 걸려들었다고 할 수 있는 것인데… 음.'

속으로 여러 가지 상황을 생각해 보았지만, 역시나 타개할 방법 같은 것은 떠오르지 않았는데, 그때 안개가 점점 옅어지고 있다는 느낌이 들었다.

"필리아! 안개가 옅어지고 있는 것 같은데?"

"예, 마나가 점점 사라져 가고 있어요."

"음……."

한 시간여 정도가 지났을 때 결계를 이루던 안개는 완전히 사라졌는데, 영문을 알 수 없어할 때쯤 우리들의 뒤로 일단의 무리들이 다가오는 것을 볼 수 있었다.

그들의 갑주를 보니 알디하렌의 기사들임을 알 수 있었다.

무리들의 선두에는 기리아스 백작 호위 기사단의 부단장인 노렌의 모습도 보이고 있는지라 근처에 있는 영지 귀족의 기사단임을 알 수 있었다.

"남작님, 무사하십니까?"

"난 괜찮네. 저분들은?"

"알스론 영지의 기사 분들이십니다. 칙사단의 이야기를 듣고 알스론 영지의 영주님께서 사병들을 보내주셨습니다."

"다행이군. 안개가 걷혔으니 실종된 자들을 찾기가 쉽겠어."

그의 말에 난 이들과 함께 실종된 사람을 찾으려 했는데, 그때 노렌이 고개를 저으며 말했다.

"아닙니다. 실종된 사람들은 모두 돌아왔습니다."

"응? 무슨 소리인가?"

노렌의 말에 난 되물어볼 수밖에 없었다. 기껏 안개의 결계 속으로 들어와서 찾고 있는데, 벌써 돌아왔다니…….

"알스론 영지의 기사 분들께서 지름길을 통해 안개의 결계를 통과하셨더니, 이곳에서 이 킬로미터 정도 떨어진 곳에서 실종된 분들이 쓰러져 있는 것을 발견하셨다고 합니다."

"쓰러져?"

"예. 이야기를 들어보니, 이곳의 안개는 흑마법사들의 탑과 연관이 있어서 곳곳에 마법 트랩이 있다고 합니다. 물론 잘못 들어간 사람들이 다칠 수 있어 슬립 마법과 같은 것이 대부분인지라 모두 무사할 수 있었습니다."

"그래?"

뭔가 석연치 않은 느낌이 들었다. 이 안개의 결계가 흑마법사들의 마법탑을 보호하기 위해서라면 도대체 어쎄신들은 뭐란 말인가?

하지만 난 구태여 그것을 들추지는 않았다. 물론 희생자가 있기는 했지만 아무래도 이것을 들추었다가는 좋지 않은 일이 벌어질 것 같았기 때문이다.

"레빈 백작님도 무사하신가?"

"예. 같이 가셨던 기사와 함께 실종된 사람들 사이에서 혼절해 계셨다고 합니다."

"그래? 그럼 돌아가지."

일단 레빈이 안전하다는 말에 돌아가기로 결정은 했지만, 의심의 불꽃은 사라지지 않았다.

아무래도 이곳의 결계에 빠진 이들이 사전 계획에 있었던 것이 아님을 알 수 있었다. 그렇지 않다면 모두가 멀쩡하게 살아 있을 리는 없었기 때문이다. 또 금세 안개의 결계가 사라진 것은 기리아스 백작이 근처의 영주에게 알린 것과 많은 관련이 있다 생각했다.

우리가 이곳으로 지나가는 것은 이곳 영주가 알지 못한 일이었고, 그 때문에 재수없게 결계 속으로 들어가 사람들이 걸려들었을 확률이 높았다.

그렇기 때문에 우리들이 셔먼의 왕당파 쪽 칙사라는 것을 알고 급히 결계를 해제하고 잡아간 사람들을 모두 풀어주었을 것이다.

하지만 무엇 때문에 이런 곳에 결계를 만들고 사람들을 납치하고 있는 것일까? 어쎄신과 많은 마법사들을 생각한다면 이곳의 일이 외부에 알려지는 것을 극히 꺼려하고 있는 것 같았고, 아무래도 돌아간다면 기리아스 백작이나 이곳 영주는 이곳에서 일어난 일을 함구하길 부탁할 것 같았다.

일행이 있는 곳으로 도착하자, 아니나 다를까, 기리아스 백작과 함께 알스론 영지의 주인인 시밀튼 자작이란 자가 나를 맞았다.

"시피로스 남작, 무사하니 안심이오."

"걱정을 끼쳐서 죄송합니다, 기리아스 백작님. 그런데 옆에 계시는 분은?"

"이곳 알스론 영지의 영주이신 시밀튼 자작이시네."

"아, 그러셨군요. 만나서 반갑습니다. 시피로스라고 합니다."

"반갑소이다. 이거 본인의 영지에서 생각지도 않은 일을 겪게 하다니 미안하기 그지없소이다."

"별말씀을 다 하십니다. 저희 쪽으로 왔던 노렌 기사에게 들어보니 흑마법사들의 마법의 탑 결계라고 하니, 영주님께서는 아무런 잘못도 없으시지요."

"그렇게 생각해 주시니 고맙소이다."

내 말에 그는 미소를 지으며 답했고, 그것을 보고 있던 기리아스 백작이 잠시 헛기침을 하고는 말했다.

"그런데 말일세, 시피로스 남작."

"말씀하십시오."

"이곳에서의 일을 함구해 주었으면 좋겠네."

"함구요?"

"시밀튼 자작에게 들어보니 이곳 영지와 마법사의 탑 간에는 이황자 님의 명으로 몇 가지 협정을 맺었다고 하네. 그것 중 하나가 탑에서 행하는 모든 일은 함구하는 것도 있다고 하는지라 우리 역시 그것을 들어주었으면 한다는군."

"…이황자님께서 말씀하신 명이라면 당연히 들어야지요. 이 일은 어느 곳에서도 발설하지 않도록 하겠습니다."

"고맙네."

기리아스의 체면도 있고, 시밀튼이라는 자 앞에서 승낙하지 않았다가는 이황자의 암수까지 당할 것 같은 느낌이 들었기에 일단은 고개를 끄덕였다.

하지만 이곳에서 무슨 일이 벌어지고 있는지 궁금증은 더해져만 갔다. 도대체 무슨 일을 벌이기에 삼백여 명에 가까운 이들을 한꺼번에 납치한 것일까?

"그건 그렇고 당분간 이곳에서 머물러 있어야 할 것 같습니다."

"머무르자고?"

"예. 노렌 기사의 말을 듣자니, 사라졌던 자들의 문제도 있고 이번에 안개 속에서 제 부하들 역시 몇 명 부상을 입어 치료가 불가피한 것 같습니다."

"음… 시밀튼 자작, 괜찮겠소?"

"물론입니다. 다만 흑마법사의 탑이 있는 곳의 출입만은 삼가주셨으면 합니다."

"알겠소이다."

이렇게 해서 잠시 이곳 알스론 영지에 머물러 있기로 했다. 사라졌던 레빈은 다행히 실종되었던 자들과 같이 있었고, 그리 큰 문제는 없었지만 그 역시 어찌 된 영문인지 알지 못하는 듯했다.

소드 마스터 초입의 레빈을 영문도 모르는 사이에 쓰러뜨릴 정도라면 상당한 수준의 마법사가 있다는 뜻이기에 성급한 일을 벌이지는 않았다.

영지의 근처에 있는 여관에 잠시 머물면서 내가 사람들을 보내어 조사하게 한 곳은 마법사의 탑이 아닌 바로 시밀튼 자작의 성이었다.

물론 이자는 그저 조직의 수족으로서만 움직일 것이 분명했지만, 그래도 이곳 안개의 결계에 관한 작은 단서 정도는 찾을 수 있다 생각했기 때문이다.

레빈의 부하들 중에서 정보 수집에 능한 자들과 몸이 날랜 자들을 추려 성과 마을로 보내었고, 그것으로 작은 단서를 얻어낼 수 있었다.

여관 방에 앉아 게리오스들과 함께 정보를 수집하고 온 사람들의 보고를 들어보니 역시나 의심스러운 것이 많았다.

"의문의 실종이란 말이지?"

"예. 사람들의 이야기를 들어보면 그동안 실종된 자들이 한두 명이 아니라고 합니다. 거의 대부분의 희생자들은 영지를 지나던 상단이나 여행자들이지만, 이전에는 외곽에 사는 사람들이 갑자기 실종되곤 했다고 합니다."

"음……."

"성에 관련된 소문으로는 일하고 있던 몇 명 사람들이 실종된 사례도 있고, 시녀와 시종들 사이에선 지하에 괴물이 살고 있다는 말도 있었습니다."

성에서도 그러한 일이 있었고, 지하에 괴물이 살고 있다는 소문이 있다면 무엇인가 있을 확률이 높은 것 같았다.

"성의 지하로 사람을 보내볼까?"

난 자세한 것을 알아보고 싶은 마음에 사람을 보낼까 생각했는데, 실로페스가 고개를 저으며 말했다.

"이번 여정은 황도로 무사히 가는 것이 목적입니다. 조용히 지나갈 수 있다면 그렇게 하는 것이 좋을 것 같습니다."

실로페스는 칠황자를 지키는 호위 기사단장의 입장에서 괜히 분란을 일으키는 것은 삼가고 싶은 모양이지만, 레빈은 조금 다른 듯했다.

"무슨 말인가? 이대로 두다가는 무고한 사람들이 계속 희생될 것인데 그래도 좋단 말인가? 그러고도 자네가 제국의 기사라 할 수 있는가!"

"현재의 저에겐 그 어떠한 것보다 게리오스님의 안전이 최우선입니다."

역시 정의파 레빈은 안개의 결계 속에서 당한 것도 있고 반드시 이곳의 비밀을 밝혀내자 이야기했고, 실로페스를 도발하려 했지만 그는 칠황자의 안전을 최우선으로 생각하는지 담담한 목소리로 대답할 뿐이었다.

"게리오스, 자네의 생각은 어떤가?"

"글쎄요. 개인적으로는 조사해 보고 싶은 마음도 없지 않지만, 칙사단을 생각한다면 알면서도 모르는 척 지나가는 것도 좋을 듯합니다."

게리오스의 말에 고개를 끄덕인 난, 그냥 모르는 척 지나가기로 했다. 괜히 이황자와 분란을 일으켜 화를 자초하고 싶은 마음은 없었기 때문이다.

하지만 그때 실로페스가 갑자기 품에서 단검을 꺼내더니 천장을 향해 집어 던졌다.

슈슉!! 푹!

그의 손에서 벗어난 단검은 날카로운 파공음을 내며 방의 천장에 꽂혔는데, 잠시 후 꽂혀진 단검에서 붉은 핏방울이 떨어지기 시작했다.

"뭐야?"

"아무래도 누군가 우리들의 이야기를 엿듣고 있었던 것 같습니다."

[후후후후…….]

실로페스의 말이 끝나자마자 차가운 목소리가 방 안에 울려 퍼지자, 순간 온몸에 소름이 돋는 것을 느꼈다.

"남작, 뒤로 물러서게!!"

레빈은 차가운 목소리가 들리자 자리에서 검을 뽑고 일어나서는 나의 앞을 막아섰고, 그 순간 창문 밖으로 검은 인영이 서서히 그 모습을 드러내었다.

"누구냐!!"

실로페스 역시 게리오스의 앞을 막아서며 소리쳤는데, 상대는 차가운 웃음소리를 흘리며 말했다.

[조용히 이곳을 빠져나가셨으면 아무 문제도 없었을 텐데 어쩔 수 없군요. 소개하겠습니다. 쉐도우 블레이드라고 합니다.]

창가에서 모습을 드러낸 그는 자신을 쉐도우 블레이드라고 말했다.

하지만 난 그가 이름을 밝혔다는 것에 더 긴장감이 들었다. 정체를 밝히지 않으려던 자가 이름을 알렸다는 것은 단 하나, 이곳에 있는 자를 모두 없애겠다는 뜻으로도 해석되기 때문이다.

일단 죽은 자는 말이 없으니 말이다.

그가 천천히 손을 들어 올리자, 실로페스가 천장으로 던졌던 단검이 천천히 빠지기 시작하더니 땅으로 떨구어졌다.

"응?"

하지만 내가 놀란 것은 그것이 아니었다.

단검이 빠져나가자 놀랍게도 천장에 있던 그늘이라고 생각했던 것이 스르륵 움직이더니 창가에 있던 쉐도우 블레이드라는 자의 몸으로 빨려 들어갔기 때문이다.

'아무래도 괜한 일에 관심을 가진 것 같군.'

쉐도우 블레이드란 자를 보며 난 괜히 이 일에 끼어들었다는 생각이 들었다. 녀석의 모습을 보아하니 그냥 지나갔다면 아무 일 없이 끝냈을 것이란 생각이 들었기 때문이다.

하지만 이미 지나간 일을 후회해서 무슨 소용이겠는가? 물론 상대는 우리들을 모두 죽일 수 있다는 자신감을 가지고 있다는 것은 느끼고 있지만, 그래도 한 사람이라면 어떻게 처리할 수 있겠다는 생각이 들었다. 7서클과 5서클의 마법사와 소드 마스터 두 명, 그리고 빌과 나, 이 정도의 전력이라면 쉽게 당하지는 않으리라 생각했기 때문이다.

하지만 일단 우리가 죽든, 녀석이 죽든 알아볼 것은 알아보아야겠다
는 생각에 그를 보며 말했다.

"우리들이 이곳에서 죽는다면 너희 조직의 입장도 그렇게 편하진 않
을 텐데?"

[후후, 그럴까요?]

녀석이 어떠한 대답을 할지 기대했지만, 애석하게도 그는 의미 모호
한 말만을 내뱉을 뿐이었다. 물론 그 정도의 대답으로도 대강은 그가
무슨 생각을 하는지 유추할 수 있었다.

칙사단의 인원은 이천 명이 넘으니 그들이 모두 죽는다는 것은 상당
히 심각한 문제라 할 수 있었다.

하지만 우리들만 죽인 후 기리아스 백작을 협박하여 입을 봉하는 방
법을 사용한다면 생각 외로 간단히 끝날 수도 있는 일이었다.

적어도 녀석이 이황자의 부하라면 왕당파 출신 귀족의 입쯤이야 쉽
게 막을 수 있을 테니까 말이다.

또 그보다 더 자세한 정보로 우리가 아멘에서 온 것을 알고 아멘의
첩자였다 밝힌다면 오히려 그들에게 유리한 일이었다.

물론 이것들이 모두 나의 추측에 불과하기는 하지만, 우리를 죽인
후 녀석들이 취할 행동은 내 생각에서 벗어나지 않을 것이다.

"우릴 너무 우습게 보는 것 같군……."

[당신들을 우습게 보는 것이 아니지… 나와 조직이 너무 강한 것뿐
이니까… 텔레포트!!]

"뭐야!!"

그의 마지막 말을 듣는 순간 난 크게 놀랄 수밖에 없었다. 그가 마지
막으로 말한 것은 텔레포트, 그것은 이동 마법의 시동어였기 때문이다.

단순히 중얼거린 말일 수도 있었지만, 그의 말이 끝남과 동시에 푸른 빛이 우리들을 감쌌고 어느 사이엔가 우리는 안개 속에 갇혀 있었다.

"이런!! 어쩐지 사방에서 마나의 가운이 느껴지는가 했더니!!"

"게리오스, 어찌 된 일인가?"

"아무래도 녀석들이 방 전체에 텔레포트 마법을 실행한 것 같습니다. 좁은 여관에서 싸우게 되면 사람들의 이목을 피하기 어려우니 우리들 전부를 외진 곳으로 이동시킨 것이지요."

"뭐? 미치겠군."

그의 말에 낭패감이 느껴졌다. 솔직히 여관에서 싸우게 되면 근처에 있던 부하들의 이목을 숨기기는 어려울 것이고, 그렇게 된다면 지더라도 최소한 내 목숨 하나는 건질 수 있을 것이라 생각했기 때문이다.

하지만 녀석들은 이미 그러한 것을 눈치 채고 텔레포트 마법을 실행한 것이다.

"7서클 마법사라는 사람이 텔레포트 마법을 눈치 채지 못했단 말인가?"

"느끼기는 했지만, 저로선 녀석이 조력자를 청하는 것이라 생각했지 저희들 자체를 움직일 것이라곤 생각하지 못했습니다. 그래서 조력자를 막기 위한 공격 마법을 준비했을 뿐이지 텔레포트의 디스펠은……."

녀석에게 완전히 허를 찔린 꼴이 되어버렸다. 하긴 우리들 전체를 텔레포트시켜 다른 곳으로 이동시키리라 누가 생각할 수 있겠는가?

한 사람을 상대로 우위에 있다 생각한 나로선 단숨에 전세가 역전되었다는 생각에 미간이 찌푸려졌다.

"게리오스와 필리아를 둘러싸고 사방을 지킨다. 레빈이 당했던 것과 같이 슬립 마법 계통을 사용할 수도 있으니 게리오스는 그것에 대비하고 나머지는 어쎄신들에 대비하도록 해라."

이렇게 당할 수는 없는 일, 어떻게든 살아남아야겠다는 생각에 난 급히 지시를 내리고 검을 뽑아 자세를 잡았다.

하지만 짙은 안개 속에서 어디로 가야 할지 알 수가 없었고, 전에 어쎄신들의 공격을 접한 적이 있었던 난 긴장감이 밀려왔다.

"온다……."

그때 실로페스가 조용히 중얼거렸고, 다음 순간 검은 인영이 사방에서 우리 쪽을 향해 밀려오기 시작했다.

"차압!!"

그리고 내 쪽으로도 검은 인영이 밀려온 것을 확인한 난 그대로 검을 내뻗었고, 그 순간 날카로운 소리와 함께 강한 충격이 손으로 밀려왔다.

채재쟁!!

역시나 검은 인영은 우리들을 노리던 어쎄신이었고, 내가 휘두른 검을 상대가 자마다르라는 희한한 무기로 막아선 것이다.

스악!!

"끅!!"

하지만 검을 막았다고 생각한 순간 복부 쪽을 향해 무엇인가가 빠른 속도로 밀려들어 왔는데, 그 순간 파공음과 함께 살이 갈라지는 소리가 들리며 피가 사방으로 뿌려졌다.

다행히 내 상처는 아니었는데, 오른쪽에 있던 실로페스가 나를 도와 녀석을 베어버린 것이다.

"자마다르는 양손에 드는 단검류 므기입니다! 조심하십시오!"

"아… 알겠다!"

자마다르라는 무기가 어떻게 생겼는지도 몰랐던 내가 쌍검류 무기라는 것을 어떻게 알았겠는가? 그의 말에 즘을 왼손에 잡고는 상대의 공격에 대비할 뿐이었다.

채쟁!!

"끄아아!!"

온 힘을 다해 밀려오는 어쎄신들을 상대로 검을 휘두르고 있었지만, 안개로 인하여 그저 윤곽만이 드러나고 있는지라 상대를 쓰러뜨리는 것은 쉽지 않았다.

어쎄신들 역시 우리들을 한 번에 쓰러뜨릴 생각을 하지 않고 사방으로 움직이며 힘을 빠지게만 할 뿐이었으니 우리들의 체력이 바닥나게 되면 그때 살수를 펼칠 요량인 듯했다.

하지만 그때 우리들 사이에 숨어 있던 게티오스의 마법 시동어가 들려왔다.

"버닝 서클!!"

그 말과 함께 우리의 주위로 원형의 불꽃 선이 만들어졌다. 이 서클 형태의 불꽃 높이는 일 미터 정도에 지나지 않았지만, 한 치 앞도 보이지 않을 정도의 안개가 순간 옅어지더니 불꽃 주위의 안개가 거짓말같이 사라졌다.

"이건?"

"안개야 지상의 기온 차로 생기는 것이고, 마나로 만들어졌다 하더라도 같은 마법의 불꽃이라면 마법 간의 마나 간섭 때문에 그 영향이 약해지는 것은 당연합니다. 이 정도면 적을 상대하기도 쉬울 것입니다."

과연 게리오스라는 생각이 들었다. 안개가 사라지자 우리들을 덮치고 있던 어쎄신들의 모습도 확연히 드러나니 실로페스와 레빈의 검은 더욱 날카로워지고 있었다.

어쎄신들이야 암습이나 기습에 능하다고는 하지만, 검술 자체로만 본다면 소드 마스터의 단계에 올라 있는 레빈과 실로페스의 상대가 될 수 없었다.

안개 때문에 적을 파악하기 어려워 위기에 처해 있었지만, 시야가 확보된 이상 두 소드 마스터의 검을 상대하기란 불가능할 것이다.

아니나 다를까, 두 사람은 게리오스를 둘러싸고 제자리에서 적을 베어 넘기던 것과는 달리 이제는 원형의 불꽃 안에서 움직이며 사방에서 밀려오는 적들을 베어 넘기고 있었기에 나나 빌은 한두 명 정도의 적을 상대할 뿐이었다.

하지만 적의 숫자는 시간이 지날수록 점점 많아지고 있었고, 우리의 주위로 벌써 이십여 명이 넘는 어쎄신들의 시체가 널려 있었지만, 그들의 공격은 멈추지 않았다.

"게리오스, 무슨 방법이 없을까?"

"이곳 자체가 결계 내부인지라 저의 마법으로 마나가 옅어지긴 했지만, 좌표도 모르거니와 마법의 마나 간섭 때문에 텔레포트는 불가능합니다."

"그럼 이렇게 죽을 때까지 싸워야 한단 말인가?"

또다시 달려드는 녀석의 안면에 검을 먹여준 난 게리오스에게 투덜대며 소리쳤지만, 그리고 무슨 방법이 있겠는가?

다가오는 적을 베며 한순간의 목숨을 구하는 것 외에는 우리들에게 어떠한 방법도 없었는데, 허공에서 휘파람 소리가 들리는가 싶더니 우리들을 공격하던 어쎄신들이 썰물처럼 물러나기 시작했다.

"휴……."

무슨 일인지는 모르지만 어쨌든 슴을 돌릴 수 있었는데, 그때 음침한 소리가 울려 퍼졌다.

[ㅎㅎㅎㅎ.]

목소리의 주인이 여관 방에서 들었던 쉐도우 블레이드라는 자의 음성임을 알 수 있었기에 긴장감이 밀려왔는데, 게리오스가 만들어낸 버닝 서클이 갈라지며 서서히 누군가의 인영이 드러나기 시작했다.

붉은 불꽃이 일렁임에도 그의 주위에는 어두운 그림자가 가득하니, 후드 밑의 얼굴이 보일 만도 하지만 어두운 그림자로 그의 진면목은 알 수가 없었다.

[호오… 역시나 상당한 실력가시군요.]

"으드득……."

비웃는 듯한 그의 말에 노기가 치솟아올랐지만, 일단 살아야 한다는 생각에 화를 누그러뜨린 후 그를 보며 말했다.

"이렇게 싸운다면 서로 간에 그리 좋지 않은 결과만 있을 것 같군. 쉐도우 블레이드라고 했나, 이 일에 대해선 함구를 약속할 테니 우리를 풀어주게."

일단은 살고 봐야 하기 때문에 어쩔 수 없이 고개를 숙일 수밖에 없었는데, 내 제안을 들은 그는 웃음소리만을 흘릴 뿐이었다.

[크크크크, 글쎄요. 저희들이 뭣 하러 위험을 감수하고 모험을 해야 합니까?]

"모험이라면 우리들이 이곳에서 죽는다 해도 비슷한 것이 아닌가? 서먼 칙사단의 중심 인물이 알디하렌, 아니, 이황자의 령에서 죽는다면 대권의 장악하는 것에도 장애가 될 것은 분명할 텐데."

난 그가 이황자의 수족이라는 가정 하에 넌지시 말을 던져 보았는데, 역시 잠시 침묵이 이어지는 것을 보아 예감은 틀리지 않은 듯했다.

"내가 예상하기로는 자네의 위에는 이황자 전하께서 계실 것이네. 하나 이황자 전하의 세력이 아무리 강하다 하더라도 애석하게도 황태자의 힘을 능가하지 못함은 알고 있네. 자네가 우리들을 살려준다면 이황자 전하가 황제의 좌에 오를 수 있게 황태자의 세력을 견제해 주겠네."

[크크크크, 서면의 귀족이 황태자를 견제해 주겠다고? 우습군.]

나의 말에 그는 말도 안 된다는 듯이 조소를 흘렸다. 그의 비웃음은 어쩌면 당연한 일이었으니 현재 서면의 귀족들은 외부에 그 힘을 드러낼 상황도 아니거니와 그런 힘도 없었기 때문이다.

"이런… 본인이 서면의 귀족이라 생각했는가?"

[응?]

"이 반지가 뜻하는 것이 무엇인지 알 것 같은데……."

난 그를 보며 왼손에 끼어져 있는 가문의 인장이 새겨져 있는 반지를 들어 보였고, 그는 그 인장의 모습을 보고는 놀란 목소리로 말했다.

[그것은……?]

"자네라면 서면과 아멘 귀족의 인장 정도는 구분할 수 있겠지? 본인은 아멘 삼대공작 중 한 사람인 이드리샤 공작이다."

[…….]

"서면의 왕당파와 연이 있는 자네라면 근래에 내 영지가 급속하게 발전하고 있다는 것쯤은 풍문으로 들어 알고 있겠지. 그러나 그 이상의 것은 알지 못할 것이다."

[그 이상의 것?]

"후후후… 본작의 뒤에 귀국의 칠황자가 있다면 어찌할 생각인가?"

[칠황자!!]

내 말에 그는 놀라 소리쳤다. 현재 가장 황제의 좌에 가까운 이는 바로 황태자와 칠황자라 할 수 있었다.

현재 황태자는 황제의 군대와 맞먹는 자신의 개인 세력을 지니고 있었고, 왕가의 장손이라는 대의명분을 지니고 있었다.

그에 반해 칠황자는 다른 여섯 명의 황자들과 비교해서 개인 세력은 가장 미약하지만 황제의 총애를 받음으로써 황제의 좌에 가깝게 다가가는 인물이었으니 내가 칠황자를 배후에 두고 있다는 말에 놀라는 것은 당연한 일이었다.

"솔직히 자네가 모시는 이황자 전하보다 우리 쪽에 계시는 칠황자 전하가 황제의 좌에 더욱 가깝게 계신 분이네, 그렇다면 칠황자의 측근인 나를 살려준다는 것은 어려운 일이겠지. 하지만 다시 생각해 보게. 어차피 황태자나 칠황자 전하께서 황제의 좌에 오르신다면 이황자 전하의 입장에선 어느 쪽이 상대하기 편할까? 후후후, 황태자는 야심과 그만한 힘을 지닌 사람이네. 그런 자가 황제가 된다면 가장 먼저 할 것은 황제의 자리를 노리는 다른 여섯 명의 황자들을 처단하는 것, 그렇다고 한다면 최초의 목표는 칠황자 전하가 되실 것이지만 이황자 전하께서도 살아남지 못할 것이네."

[……]

"물론 칠황자 전하께서 황제의 좌에 오르실 수도 있지만, 자네들의 입장에서 황태자보다는 칠황자 전하가 상대하기 편할 것이 아닌가? 어떻게 할 생각인가? 이 자리에서 우리를 죽여 황태자가 황제의 좌에 오르는 것을 구경만 할 셈인가?"

도박이었다. 이황자가 황태자를 두려운 상대로 보고 있다면 나의 제안은 먹혀들 테지만 만약 그에게 황태자를 견제할 또 다른 수단이 있다면 죽음을 면치 못할 것이 분명했다.

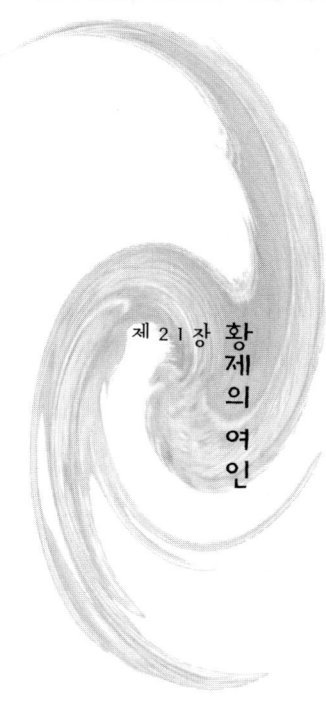

제 21 장 황제의 여인

황제의 여인

쉐도우 블레이드의 대답이 무엇인가에 모두들 긴장감이 감돌고 있었는데, 깊게 눌러쓴 후드 밑으로 그의 웃음소리가 들려왔다.

[크크크크… 재밌군… 재밌어…….]

무엇이 그리 재밌는지 모르겠지만, 듣는 사람으로 하여금 어떻게 판단을 해야 할지 알 수 없게 만드는 자였다.

[좋다. 너희들의 의견을 따르도록 하지.]

"휴……."

그의 말에 나도 모르는 사이 안도의 한숨이 나왔다.

[하지만 너희들을 신용하는 것은 아니다. 어둠의 그림자가 언제나 너희를 따를 것이니 그대들이 어둠의 군대의 존재를 외부에 알렸을 때는 그만큼의 대가를 받게 될 것이다.]

"어둠의 군대?"

그의 말에 난 또다시 놀라고 말았다. 그가 자신들의 조직 이름을 나에게 알렸기 때문이다. 지금까지 한 번도 조직에 대해서 제대로 된 언급을 하지 않았던 자였기에 그 놀라움은 더욱 클 수밖에 없었다.

도대체 무슨 이유로 우리에게 자신들의 이름을 밝혀두었을까? 예상컨대 어둠의 군대라는 녀석은 이황자가 비밀리에 양성하고 있는 세력 같은데, 그러한 세력일수록 자신들의 존재를 함부로 밝히지 않기 때문이다.

[그것이 우리들의 이름. 새겨두어라. 언젠가 어둠의 군대의 이름으로 너희를 찾아갈 것이다.]

"음……."

그 말을 끝으로 녀석은 안개 속으로 사라져 갔고, 우리들을 둘러싸고 있는 안개들 역시 잠시 후 흩어지기 시작했다.

하지만 내가 마음속으로 두려움을 느끼는 것은 그가 조직의 이름으로 다시 나에게 올 것이라는 말을 했기 때문이다.

"두려운 자들입니다. 이황자에게 이러한 세력이 있을 줄이야."

실로페스의 말에 게리오스 역시 고개를 끄덕이며 말했다.

"어둠의 종속자라는 흑마법사를 자신의 휘하에 두고도 많은 이들에게 성자라고까지 불리는 사람이다. 어쩌면 황태자보다 더욱 두려워해야 할 사람이 이황자일지도……."

안개가 사라지며 우리들 주변의 모습이 보였을 때 난 황당함을 느낄 수밖에 없었다. 어이없게도 우리가 있었던 곳은 시밀튼 자작의 성이 있는 마을과 그리 떨어지지 않은 작은 공터였기 때문이다.

온 힘을 다해 뛴다면 오 분도 걸리지 않아 도착할 수 있는 거리라는 것을 생각한다면 도대체 뭣 때문에 죽을 고생을 해서 녀석들과 싸웠는지 한숨이 나올 지경이었다.

"녀석들의 안개 자체가 시야는 물론 외부와의 소리마저 단절시켰던 것 같습니다."

"그렇겠지. 그 소란을 마을에 있는 사람들이 듣지 못했을 리가 없으니까."

고단한 몸을 끌고 마을의 여관에 도착했을 때에는 벌써 동쪽에서 아침 해가 뜰 시간이었다. 어쎄신들과의 싸움에서 지쳐 버린 우리들이 여관 안으로 들어서자 어쎄신들의 피로 얼룩져 있는 것을 보며 사람들은 놀라는 표정이 역력했다.

"이게 어찌 된 일입니까?"

일찍 일어나 여정을 준비하고 있던 그린 자작은 크게 놀란 표정으로 물어보았으나 고된 싸움으로 파김치가 되어버린 나로선 이야기하기도 귀찮을 뿐이었다.

"아무것도 아닙니다. 밤중에 사냥이나 해볼까 해서 나갔다가 이 꼴이 된 것이니 그리 염려하시지 않아도 됩니다."

간단하게 대꾸해 준 난 계단을 올라갔고, 그린 자작 역시 더 이상은 묻지 않았다.

그 역시 내가 아멘 왕국의 공작이라는 것을 알고 있기 때문에 지나친 간섭은 하지 않는 듯했다.

'어둠의 군대라……'

당장이라도 잠을 자고 싶은 마음이 가득했지만, 피떡이 된 채 곯아떨어질 수는 없는 노릇이었기에 여관 종업원에게 지시하여 준비된 뜨거운 물에 몸을 담갔다.

그나저나 성의 지하에는 무엇이 있는 것일까? 분명 시밀튼과 쉐도우 블레이드란 녀석이 그 책임자일 것은 분명한데, 그 내용이 무엇인지 궁금했다.

마법사 족속들이라면 분명 키메라와 같은 괴물을 제조하고 있을 가능성도 높았다. 황태자에 비해 이황자의 힘이 크게 뒤처지고 있는 상황에서 키메라와 같은 마법 생물은 전력 상승에 상당히 도움이 될 것이 분명하기 때문이다.

하지만 현재 내가 가지고 있는 힘이 열악한 상황에서 구태여 위험을 무릅쓰고 그것을 알 필요는 없다는 생각이 들었다.

어차피 이황자는 황태자를 상대로 알 수 없는 힘을 사용할 것이 분명했으니 황태자와의 전면전 때 그가 계획하고 있는 무엇인가가 모습을 드러낼 것은 분명했다.

"에구, 모르겠다. 빨리 씻고 잠이나 자야겠다."

이것저것 생각하느라 골치가 아파왔기에 잠이나 자야겠다는 생각이 들었다.

알스론 영지에서 오 일 정도의 시간을 보낸 우리들은 다시 제국의 황도로 여정을 시작했다. 이번 일은 서면 칙사단의 움직임이 이황자에게 제대로 보고가 되지 않았기에 생긴 일종의 해프닝과 같았기에 알스론 영지에서의 일이 있은 후 우리들의 여정에 방해가 되는 일은 없었다.

오히려 어느 곳을 지나도 그곳의 영주들이 최대한의 편의를 제공해 주려 노력하고 있다고나 할까? 아마도 쉐도우 블레이드란 녀석과의 협상 때문인 듯했다.

어쨌든 이황자의 영역에서의 여정은 아무런 불편 없이 이어졌고, 이

주일이 넘어서야 우린 칠황자의 영역에 도착할 수 있었다.

하지만 칠황자의 땅에 도착하자마자 우리가 들은 것은 충격적인 일이었다.

칠황자의 땅의 가장 남단에 위치한 필스버그 자작의 영지에 도착하자 영주인 필스버그가 직접 칙사단으로 와 게리오스를 맞이했다.

오백여 명의 기사단과 함께 온 필스버그는 미리 앞서 간 실로페스와 함께 우리가 있는 마차에 도착했는데, 그는 게리오스의 얼굴을 확인하자마자 말에서 내려서는 통곡을 하며 소리쳤다.

"황자 전하… 흑흑흑… 황제 폐하께서 서거하셨습니다."

"뭣이!!"

그 말에 게리오스는 크게 놀라 자리에서 일어났고, 필스버그는 눈물을 흘리며 계속 말을 이었다.

"일주일 전 병세가 더욱 악화되시더니 그만… 흑흑흑……."

역시나 너무나 먼 길이었다. 황제의 와병이 알려진 것이 거의 한 달 전이었으니 어느 정도 예상은 하고 있었지만, 게리오스는 충격을 받았는지 그대로 마차에서 쓰러지듯이 주저앉고 말았다.

하지만 이내 정신을 차린 게리오스는 필스버그를 보며 말했다.

"황좌는 황태자 형님께 돌아갔는가?"

역시나 가장 중요한 문제는 차대 황좌에 관한 것이니 게리오스의 말에 필스버그는 흐느끼며 답했다.

"황제 폐하께서는 유고를 남기시며 황자 분들이 모두 모인 자리에서 재상이신 스코트 공작님께 차대 황좌의 주인을 발표하라 하셨습니다."

"…알겠네. 여기에서 지체할 시간이 없으니 황도로 서두르도록 하지."

"예."

알디하렌 황제가 죽었다는 소식이 전해졌다고 해도 황제의 죽음에 애도를 표하기 위해서라도 칙사단이 황도로 가는 것은 다르지 않았다.

하지만 게리오스를 포함한 실로페스와 호위단의 기사들의 분위기는 침울하기 그지없었으니 그들로선 황제의 죽음이 큰 충격이었을 것이다.

그중 마차에 같이 있는 게리오스의 모습은 우리들 때문인지 슬픈 표정을 짓지 않았지만, 어깨가 떨리고 있는 것이 충격이 상당히 큰 듯했다.

"게리오스, 괜찮은가?"

레빈은 걱정이 되는 듯 걱정 어린 표정으로 그를 보며 물었지만, 게리오스는 아무것도 아니라는 듯이 고개를 저으며 말했다.

"괜찮습니다. 어느 정도 예상은 하고 있었으니까요."

살짝 미소를 지으며 답한 그는 다시 고개를 마차의 창 쪽으로 돌려서는 말없이 하늘을 보고 있었다.

우리들이 황도에 도착한 것은 다시 이 주일이 지난 후였다.

과연 대제국 알디하렌의 황도라고 할까? 아멘의 왕도와 비교해도 결코 뒤지지 않을 정도로 거대한 도시는 족히 수십만의 사람들이 살고 있을 법한 크기였다.

황도의 거리는 이미 황제의 국상이 끝난 시점에서 아직까지 침울한 분위기가 계속 유지되고 있었지만, 수십만이 살고 있는 황도답게 거리는 활기가 넘치고 있었다. 수많은 사람들이 오고 가고 있는 모습은 내 영지에서는 볼 수 없는 그런 모습이었다.

일행을 태운 마차는 게리오스의 호위 기사단의 보호를 받으며 천천히 황성으로 다가가고 있었다.

게리오스는 황성으로 들어가기 위해 황자의 복식을 갖추고 있었는데, 로브를 입고 있을 때는 그저 허약한 마법사 정도로밖에 보이지 않았지만 황자의 복식을 하고 있는 그의 몸에선 범접할 수 없는 기운이 흐르고 있었다.

황자로서의 위엄이라고 할까? 나 역시 아덴 왕국의 공작 신분이지만 솔직히 그와 같은 위엄은 없는지라 브러운 생각도 들었다.

마차는 어느 사이엔가 황성으로 들어섰다.

내성의 문을 지키고 있는 근위 기사단을 지나자마자 보이는 것은 백여 미터에 이르는 대리석의 길에 다시 제2내성의 문까지 이어져 있는 모습이었고, 주위로는 푸른색의 나무가 길 양쪽으로 심어져 있는 것이 보이고 있었다.

대리석의 길을 제외한다면 하나의 거대한 화단이라고 해도 과언이 아니었으니 길 양쪽에서 하늘 높을 줄 모르고 솟아 있는 거목들과 넓게 퍼져 있는 잔디밭과 수많은 꽃의 화단, 그리고 군데군데 장식되어 있는 조각상과 함께 대리석으로 만듦 직한 순백색의 분수 위로 시원하게 솟아오르고 있는 물줄기는 탄성을 자아내게 하고 있었다.

"오! 과연 제국의 황성이로군."

이렇게 아름답고 고풍스러운 정원을 보는 것이 처음인 나로선 내 영지를 이렇게 꾸몄으면 하는 생각이 굴뚝같았지만, 이 정도의 정원을 만들기 위해선 얼마나 많은 돈이 필요한지 알고 있었기에 그저 바람으로 끝낼 수밖에 없었다.

마차는 순백색의 대리석 길을 지나 제2내성의 문으로 다가서니, 우리들이 가까이 다가가자 서서히 문이 열리기 시작했다.

제2내성의 문 역시 순백색의 아름다운 문양이 양각되어 있는 예술품과 같은 모습이었는데, 서서히 문이 열리면서 드러나는 제국 황성의 모습은 그야말로 충격적일 수밖에 없었다.

두 개의 문이 갈라지면서 제일 처음 우리들의 눈에 보인 것은 바로 황제가 거처하며 제국의 중신들과 함께 집무를 보는 곳인 주궁이었다.

주궁은 황성 중에서도 가장 거대한 성이었으니 동에서 서까지의 주성의 넓이는 육백여 미터가 넘는 듯했고, 주궁의 높이 역시 상당하여 족히 백여 미터는 넘을 듯했다.

과연 대제국의 황성이라고 불릴 만한 성이었다.

제2내성을 지나 주성에 도착하자 마차가 멈추어 섰다. 그리고 잠시 후 게리오스의 호위 기사 두 명이 마차의 문을 열자 우리들은 천천히 마차를 걸어나왔다.

마차의 문 쪽으로는 붉은 카펫이 주궁의 문까지 길게 이어져 있는 것을 볼 수 있었고, 문 쪽으로는 제국의 고위 귀족인 듯한 자들 십여 명이 정중한 자세로 서 있는 것을 볼 수 있었다.

"영주님과 레빈 단장님들께서는 저의 뒤를 따라오십시오."

"아… 알겠습니다."

따라오라는 그의 말에 난 떨리는 목소리로 대답을 했다.

게리오스의 뒤로 붉은 카펫이 깔려진 길을 따라 걸음을 옮기자 제국의 귀족들이 우리 쪽으로 다가오는 것을 볼 수 있었다.

"어서 오십시오, 칠황자 전하."

"오랜만입니다, 스코트 공작님."

스코트 공작, 제국의 재상 직을 맡고 있는 자로 제국의 일곱 공작 중 가장 큰 힘을 소유하고 있는 자였다.

알디하렌 제국은 예로부터 황제의 힘이 막강했기 때문에 귀족회의
가 있기는 하지만 거의 유명무실하고 국정어서 황제의 힘이 가장 강하
며 각 주요 관직은 공후백의 고작들이 맡고 있다.

하지만 제국은 전통적인 부족 국가, 귀족들이 황제의 신하라고 한다
면 각지에는 아직 막강한 부족의 군대를 거느리고 있는 부족장들이 있
었다.

부족장들은 황제와 주종 관계가 아닌 평등한 관계로 유지되어 있어
이들이 모두 모이는 부족회의의 결정은 아멘의 귀족회의와 비슷하다고
볼 수 있었다.

하지만 현재에 와서는 부족장들의 거의 대부분이 귀족의 작위를 하
사받고 귀족으로 행세하고 있기 때둔에 부족회의는 사라졌지만, 그 자
리를 일곱 명의 황자들이 차지하고 있다.

쉽게 말하면 현재의 정치 체제와 원시적인 부족 국가의 정치 체제가
공존하고 있는 것이 바로 알디하렌 제국인 것이다.

처음 알디하렌 제국의 이러한 정치 체제를 보며 난 원시적인 국가
체제라 생각하며 코웃음을 친 적이 있었다.

이러한 혼란스러운 정치 체계는 중앙 권력의 힘이 미약해진다면 황
정이 전복될 우려가 있었고, 이것은 나의 생각만이 아니라 대륙의 많은
학자들의 일반적인 관점이었다.

수백 년이 지난 지금까지 이러한 정치 체제가 바뀌지 않은 것을 보
면 역시나 미개한 국가였다.

제국의 재상인 스코트 공작은 게리오스의 말에 미소를 짓더니 우리
쪽을 돌아보았고, 게리오스는 우리 쪽을 가리키며 말했다.

"제가 여행을 하면서 사귀게 된 사람들로 이번에 셔먼의 칙사단의

일행이 되어 같이 온 분들입니다. 왼쪽에 계신 분은 서먼 왕국의 부칙
사이시고 오른쪽에 계신 분은 부칙사 보좌관의 직을 맡고 계신 분입니
다.”

황제의 최측근으로 무소불위의 권력을 지니고 있다는 스코트 공작
을 보며 레빈은 공손히 예를 취하며 말했다.

“이번에 알디하렌 제국의 황제 폐하의 국상을 기리고자 서먼의 칙사
단으로 온 레빈이라고 합니다.”

“만나서 반갑소이다. 서먼 왕국의 칙사단이 도착했다는 보고는 들었
지만, 이렇게 만나뵙게 될 줄은 몰랐군요. 제국의 재상의 직위를 맡고
있는 스코트라 하오.”

레빈의 인사에 미소를 지으며 답하는 스코트 공작은 칠황자와 사귀
고 있다는 말에 친숙한 모습으로 우리를 반기고 있었다.

“황제 폐하께서는 패자의 산으로 가셨는가.”

“전하를 기다려야 했지만, 언제 황도로 도착하실지 알 수 없는 상황
이기에 어쩔 수 없이 칠일제가 끝난 후 패자의 산으로 모셔야 했습니
다.”

패자의 산은 알디하렌 북부의 험준한 산맥에 위치해 있는 곳으로 역
대 제국의 황제들이 묻혀 있는 곳이다.

대륙 제일의 힘을 가진 알디하렌 제국이 북부의 미개한 부족이었을
때부터 있어왔던 신화를 바탕으로 한 곳으로 오직 패자만이 이곳에 몸
을 묻을 수 있는 자격이 있으며 이곳에 묻힌 패자는 후대에 또 다른 패
자로 태어난다는 전설이 있었다.

들리는 소문에는 역대 패자들의 주검과 함께 수천, 아니, 수억 골드
에 달하는 금은보화가 같이 묻혀 있는 곳이 패자의 산이라고 하지만,

패자의 산을 중심으로 수천의 병사들이 지키고 있기 때문에 도굴꾼들에겐 그저 그림의 떡일 수밖에 없는 곳이었다.

일단 패자의 산으로 황제의 국장이 치러졌다면 황족이라 할지라도 황제의 자리에 올라 죽지 않으면 오를 수 없는 곳이기에 게리오스의 모습에선 허탈함이 보였다.

물론 겉으로 드러내지 않으려 노력하고 있었지만, 황제에게 가장 사랑을 받았던 그인만큼 아마 마지막 가는 길을 같이하지 못한 것에 대한 죄책감 때문인 듯했다.

"형님들께서는?"

게리오스가 나머지 여섯 황자에 대해서 묻자 역시나 스코트는 인상이 조금 찌푸려졌지만 그것은 잠시, 황자의 물음에 공손히 답했다.

"사황자 전하를 제외한 다른 황자 전하들께서는 현재 황자의 궁에 머무르고 계십니다."

"넷째 형님께서 아직 도착하시지 않았단 말인가?"

"예. 사황자 전하께서 다스리시는 제국의 서쪽령에 전염병이 창궐하여 황자 전하께서 직접 그들을 치유하고 계십니다."

"과연 넷째 형님이시군."

제국의 사황자 위르테우스는 천신 실레이드를 모시는 사제의 신분도 같이 가지고 있는 사람으로 고위 사제를 능가하는 신성력의 소유자이기도 했다. 그의 영지에 있는 대륙 최대의 담수호인 스이반의 이름을 따 스이반의 성자라고까지 불리는 그의 성에는 매일 수많은 병자들이 끊이지 않는다고 들었는데, 황제의 부고에도 전염병자를 치유하고자 오지 못하는 이야기를 들으며 과연 성자라는 생각이 들었다.

하긴 게리오스가 인정하는 두 황자 중 한 사람이 사황자였으니 이 정도는 당연한 것일까?

물론 내가 보기에는 제국 황제에 가장 적합한 사람은 게리오스일 수밖에 없지만 말이다.

"아바마마께 인사를 드리고 싶네."

"알겠습니다."

게리오스의 말에 스코트는 고개를 끄덕이고는 걸음을 옮겼다. 제국 황제의 국상은 서거를 시작으로 칠일제, 사십구일제, 일년제로 나누어져 있다.

칠일제는 황제의 서거 후 그의 시신이 패자의 산에 묻히기 전까지의 시간으로 죽은 자의 영혼이 죽음의 충격에서 안정을 되찾기 위한 시간이었다.

사십구일제는 영혼이 죽음의 세계로 갈 때까지의 시간을 사십구 일이란 시간을 바탕으로 하는 것으로, 시신은 칠일제를 끝으로 패자의 산에 묻히지만 그 위패와 초상화를 사십구 일 동안 황제의 궁에 모시며 망자를 위한 조의를 표하는 것이다.

칠일제는 오직 황족과 고작들만이 참석할 수 있지만, 사십구일제의 기간 동안엔 비로소 각국의 사절단과 제국의 신하들이 참석할 수 있는 것이다.

아직 황제가 서거한 지 사십구 일이 지나지 않았기 때문에 게리오스는 황궁에 위치한 그의 제단에 인사를 드리고자 하는 것이다.

또 일년제는 황제의 서거 후 만 일 년이 되는 시점에 행하는 제사로 전 황제에게 현 황제가 황제의 좌에 오른 것을 알리기 위한 것인 그저 형식적으로 망자에게 황제의 좌를 인정받는 행사의 하나일 뿐이었다.

조금은 복잡하고 이질적으로 느껴지는 국상이지만, 각 나라마다 국상의 경우에는 이렇듯 복잡한 의례를 취했고 가멘 역시 이것과는 다르지만 거의 삼 년에 이르는 국상을 치르는지라 오히려 알디하렌의 국상이 간소하다는 생각이 들었다.

우리가 향한 곳은 주궁의 일층에 위치한 디무도회장이었다. 제국에서 가장 화려한 무도회가 펼쳐지는 곳에 전 황제의 제단이 설치되어 있는 것이다.

이층으로 오르는 화려한 대리석 계단이 무도회장 북쪽에 8자 모양으로 만들어져 있고, 그 가운데에 전 황제의 초상화와 함께 수많은 꽃들이 장식되어 그를 기리고 있었다.

제단의 근처에는 칠황자가 온다는 소식을 들었는지 백여 명이 넘는 귀족들이 동서로 갈라져 양쪽으로 자리를 잡고 있었는데, 게리오스는 중앙에 깔려져 있는 붉은색의 카펫을 지나 제단으로 걸음을 옮겼다.

"아바마마……."

그리고 제단의 앞에 선 그는 천천히 전 황제의 초상화를 올려다보며 말하고는 잠시 후 천천히 한쪽 무릎을 꿇고 황제에 대한 예를 표한 후 일어서서 제단 양쪽에 장식되어 있는 꽃 하나를 들어 제단 위에 올려놓고는 무릎을 꿇고 인사를 올렸다.

하지만 두 번째 예를 취한 후에도 그는 움직일 생각을 하지 않고 있었는데, 어깨가 심하게 떨리는 것을 보니 아무래도 슬픔 때문인 듯했다.

"황후께서 납시었습니다!"

그때 무도회장을 울리며 십여 명의 시종들이 큰 소리로 소리쳤기에 게리오스는 자리에서 일어나서는 이층을 올려다보았다.

"음… 저 여인이 제국의 황후 에레미안……?"

무도회장의 이층에는 검은 드레스를 입고 있는 한 여인이 제단 근처에 있는 게리오스를 보고 있는 것을 볼 수 있었다.

전 황제의 황후는 삼십 대 후반의 나이로 스물둘에 황후에 오른 여인이라 알고 있었다. 아름다운 외모로 황제를 홀려 황후가 되었으나 워낙 황제의 나이가 많아 황자는 생산하지 못했다고 한다.

게리오스를 내려다보고 있는 여인의 모습은 정말 황제가 홀릴 정도로 아름다운 외모였다. 금발의 장발은 머리 위로 틀어 올려 은색의 비녀로 고정하고 있었고, 푸른색의 눈동자 밑으로 보이는 오똑한 코와 갸름한 입술은 당장이라도 달려가 키스를 하고 싶을 정도였다.

가냘픈 손에 들려 있는 분홍색 빛의 손수건으로 살짝 입을 가리는 그녀는 아직까지 황제의 죽음을 슬퍼하는 여인으로 보이고 있었지만, 애석하게도 난 외모에 속는 인물은 아니었다.

황후 에레미안이 십여 명의 시녀들과 함께 천천히 제단 쪽으로 내려오자 게리오스 역시 천천히 걸음을 옮겨 그녀에게 다가가기 시작했다.

그리고 그녀가 일층으로 내려오는 것을 보며 정중한 자세로 그녀에게 인사를 올리고는 말했다.

"황후 마마께 인사드립니다."

"흑흑… 기론, 왜 이제야 돌아왔느냐… 흑흑……."

황후는 게리오스의 인사에 흐느끼며 그가 뒤늦게 온 것을 원망하는 듯한 목소리로 말했다. 이러한 모습은 아버지의 죽음을 보지 못한 아들을 탓하는 어머니의 모습으로 보일 수 있었지만, 게리오스의 표정에는 아무런 변화가 없었다.

아니, 살짝 미간을 찌푸리는 것이 아무래도 뭔가 마음에 들지 않는 모습이 역력했다.

"아바마마께 죄송할 뿐입니다."

"흑흑흑… 기론……."

게리오스의 말에 황후는 손에 들려 있는 손수건으로 눈물을 닦곤 그의 이름을 중얼거리며 가슴에 안겼다.

다른 이들이 보기에는 슬픔을 참지 못하고 아들에게 안기는 연약한 모습으로 볼 수 있었지만, 게리오스는 그 순간 더러운 것이라도 닿은 마냥 그녀를 밀쳐 내었고, 에레미안은 그 탓에 바닥으로 쓰러지고 말았다.

"아……!"

"이런!!"

그 모습을 보며 무도회장에 있던 귀족들은 크게 놀라며 탄성을 지르기 시작했다. 황제가 죽었다고는 하지만 황후를 저렇게 밀쳐 낸다는 것은 예의에 어긋나는 일이었기 때문이다.

"게리오스… 도대체 무슨 짓을……."

나 역시 그것을 알기에 게리오스의 생각없는 행동에 미간을 찌푸릴 수밖에 없었다. 아무리 황후가 싫다고 해도 만인이 보는 앞에서 저런 행동을 하다니…….

혀를 찰 수밖에 없었는데, 게리오스 역시 자신의 실수를 느꼈는지 미간을 찌푸리고는 그녀를 일으키며 말했다.

"여행 도중에 불미스러운 일이 있어 상처를 입어 순간 황후 마마께 실례를 범하고 말았습니다. 용서해 주십시오."

게리오스의 말에 귀족들은 그제야 그가 황후를 밀쳐 낸 것을 이해할 수 있는 듯 고개를 끄덕였다. 분명 황후가 게리오스의 가슴에 안길 때

상처를 건드렸기 때문에 칠황자가 실수를 했다 생각하는 듯했지만, 이번 여정에서 게리오스가 상처를 입지 않은 것을 잘 아는 난 미소를 지었다.

역시나 상황을 잘 빠져나가는 게리오스였기 때문이다.

하지만 왜 게리오스가 황후를 밀쳐 냈는지 이해할 수가 없었다.

"그랬군요… 전… 기론이 이 어미를 싫어하는 줄 알고… 슬펐답니다."

"그럴 리가요. 자, 일어나시지요, 황후 마마."

에레미안의 말에 미소를 지으며 답한 게리오스는 주위에 있는 시녀들에게 지시를 하니, 황후는 천천히 자리에서 일어날 수 있었다.

"전 이만 일이 있어 물러날까 합니다. 오늘의 불민한 일은 차후에 찾아뵈어 사죄드리겠습니다."

"아니에요. 본후가 기론 황자의 상처를 건드렸기 때문에 일어난 일인걸요."

"그럼 이만……."

황후는 게리오스의 사과에 아무것도 아니라는 듯이 미소를 지으며 말했지만, 게리오스는 더 이상 그녀와 함께 있고 싶지 않은지 고개를 숙여 예를 표한 후 몸을 돌려 우리들 쪽으로 걸음을 옮겼다.

우리들로선 이곳에 계속 있을 수 없는지라 무도회장을 빠져나가는 게리오스의 뒤를 따라 빠져나왔지만, 난 방금 전에 있었던 일련의 상황에 대해 생각에 빠졌다.

무도회장을 빠져나간 게리오스는 기사단의 호위를 받으며 어디론가로 걸음을 옮기고 있었는데, 뒤쪽에서 따라가고 있던 난 이를 갈고 있는 게리오스를 볼 수 있었다.

아무래도 황후를 만난 것이 그의 기분을 상하게 한 듯했다.

하지만 궁금하다고 해도 지금이 나의 신분으로는 황궁 안에서 직접 그에게 물어볼 수는 없는 일인지라 호위 기사단의 단장인 실로페스를 보며 물었다.

"실로페스, 도대체 무슨 일인데 칠황자 전하께서 저렇게 심기를 흩뜨리시는 것인가?"

"그것이… 휴… 차후에 말씀드릴 테니, 당분간 그것에 대해서는 함구해 주십시오."

"…알겠네."

실로페스는 게리오스가 저렇게 분통을 터뜨리고 있는 이유를 알고 있는 듯했다.

게리오스와 함께 향한 곳은 성의 동쪽에 위치한 황자의 궁이었다. 이곳 궁은 주궁과 비교해서 크게 차이가 나기는 하지만, 이 자체만으로도 한 나라의 왕궁이라 해도 이상할 것이 없었다.

황자궁으로 들어서는 정원에 들어서자마자 보이는 것은 각기 다른 플레이트 메일을 입고 있는 기사단들이었다.

각자의 갑옷을 입은 자들이 무리를 이루어 모여 있는 것이 이들이 황자들의 호위 기사단이라는 것을 알 수 있었다.

하지만 그보다 나를 더 놀라게 하는 것은 그 한 사람, 한 사람의 기운이 범상치 않다는 것이다. 우리 쪽에는 소드 마스터 상급인 실로페스와 초급인 레빈이 있었지만 다른 기사들을 보며 긴장을 늦추지 않고 있는 이들 기사들의 기도는 우리 쪽과 비교해도 뒤지지 않았다.

특히 검은 갑옷을 입고 있는 두 부류의 기사들은 다른 자들과도 비교할 수 없는 기운이 느껴지고 있었다.

레빈이나 실로페스에게나 느낄 수 있는 강한 마나의 기운이 이들 두 부류의 검은 갑옷의 기사들에게선 서너 명 이상이었기에 긴장을 감출 수가 없었다.

"실로페스, 검은 갑옷을 입은 기사들은 누구지?"

난 그들이 누구의 기사단일까 하는 생각에 실로페스를 보며 물었고, 그는 나에게 그들에 대해 말해 주었다.

"황금색 망토에 악마의 그림이 그려져 있는 기사들이 황태자의 기사단인 다크 데블 나이츠이고 은색의 망토에 스펙터의 그림이 그려져 있는 기사들이 이황자의 쉐도우 나이츠입니다."

"음……."

현재로서 황자들 중 가장 막강한 세력을 가지고 있는 자는 게리오스라고 알고 있었다. 일단 황제의 측근들 중 대부분이 게리오스를 지지하고 있는 상황에서 중앙궁이 모두 그의 편이라 할 수 있기 때문이다.

그리고 다음으로 강한 세력을 소유하고 있는 자는 황태자, 일곱 명의 황자 중 가장 큰 땅과 병사들을 거느리고 있고, 그의 기사단인 다크 데블 기사단은 제국 제2의 기사단으로 알려져 있을 만큼 강한 기사단이었다.

하지만 난 황태자와 함께 이황자의 세력 역시 만만치 않을 것이란 생각이 들었다. 알스론 영지에서 만났던 쉐도우 블레이드란 자와 어쎄신들도 있기는 하지만, 황태자의 세력이 가장 많은 견제를 받고 있어 대부분이 드러난 반면 이황자의 힘은 대부분이 흑마법사로 이루어져 있고 그 힘 역시 감추어진 부분이 많기 때문이다.

겉으로 드러난 막강한 힘도 두렵기는 하지만, 그보다 어둠 속에 감추어진 칼날이 더 두렵게 느껴지는 것은 당연한 일이었다.

이들 두 부류의 검은 갑옷의 기사들이 무섭게 느껴졌지만, 나머지 세 부류의 기사들 역시 만만치 않게 강한 자들이 모인 듯 보였다.

"다른 기사들에 대해 말해 주게."

"알겠습니다. 붉은 갑옷과 망토에 불의 하급 정령 샐러만더가 새겨져 있는 기사단이 삼황자의 기사단인 샐러만더 나이츠, 은색의 갑옷에 초록색 망토, 그리고 다시 은실로 활과 화살이 수놓아져 있는 기사단이 오황자인 기사단인 엘브스 나이츠, 그리고 가장 화려한 미쓰릴 갑옷을 입고 순백의 망토에 망치와 모루가 그려져 있는 기사단이 육황자의 해머 나이츠입니다."

"음……."

역시나 드워프들의 수호자라는 육황자의 해머 나이츠가 가장 멋지게 보이는 것은 사실이지만, 그렇다고 그들이 강해 보이지는 않았다.

게리오스의 말을 들으면 사황자와 육황자는 다른 황자들과는 달리 병력을 최소화하는 온건주의 노선을 걷는 사람들이라고 했는데, 그의 말대로 해머 나이츠 중엔 소드 마스터는 없는 듯했다.

황자의 궁에 들어서자 보인 것은 넓은 로비였는데, 십여 명의 기사가 서 있는 것을 볼 수 있었다. 그리고 그들 가운데 화려한 복색의 남자가 게리오스를 보자 크게 반가운 표정을 하며 소리쳤다.

"기론!!"

"도노 형님!!"

역시나 게리오스를 보며 반갑게 맞이한 사람은 바로 육황자 도노테우스였고, 게리오스 역시 지금까지의 좋지 않은 기분을 모두 떨쳐 버리는 듯했다.

육황자는 단숨에 달려와서는 게리오스의 두 손을 잡고는 미소를 보이니 이들 두 형제의 우애가 상당히 두텁다는 것을 알게 해주었다.

"별고 없으셨습니까, 도노 형님."

"나야 내 영지에만 박혀 있었는데 무슨 문제가 있었겠느냐. 오랫동안 여행을 했다 들었는데 그동안 별일은 없었느냐?"

"걱정해 주신 덕분에 별 탈 없이 여행을 끝낼 수 있었습니다."

"다행이구나."

게리오스는 도노테우스와 함께 이야기할 것이 있다며 다른 곳으로 향했기에 우린 실로페스와 함께 칠황자가 거처할 곳으로 향했다.

역시나 우리를 배려하는지 그는 칙사단의 다른 사람과는 달리 우리를 황자의 궁에 머물게 해준 것이다.

게리오스의 거처가 있는 곳은 성의 남쪽으로 열두 개의 블록으로 나누어져 있는 황자의 궁 중 두 개의 블록을 차지하고 있었다.

하지만 두 개의 블록에 지나지 않다고 해도 그 규모는 내 성과 비교해도 뒤지지 않았기에 우리가 머무는 데 그리 큰 불편은 없었다.

방에서 여장을 푼 난 황후와 게리오스의 관계가 궁금했기에 실로페스를 찾았는데, 그는 자신의 방에서 종자의 도움을 받으며 지금까지 입고 있었던 갑옷을 벗고는 황궁에 걸맞는 화려한 갑옷으로 바꿔 입고 있었다.

"실로페스, 멋지군."

"황궁 근위 기사단의 정식 갑옷입니다."

"근위 기사단? 하긴 다른 기사 녀석들에게 뒤처지지 않으려면 그 정도는 필요하겠지."

"예. 솔직히 이런 갑옷은 저도 좋아하지 않습니다만 칠황자 전하를 위해서인지라 착용하는 것뿐입니다."

역시나 칠황자의 충성스러운 기사다운 말이었다. 난 그가 갑옷을 입는 것을 보며 근처에 있는 의자에 앉았고, 갑옷을 입은 실로페스는 종자를 물리고는 나를 보며 말했다.

"황후 마마와 황자 전하의 관계에 대해서 알고 싶으신 것입니까?"

"게리오스의 표정을 보니 뭔가 재밌는 관계가 아닐까 해서 말이야."

심각하게 묻는 그의 말에 난 재밌겠다는 미소를 지으며 물었고, 내가 말하는 투에 실로페스는 미간을 찌푸리며 노기를 드러내었다.

"말씀이 지나치십니다."

"그런가? 하지만 재밌지 않은가? 내가 보기엔 황후 마마가 게리오스에게 상당히 마음이 있는 듯한데 말이야?"

그의 말에 난 미소를 멈추지 않고 툭 던지듯이 말했고, 그의 표정이 변하는 듯했기에 역시나 나의 짐작이 맞았다는 것을 알 수 있었다.

"역시 내 생각대로군. 게리오스가 제국을 떠난 이유도 그것 때문이겠지?"

"…그렇습니다. 황후 마마께서는 궁에 계시던 칠황자 전하께 노골적으로 연정을 드러내셨기에 전하께서는 황제 폐하를 위해서라도 이곳을 떠나셔야 했습니다."

하지만 난 단순히 황후 에레미안이 일방적으로 그에게 연정을 품은 것만은 아니라는 생각이 들었다. 에레미안을 밀쳐 냈을 때 보였던 그의 당혹스러운 표정은 단순히 자신의 성급한 행동 때문만은 아닌 듯 보였기 때문이다.

"하지만 내가 보기에는 황후만이 연정을 품은 것은 아닌 듯한데?"

"무슨 말씀이십니까!!"

내 말에 실로페스는 크게 성을 냈다. 하지만 그의 그런 모습은 말도 안 된다는 이야기에 대한 화가 아니라 자신단이 알고 있어야 할 사실을 누군가에게 들켰을 때 보이는 표정이었다.

"날 속일 생각 말게. 이미 자네의 표정에 모든 것이 드러나 있으니 말이야."

"…휴… 공작 각하의 짐작대로입니다……. 하지만 처음부터 그랬던 것은 아니었습니다. 처음 황후께서 황제 폐하의 반려 분이 되셨을 때는 그저 동정심에 불과했을 뿐이니까요."

"음……."

이해할 수 있었다. 게리오스와 황후 에레미안은 비슷한 나이, 환갑이 넘는 나이인 황제의 황후가 된 에레미안에게 황궁의 생활은 그리 즐겁지만은 않았을 것이 분명했다.

다른 곳 역시 그러하지만 황궁은 권모술수가 판을 치는 중심부, 그런 곳에서 젊은 여인이 견디는 것은 힘든 일이었고, 차가운 모습과는 달리 그다지 모질지 못한 칠황자는 당연히 비슷한 나이의 황후를 도왔을 것이다.

그리고 그 와중에 연정이 싹튼 것이겠지… 피가 이어지지는 않았지만, 분명 자신의 어머니임은 틀림이 없을 텐데 게리오스 같은 사람이 그런 사람을 사랑하게 되다니.

"재밌군… 재밌어… 후후후."

"이드리샤 공작 각하!"

"응? 아, 미안하네. 그런데 말이야, 주궁에서의 일로 황후가 상당히 놀랐겠군. 갑자기 게리오스가 그렇게 차갑게 대하니 말이야."

"어쩔 수 없습니다. 황제 폐하가 서거하셨다 하더라도 황후라는 직위는 변하지 않으니까요."

게리오스와 에레미안 황후의 이야기를 더 자세히 알고 싶은 생각도 들었지만, 실로페스의 표정을 보아하니 더 이상 물었다가는 앞뒤 가릴 것 없이 나에게 달려들 분위기인지라 여기에서 끝을 낼 수밖에 없었다.

하지만 내 영지에서는 냉철한 모습만을 보였던 게리오스에게 이런 사연이 있었다는 생각이 들자 웃음을 감출 수가 없었다.

사랑하지만 사랑할 수 없는 두 사람의 관계, 게리오스가 여정을 떠나고 스스로 황제의 좌에 오르는 것을 거부하는 이유를 알 만도 했다.

황제가 된다면 어쩔 수 없이 에레디안과 마주칠 수밖에 없을 것이니 그에게는 황제의 자리라는 것이 더없는 고행이겠지. 후후후.

이십 대 후반에 가까운 나이에도 황자비를 맞이하지 않고 있는 것을 보면 에레미안에 대한 게리오스의 사랑도 상당히 깊은 듯했다.

"이어줄 수 없으려나? 음……."

"공작 각하… 제발 허튼 생각을 하지 마십시오."

내가 중얼거리자 실로페스는 원망스러운 표정을 하며 나를 바라보고 있었던지라 난 무슨 소리라는 듯한 표정을 짓고는 자리에서 일어났다.

"그럼 저녁에 보도록 하지. 난 그동안 잠이나 자두어야 할 것 같군."

"편히 쉬십시오, 공작 각하."

실로페스의 방을 나온 난 황후와 그에 대한 생각에 잠겼다. 솔직히 마음 같아서는 그녀와 게리오스를 이어주고 싶은 마음도 있었다.

하지만 한 나라, 그것도 대제국의 황후라는 자리는 그리 가벼운 것이 아니고, 만약 황자와의 연분이 알려지게 된다면 아마 그 여파는 엄청날 것이다.

단순히 폐후가 되는 것을 지나 사형까지 이를 수 있는 일이기 때문이다.

물론 황제가 된 후에 황권을 이용하여 황후를 자신의 아내로 받아들일 수도 있는 일이지만, 게리오스 같은 사람이 황제의 이름을 이용하여 그러한 짓을 벌이지 않을 것은 분명했다. 그 정도의 배짱이 있다면 제국을 떠나지도 않았을 테니 말이야. 후후후.

　　게리오스의 일을 생각하며 방으로 들어오자 필리아와 함께 레빈이 내 방에서 차를 마시고 있는 것을 볼 수 있었다.

　　"어서 오게."

　　게리오스의 호위 기사들은 황궁 안으로 들어올 수 없었기 때문에 혼자 있기 적적해서 내 방으로 온 듯했다.

　　"혼자 있기 적적한가 보군, 레빈."

　　"흥!"

　　내 말에 콧방귀를 뀌는 그를 보며 미소를 지은 내가 필리아의 옆 자리에 앉자 레빈은 나를 보며 물었다.

　　"실로페스와는 무슨 이야기를 한 건가?"

　　"아! 별거 아니야. 그저 사소한 궁금증이 있어서 그것을 물어보았던 것뿐이네."

　　"황후에 대한 것이겠군."

　　"오!"

　　역시나 눈썰미가 좋은 레빈은 이미 내가 실로페스에게 간 이유를 눈치 채고 있는 듯했다.

　　"냉정한 게리오스가 그때만큼은 냉정함을 보이지 못했기에 눈치 채고 있었네."

　　"게리오스님이 황후 마마란 분을 사랑하고 있는 건가요?"

　　레빈의 말에 필리아는 궁금하다는 표정으로 물었고, 난 뜻밖의 물음에 그녀를 쳐다보았다. 설마 엘프인 그녀가 남녀 간의 애정 문제에 관심을 가질 것이라곤 생각지도 못했기 때문이다.

"그렇게 보였나?"

"예. 황후 마마란 분을 보셨을 때 게리오스님의 심장 박동이 급격히 빨라지는 것을 들었거든요."

"오! 역시 엘프의 귀인가."

엘프의 귀는 그 크기만큼 밝은 것으로도 유명했는데, 설마 멀리 떨어져 있는 사람의 심장 박동 소리까지 들을 정도라고는 생각지도 못했기에 놀랄 수밖에 없었다.

"어찌 됐든 두 사람 모두 대충은 알았으니 이 이상은 언급하지 않는 것이 좋을 것이야. 황궁은 위험한 곳이니까."

"알겠네. 그런데 소식은 들었는가?"

"소식?"

"일주일 정도 후면 사황자가 황도에 당도한다고 하더군. 아마 사황자가 도착하면 곧바로 황제의 유고가 발표될 듯하네."

레빈이 말하고 있는 유고는 바로 차대 홀제권일 것이다. 과연 죽기 전에 황제는 누구를 황자로 선택했을까?

물론 가장 사랑을 받았던 게리오스가 유티하기는 하지만, 전통에 따라 황태자에게 황권을 넘겨줄 수도 있는 일이었다.

또 예상 외로 다른 다섯 명의 황자 중 한 사람이 선택될 수도 있는 일이고 말이다. 하지만 황제의 유고에 따라 다음 대 황제가 선택된다 하더라도 제국은 조용할 리가 없었다.

어느 누가 황제가 되어도 다른 형제들이 불복할 것이 뻔하니 말이다.

"레빈, 당신이 생각하기에 다음 대 황제는 누가 될 것 같은가?"

대륙 제일의 강국인 알디하렌 제국은 자연히 사람들의 관심을 끌 수밖에 없었다. 그리고 그중 가장 큰 관심사는 과연 다음 대 황제가 누가 될 것인가 하는 문제였다.

현재 황제의 유서는 황제, 제국 재상 스코트 공작과 귀족회의의 장인 리스든 공작, 그리고 황후 에레미안과 그녀의 부친인 시오렌 후작, 이렇게 다섯 사람의 인장이 찍힌 봉투에 들어 황궁 금고에 보관되어 있다고 한다.

오면서 들은 실로페스의 말에 따르면 황제의 생전에 유서는 모두 다섯 번 바뀌었고, 그중 처음 세 번에 쓰인 유서는 황태자, 그리고 그 후의 두 번에 쓰인 유서에는 게리오스에게 황좌를 물려준다는 내용이 적혀 있었다고 한다.

가장 최근까지 다음 대 황제의 좌를 물려줄 사람은 게리오스를 생각하고 있었기 때문에 이번 유서 역시 그의 이름이 적혀 있을 확률이 높았지만, 확실하다고는 할 수 없는 일이었다.

만약 게리오스가 계속 황궁에 남아 황제와 같이 있었다면 분명 그의 이름이 적혀 있었겠지만, 그가 황제에게도 알리지 않은 채 비밀리에 여행을 떠난 사실이 알려지면서 황제가 상당히 진노했었다는 이야기가 있었다.

그리고 이번에 발표된 유서는 후에 작성되었던 만큼 확실히 게리오스가 황좌를 물려받을 수 있다고 장담할 수 없는 것이다.

"글쎄. 제국의 기득권 계층이 게리오스를 지지하고 있으니 그가 차대 황제가 될 확률이 높다고는 할 수 있겠지. 황제라 할지라도 자신을 따르는 신하들의 의견을 무시할 수는 없는 일이니까."

"하지만 게리오스가 멋대로 황궁을 떠난 것 때문에 유서를 작성할 당시에 황제가 상당히 진노했다고 하잖아."

"그런가?"

내 말에 레빈은 모르겠다는 표정으로 손을 내저었기에 더 이상 묻지는 않았다. 그가 말하는 것이 이루어질 가능성도 없는 데다가 이야기를 나누면 나눌수록 다음 대 황좌를 누가 이어받을지 복잡해지고 있기 때문이다.

제국의 일황자인 황태자는 크로논의 변이라는 사건으로 황제의 눈밖에 난 지 오래였다. 크로논의 변은 이십일 년 전에 있었던 일로 그 당시 제국 재상이었던 크로논 공작이 황태자에게서 반란을 획책했다는 누명을 쓰고 한 통의 편지를 남기고 자살한 사건이었다.

당시 크로논 공작이 갑자기 자신의 사병을 오만에 가까운 숫자로 중강시킨 것부터 시작되었다. 그것이 외부에 알려진 것까지는 문제가 될 것이 없었고, 제국의 귀족들은 사병의 숫자가 제한되어 있는 것이 아니지만, 문제는 그의 영지가 황태자가 다스리는 땅이었다는 것이다.

당시의 황태자는 아직 자신이 다스리는 땅을 완전히 장악하지 못한 시점에서 갑자기 병력을 중강시키는 크로논의 존재는 위협이 될 수밖에 없었다.

또 크로논은 제국 재상을 이십여 년간 역임하고 있었기 때문에 주변의 귀족들에게 상당한 지지를 받고 있었으니 황태자로선 그가 눈엣가시일 수밖에 없었다.

그 때문에 황태자는 자신의 모든 병력을 등원하여 일시에 그의 영지를 휩쓸어 버린 후 황궁에 그가 반역을 꾀하고 있다는 보고와 함께 그를 따르는 귀족 오십여 명의 명단을 제출하게 되었다.

이 싸움으로 크로논 재상의 일가는 모두 죽임을 당하고 말았고, 당시 황궁에 있던 크로논은 자신의 억울함을 밝히는 크로논의 변이라 부르는 한 통의 편지를 남긴 후 스스로 목숨을 끊었다.

그리고 이 편지를 읽은 황제는 황태자에게 상당히 진노했다고 하니, 그의 이름이 유서에서 빠진 것은 바로 크로논의 변이 있었던 뒤부터다.

황제 역시 황태자의 패도적인 기질을 그때부터 상당히 두려워했다고 한다.

황제는 치세에는 그리 밝지 못했지만 온건한 축에 속했으니 당연한 일이었다.

크로논의 변 때문에 황제의 자리에서 가장 멀어진 것이 황태자이지만, 그 후에도 패도적인 기질을 죽이지 않고 병사들을 늘리는 것을 보면 아마도 유서의 내용에서 자신이 빠졌다 하더라도 힘으로라도 쟁취하려 할 것이다.

"게리오스가 만약 황제의 좌를 물려받는다면 가장 먼저 처리해야 할 자는 황태자겠군."

"황태자는 황제의 좌에 오른다 해도 피를 볼 수밖에 없는 인물이니까."

역시나 레빈 역시 나와 같은 생각을 하고 있었다. 황태자는 가장 위험한 인물, 절대로 황제에 좌에 올라서는 안 되는 자였다.

다음날 여정의 고단함을 푼 난 황자의 궁 정원에서 필리아와 함께 시간을 보냈다.

황도 자체가 북쪽에 있었기 때문에 여름임에도 불구하고 선선한 바람이 불고 있었고 날씨도 맑았기 때문에 산책하기에 좋은 요건이었다.

황자들이 머물고 있는 궁인 때문인지 정원은 주궁에 들어서기 전에 보았던 황궁의 정원과 비교해도 손색이 없었기에 분수대에 앉아 레빈과 함께 필리아가 준비해 놓은 다과를 즐기며 시간을 때우고 있었는데, 그때 우리들 쪽으로 일단의 무리들이 다가오는 것을 볼 수 있었다.

"응? 이런! 젠장!"

그의 모습을 확인한 난 급히 얼굴을 감출 수밖에 없었는데, 일단의 무리들 중에서 안면이 있는 사람이 있었기 때문이다.

바로 제국의 삼황자 스만테우스, 레트론에서 여관의 문제로 다투다가 만난 녀석은 내가 아멘의 귀족이라는 것을 알고 있기 때문에 만나면 좋을 일이 없었다.

당시에는 게리오스가 제국의 칠황자라는 것을 알지 못한 상태였기 때문에 알디하렌의 황자와 연을 맺는 것도 나쁘지 않다는 생각에 한 행동이지만, 지금의 상황에 처하고 보니 후회가 될 수밖에 없었다.

급히 레빈에게 눈짓을 보낸 난 자리를 피하려고 했지만, 애석하게도 삼황자는 처음부터 나를 만나기 위해 왔는지 슬쩍 자리를 피하는 것을 보고는 큰 소리로 소리쳤다.

"플로렌 공작, 오랜만에 만났는데 이렇게 피하시니 섭섭합니다."

"큭!!"

역시나 나를 알아본 그였기에 당혹감이 밀려왔다. 만약 아멘 왕국의 고위 귀족이 정체를 숨기고 황도에 들어왔다는 것이 밝혀진다면 좋지 않은 일을 당할 것이 분명했기 때문이다.

"하하하… 누구신가 했더니 삼황자 전하셨군요."

어쩔 수 없이 고개를 돌린 난 미소를 지으며 답할 수밖에 없었고, 삼황자는 만면에 미소를 드러내며 나의 곁으로 다가왔다.

"공작께서 무슨 일로 황도까지 오셨는지 모르겠군요. 그것도 기론과 함께 말입니다."

기론이라는 말에 힘을 주는 것을 보니, 암담함이 밀려왔다. 그 역시 황제의 좌를 노리는 야심가. 그렇다고 한다면 가장 유력한 황제의 후보에 올라 있는 게리오스와 함께 온 나를 그냥 두고 볼 리 없었다.

하지만 이대로 당할 수는 없었다. 나의 실수에 게리오스를 끌어들이고 싶은 마음은 없었기에 미소를 감추지 않으며 답했다.

"이런 곳에서 삼황자 전하를 만나니, 아무래도 본작이 운이 없긴 없나 봅니다. 삼황자 전하께서 저의 힘을 바라시지 않은지라 간신히 칠황자 전하의 밑으로 숨어들어 가 제국의 힘을 조금 이용해 보려 했는데 말입니다."

"하하하, 연이라는 것이 쉽게 사라지는 것이겠습니까?"

"그런 것 같습니다. 하지만 악연이라고 보기에는 조금 시기상조가 아닐까 생각하는데⋯⋯."

나로선 이대로 무너지고 싶은 생각은 없었기에 살짝 운을 띄워보았다. 만약 그가 내 정체를 밝히게 되면 목숨을 부지하기 어려울 테지만, 그에게도 이득이 없을 것은 분명하기 때문이다.

"하하하!"

내 말에 삼황자는 크게 대소를 터뜨렸다. 이황자에 이어서 이제는 삼황자라니⋯ 다음에는 사황자에게 당하려나? 휴⋯⋯.

"어찌 공작과 내가 악연일 수 있겠소이까. 자! 이런 곳에서 이야기하는 것은 서로 간에 별로 좋지 않을 것 같은데 자리를 옮기도록 합시다."

"그러지요."

다행히 삼황자는 나의 정체를 밝힐 생각은 없는 듯했기에 안도의 한숨을 쉴 수 있었다. 휴… 하지만 아무런 대가 없이 그에게서 벗어날 수 없을 것은 예상하고 있었다.

그를 따라 도착한 곳은 황자의 성 남쪽에 위치한 곳이었다. 아마도 그가 거처하고 있는 곳이리라 짐작되는데, 접빈관에 도착한 그는 생전 구경도 하지 못한 고급 와인을 꺼내어서는 크리스털 잔에 따라 우리들에게 건네주며 말했다.

"셔먼의 부직사 레빈 백작과 이름을 알 수 없는 다크 엘프 아가씨라. 공작의 취향도 독특하군."

"훗! 살아남으려다 보니 다양한 사람을 만나게 되더군요."

레빈과 필리아를 보며 말하는 그에게 웃음 지으며 말한 난 그가 건네준 와인을 입에 가져갔다. 향긋한 내음이 스며들며 달콤한 기운이 감도는 것이 역시나 질 좋은 와인이라는 생각이 들었다.

"그래, 무슨 용건으로 이곳까지 데리고 오셨습니까? 그저 술이나 한잔하자는 것은 아닌 듯한데 말입니다."

한 모금의 와인으로 목을 적신 난 삼황자를 보며 물었고, 그는 앞에 있던 의자에 앉고는 와인잔을 원을 그리듯이 흔들어 보이고는 천천히 입에 가져갔다.

그리고는 잠시간 와인의 맛을 음미하고는 천천히 입을 열었다.

"본황자는 솔직히 다음 대 황제의 좌에 오르는 것이 어렵다는 것을 잘 알고 있소. 황제 폐하께 생전에도 그리 눈길을 받지 못한 존재였고, 귀족들의 세력 역시 내 땅을 제외하고는 전무하니 말이오."

역시나 삼황자는 현재 자신의 위치를 잘 알고 있는 듯했다. 황제의 좌에 가장 근접한 자는 게리오스를 포함하여 황태자와 가장 황제와 닮았다고 하는 사황자, 이렇게 셋뿐이었다.

또다시 와인을 한 모금 머금은 그는 잠시간 침묵을 보이고는 나를 향해 미소를 지으며 계속 말을 이었다.

"그런 이유로 황제의 좌는 생각하지 않고 있소. 하지만 세상은 나의 뜻대로 흘러가지 않을 듯하니 답답할 뿐이지."

"황태자가 황제의 좌에 오른다면 나머지 형제들을 놓아두지 않을 테니까요."

"아니, 황태자가 아닌 다른 형제들이 황제의 좌에 올라도 결과는 같을 것이오. 피할 수 없는 것이 황자들 간의 전쟁이오. 누가 황제가 된다 해도 귀족들은 황제의 형제들 피를 갈구할 테니까."

"흠……."

확실히 그의 말이 틀리지 않았다. 황태자도, 게리오스도 아닌 가장 온건파라는 사황자가 황좌에 오른다 해도 그의 힘은 결코 현재 기득권을 쥐고 있는 귀족들의 힘을 넘어서지 못할 것이다.

그 때문에 황제의 좌를 노리는 황태자를 상대하기 위해선 어쩔 수 없이 귀족들의 힘을 얻어야 할 것이고, 그 힘을 통해 황태자를 죽인다 하더라도 귀족들은 또 다른 적을 미연에 방지하고자 다른 황자들의 목숨까지 빼앗으려 할 것이 분명하다.

그리고 황제의 좌에 오른 자는 자신을 도운 귀족들의 뜻을 꺾을 수 없을 것이니 자연히 형제들의 피는 제국을 적시게 되겠지.

물론 황태자가 황제가 된다 해도 결과는 비슷할 것이다.

"둘째 형님과 다섯째가 무리하게 셔먼을 차지하려 하는 것도 바로 이런 이유이겠지. 나 역시 그런 생각에 셔먼에 가보았지만 도저히 내가 차지할 것이 없더군. 두 사람이 나누어 가지기에도 부족하니 말이야."

"다른 황자 분과 손을 잡아보시는 것은 어떻습니까?"

"다른 형제들? 이 시기에 과연 형제들 중 누구를 믿을 수 있는가 물어보고 싶군."

"온유한 성품이시라는 사황자 전하와 육황자 전하라면……."

"하하하하… 말도 안 되는 소리. 그들 두 사람과 힘을 합친다면 언젠가는 차대 황제가 된 자에게 먹잇감이 될 것일세."

현재의 제국은 힘이 모든 것을 좌우할 수 있었다. 그런 와중에서 온건주의를 따르는 사황자와 육황자 같은 사람과 손을 잡는다면 다른 황자들 간의 싸움에서 마지막으로 승리한 자에게 먹히게 될 것이란 소린가?

뭐 대충 비슷한 것 같고, 나 역시 그의 생각과 다르지 않았기에 고개를 끄덕이고는 말했다.

"그렇다면 황자 전하께서는 어찌하실 생각이십니까?"

도대체 날 이곳으로 부른 이유가 무엇인지 이제 죽을 판이니 하소연하는 것도 아니고 쓸데없는 소리만 계속 나열하는 그에게 짜증이 날 수밖에 없었다.

"한 가지 묻겠네. 자네는 아멘 왕국의 나머지 두 공작을 누를 자신이 있는가?"

"…페이든과 네라드를 말씀하시는 것이라면 글쎄요. 십 년 안에는 불가능하다 생각하고 있습니다. 아직 저의 힘은 일개 백작에게도 미치지 못하니까요."

무엇 때문에 그것을 묻는지 알 수는 없었지만, 일단은 솔직히 내 생각을 털어놓았다. 어차피 그가 나의 사정을 안다 해도 변할 건 없었기 때문이다.

"십 년이라… 너무 길군……. 오 년, 오 년 안에 아멘을 장악해 줄 수 없겠나?"

"불가능합니다. 페이든과 네라드는 이미 오랜 시간 본국을 장악하고 있었으니 국왕 폐하의 힘을 얻는다고 하더라도 그들과 저의 차이는 상당하니까요."

"내가 자네에게 도움을 준다면?"

"……!!"

그 순간 난 놀랄 수밖에 없었다. 레트론에서 나의 제안에 아무런 답도 없던 그가 지금에 와서 도움을 주려고 하는 이유는 무엇일까?

난 순간 이해타산을 계산해 보았고, 잠시 후 하나의 결론을 유추해 낼 수 있었다.

"후후후. 이제야 알겠습니다. 삼황자께서는 아멘이 알디하렌을 흔들어주기를 바라고 계시는군요."

삼황자는 그저 자신이 가진 것을 계속 지키고 싶어하는 자, 그렇다고 한다면 제국의 황제가 된 자의 눈을 다른 곳으로 돌려야 했으니 그런 상대로 아멘은 더할 나위 없이 좋은 나라일 수밖에 없는 것이다.

"역시나 이야기하기 편하군. 맞네, 자네의 생각대로 본인은 아멘이 잠시간 알디하렌을 흔들어주는 것을 바라고 있네."

"본국과 제국의 전면전이 될 수도 있는 상황을 제가 승낙하리라 생각하십니까?"

그의 말에 난 고개를 저으며 거절했다. 물론 나 역시 아멘 왕국에서 본래의 위치를 찾고 싶은 마음이 없지 않은 건 아니지만, 시간만 주어진다면 그것을 이루어낼 자신이 있었다. 구태여 위험을 무릅쓰고 모험을 하고 싶은 생각은 전혀 없었다.

"아멘과 본 제국의 전면전을 바라는 것은 아니네. 아멘이 노려야 할 곳은 바로 셔먼이니까."

"셔먼?"

"드래곤 산맥으로 인하여 본 제국과 아멘의 싸움은 직접적으로 불가능한 일, 자칫 드래곤 산맥에 잠자고 있는 드래곤이라는 골치 아픈 상대를 깨울 수도 있는 일이 아니겠는가? 본인이 원하는 것은 아멘이 셔먼을 침공해 주기를 바랄 뿐이네."

삼황자의 뜻대로 본국이 셔먼을 침공하게 된다면 상황은 조금 묘하게 흘러가게 된다. 제국과 셔먼은 서로 간의 불가침 조약을 체결한 상태이기 때문이다.

본국이야 그러한 쓸데없는 조약 같은 것은 없으니 셔먼에 대한 침공은 그저 몇 가지 명분만 내세운다면 가능한 일이었다.

하지만 제국이 그대로 셔먼이 아멘에게 침공당하는 것을 보고만 있을 리가 없으니 조약을 무시할 수밖에 없을 것이고, 그렇게 되면 국제사회의 움직임은 묘하게 움직일 것이다.

대륙 제일의 강국인 알디하렌 제국은 남쪽으로는 드래곤 산맥을 경계, 아멘과 서쪽으로는 8국연합에 의해 견제강하고 있다.

제국이 가장 문젯거리라 할 수 있는 아멘을 치기 위해선 남동쪽의 셔먼이나 8국연합 중 남서쪽에 위치한 나라인 위르 왕국을 지나야 하지만 셔먼에는 불가침 조약이, 위르 왕국은 8국연합이 있어 불가능할 수밖에 없었다.

만약 8국연합의 위르 왕국을 지나려 한다면 자연히 그들의 반발을 살 것이 분명하고 그것을 힘으로 누른다고 하면 8국연합에서 아멘 왕국에 제국으로의 길을 터줄 것이니 제국은 8국연합과 아멘을 동시에 상대해야 한다.

8국 연합이나 아멘 왕국이나 따로 보면 제국과 상대할 수 없지만, 이들 둘이 힘을 합치게 되면 제국이라 할지라도 열세를 면치 못할 것이다.

이 와중에 아멘이 셔먼의 땅을 얻게 되면 그 힘이 배가되는 것은 둘째 치고 앙숙이라 할 수 있는 아멘과 제국이 국경을 마주하게 되니, 제국으로선 자연히 셔먼이라는 방패를 지킬 수밖에 없는 입장인 것이다.

하지만 제국은 결코 셔먼의 땅을 지켰다 하더라도 아멘을 침공할 수는 없으니 아멘의 중요성을 잘 알고 있는 8국연합에서 본국이 제국에 침공당하는 것을 그대로 지켜볼 리가 없기 때문이다.

이렇게 복잡하게 얽혀 있는 국제 사회의 움직임을 계산해 본 난 삼황자의 제안이 그리 나쁘지 않다는 생각이 들었다.

"재밌군요. 하지만 본작이 배신할 수도 있을 텐데요?"

"그렇다면 본인의 사람 보는 눈이 없음을 탓하는 수밖에……."

잠시 배신하면 어떻게 하겠냐 하며 운을 띄워보자 그는 어쩔 수 없다는 듯이 고개를 저으며 장난스럽게 중얼거렸고, 이에 난 대소를 터뜨렸다.

"하하하하! 과연 삼황자 전하이십니다. 만약 제가 삼황자 전하의 뜻을 따르면 무엇을 주시겠습니까? 삼황자 전하께서 바라시는 기한에 모든 것을 마무리 짓기 위해선 상당한 대가를 제공해 주셔야 할 텐데요?"

"정병 5만과 1억 골드를 자네가 아멘으로 돌아가는 즉시 제공해 주지."

"……!!"

난 그가 제시하는 대가를 듣고는 크게 놀랄 수밖에 없었다. 정병 5만은 둘째 치고라도 1억 골드라는 천문학적인 액수를 제시하리라고는 생각지도 못했기 때문이다.

"일억 골드라 하셨습니까?"

"물론 일시에 그 정도의 액수를 자네에게 제공할 여력은 없다네. 5년 동안 매년 2천만 골드씩 보내주겠네. 어떤가? 그 정도면 충분하지 않은가?"

"후후후… 충분합니다. 아니, 오히려 넘칠 정도군요."

"나로선 공작이 유일한 해결책이니만큼 최대한 애써주기를 바랄 뿐이네."

"기대하셔도 좋을 것입니다."

뭐랄까? 쓸데없는 쓰레기라 생각해 버리려고 했던 종잇조각이 생각지도 않게 보물 지도란 것을 알게 되었다는 느낌이랄까? 대박의 기쁨에 뭐라 말할 수 없는 전율이 밀려왔다.

삼황자는 일단 안전을 위해 계약서 같은 것은 제시하지 않았지만, 난 그것으로도 충분하다 생각하고는 삼황자의 거처를 나올 수 있었다.

"후후후……."

"그렇게 좋은가? 하긴 자네 같은 돈벌레가 1억 골드를 공짜로 얻었으니 좋아 죽겠지."

삼황자의 거처를 나오면서도 흥분을 감추지 못하는 나를 보며 레빈은 비웃듯이 중얼거리고 있었다.

크크크, 레빈 녀석도 내게 이런 행운이 떨어진 것을 부러워하는 것 같군. 뭐 이런 운도 나 같은 고귀한 사람이나 얻을 수 있는 것이지 어찌 천한 용병 따위가 이런 운을 가질 수 있겠는가? 후후후.

즐거운 기분으로 우린 게리오스의 거처 쪽으로 걸음을 옮기는데, 그 때 그의 거처로 향하는 길목에 수십의 기사들이 있는 것을 볼 수 있었다.

"응?"

기사들의 복장을 보아 아무래도 황궁을 지키는 근위 기사단이라는 것을 알 수 있었다. 하지만 근위 기사단이 무슨 이유로 게리오스의 거처로 왔는지는 알 수가 없었다.

제국의 황자들은 자신의 개인 호위 기사단을 거느리고 있기 때문에 근위 기사단이 황자의 성으로 올 이유가 없기 때문이다.

어쨌든 우리가 머물고 있는 곳이 게리오스가 있는 곳인만큼 그들을 지나쳐 안으로 들어가려고 했는데, 우리를 확인한 근위 기사단 두 사람이 할버드를 엑스 자로 엇갈리며 우리의 앞을 막아서며 소리쳤다.

"지금은 들어갈 수 없습니다."

"무슨 소린가? 우리들은 칠황자 전하의 손님으로 이곳에 머무르고 있는 사람이네."

"황후 폐하께서 이곳으로 아무도 들이지 말라 지시하셨습니다."

"황후 폐하께서?"

그렇다고 한다면 이들 근위 기사단은 황후를 호위하는 기사라는 것인데, 도대체 무슨 이유로 황후가 우리의 앞을 막아서는 것일까?

"시피로스 남작, 지금은 잠시간 물러나 있도록 하지."

"음… 알겠습니다."

근위 기사단을 보며 레빈이 나의 어깨를 잡고는 물러나자는 말을 했기에 난 어쩔 수 없이 두 사람과 함께 뒤로 돌아갈 수밖에 없었다.

어쩔 수 없이 황자의 궁 외곽의 정원으로 걸음을 옮기고 있었는데,

레빈이 옆에서 중얼거리듯 말했다.

"아무래도 게리오스의 거처에 황후가 온 듯하군."

"미친… 지금이 어떤 상황인데. 그 계집은 생각도 없단 말인가."

나로선 황후의 행동이 도저히 이해가 되질 않았다.

황후 에레미안이 게리오스를 어떻게 생각하고 있는지는 알고 있지만, 지금은 그녀가 나설 때가 아니었다.

차대 황제의 좌를 위해 사황자를 제외한 모든 황자들이 모여 있고, 뭇 귀족들의 시선이 이곳으로 몰려 있는 상황에서 황후가 직접 황자를 찾아오다니 말이다.

그녀와 게리오스의 애정 관계가 밝혀지지 않았다 하더라도 황제의 유서를 공중하는 황후가 황제의 서위가 얼마 남지 않은 시점에서 한 황자만을 찾는다면 자칫 분란을 일으킬 수 있는 일이었다.

정원으로 나온 우린 어쩔 수 없이 삼황자를 만날 때 있었던 분수대에 앉아 시간을 보낼 수밖에 없었고, 거의 한 시간 정도가 지나서야 근위 기사단이 황자의 성을 나오는 것을 볼 수 있었다.

쓸데없이 시간을 보냈다는 생각에 조금 화가 날 수밖에 없었지만, 이곳에선 그저 손님의 입장이니 그저 화를 누그러뜨릴 수밖에 없었다.

황자의 성으로 들어간 우린 게리오스의 방으로 향했고, 방으로 들어가자 그가 명한 표정으로 의자에 앉아 있는 것을 볼 수 있었다.

"게리오스!"

"아! 오셨습니까."

내가 소리쳐 부르자 그제야 우리가 들어온 것을 안 게리오스는 명한 표정으로 돌아보았고, 이에 난 한숨을 쉴 수밖에 없었다.

도대체 황후와 무슨 이야기가 오갔기에 냉철한 게리오스가 저런 표정을 짓는지 고개를 가로저은 난 그를 보며 말했다.

"황후 폐하께선 무슨 일로 오셨던가?"

"아… 별일 아닙니다. 그저 어머니가 아들을……."

"우릴 속일 생각 말게. 이미 모든 것을 알고 있으니 말이야."

난 그의 생각이 어떤지 듣고 싶었기에 감추지 않고 말했고, 그는 잠시간 놀라는 표정을 짓더니 이내 한숨을 쉬고는 말했다.

"그렇습니까? 휴… 영주님과 레빈 단장님께 죄송스러울 뿐입니다. 저를 도와 황도까지 오셨는데, 이런 모습만 보이니 말입니다."

"어찌할 생각인가? 황제의 자리에 관심이 없다면 이만 돌아가도록 하지. 자네만 이곳을 떠나면 모든 것이 해결될 것이 아닌가."

게리오스가 이곳을 떠나면 모든 일이 해결될 것이라 생각했기에 떠나자는 이야기를 꺼냈다. 황제의 좌를 노리고 있다면 모를까, 그렇지 않을 바에는 앞으로 어떤 상황이 생길지 모르는 상황에서 황도에 머무를 필요가 없었기 때문이다.

또 황후 역시 멀리 떨어져 있다 보면 자연히 잊혀지게 될 문제라 생각했기에 가장 최선은 그가 떠나는 것이라 생각했다.

"그럴 수 없습니다."

하지만 게리오스는 이러한 나의 제안을 받아들이지 않았다.

"왜지? 황제가 되고 싶은 건가?"

"황제가 되고 싶은 마음은 없습니다. 하지만 무책임하게 저의 의무마저 저버린 채 제국을 떠나고 싶지는 않습니다."

"의무?"

"예. 제가 아무 말 없이 떠난다면 제국은 혼란에 빠지게 될 것입니다. 적어도 황제의 좌에 오른 형님께 제가 가진 모든 것을 건네준 후

떠날 것입니다. 저의 영지, 기사단, 그리고 저를 따르고 있는 중신들의 신망까지도 말입니다."

"……."

확실히 게리오스가 아무 말도 없이 떠난다면 전 황제에 이어 그를 추대하는 중신들은 혼란에 빠질 것이 분명했다. 그리고 그것으로 인해 제국은 황자들의 난과는 별개로 또 하나의 피를 흘려야 할 것이 분명했다.

"휴… 자네의 생각이 그렇다고 한다면 말리지는 않겠네. 하지만 유서에 자네의 이름이 적혀 있다면 어찌할 생각인가? 그때는 떠나려고 해도 떠날 수 없을 텐데?"

"형님 중 한 분께 황위를 양도할 생각입니다."

"흥! 그것이 쉬울 것이라 생각하는가? 황제란 가장 막강한 힘을 가진 존재이지만, 그와 함께 제국에서 가장 많은 속박이 있는 존재이기도 하네. 다른 황자에게 자네가 황위를 양도하려 해도 그것은 쉬운 일이 아니야."

"…그렇다면 제가 죽어야겠지요."

게리오스는 자신의 힘으로 황위를 양도할 수 없다면 죽음까지 불사하려 했기에 난 황당함에 입을 다물 수가 없었다.

"미쳤군, 미쳤어! 죽는다고? 흥! 설사 죽는다고 해도 자네의 뜻대로 모든 일이 풀려 나갈 것이라 생각하는가? 아니, 그것 때문에 제국은 더욱 많은 피를 뿌려야 할 것이네."

"……."

"죽든지 살든지 마음대로 하게. 더 이상 자네에게 뭐라 해줄 말도 없으니까!"

녀석에게 소리를 지른 난 그대로 문을 박차고 그의 방에서 빠져나왔다. 도대체 무엇이 부족해서 저러고 사는지 이해할 수가 없었다.

나라면, 내가 황제의 좌에 오른다면 그것을 놓치지 않기 위해 모든 것을 다 할 것이다. 부모 형제를 죽여야 할지라도 난 패륜을 행하며 황제의 좌를 지키려 할 것이다.

지고무상인 황제의 좌를 차지한다면 어떤 것인들 못하겠는가?

그 때문에 게리오스가 더욱 이해가 되지 않았다. 모든 것을 버리고 떠나지도, 그렇다고 황제의 좌를 노리는 것도 아닌 어정쩡한 모습만을 보이는 그는 지금까지 내가 보았던 게리오스가 아니었다.

적어도 내가 알고 있는 게리오스라면 이렇게 미지근한 행동으로 주위의 사람들을 실망시키지 않을 테니 말이다.

"영주님! 영주님!"

씩씩거리며 내 방으로 걸음을 옮기고 있을 때 필리아가 다급한 목소리로 나를 부르며 뛰어왔다.

"왜!!"

"휴… 영주님, 게리오스님을 이해해 주십시오."

"이해? 이해할 건덕지가 있어야 이해를 하지. 황도에 들어온 후부터 멍청한 행동만 하고 있으니 답답해서 참을 수가 없다고!"

게리오스를 이해하라는 그녀의 말에 난 노기를 드러내며 소리쳤는데, 잠시간 침묵을 보이던 필리아는 입가에 살짝 미소를 보이며 말했다.

"훗… 영주님께선 정말 게리오스님을 좋아하시는군요."

"무슨 개소리!"

"영주님은 지금 화를 내시지만, 제 눈에는 그 모습이 오히려 자신이 아끼는 사람이 올바른 길을 가지 못함을 보며 안타까워하는 것으로 보인답니다."

그녀의 말에 난 말문이 막히고 말았다. 필리아의 말이 너무나 황당했기 때문이다. 내가 게리오스를 좋아한다고? 흥! 무슨 개소리! 난 쓸만한 마법사를 잃게 된다는 생각에 아까워서 그러는 거다! 아까워서!

〈3권 끝〉

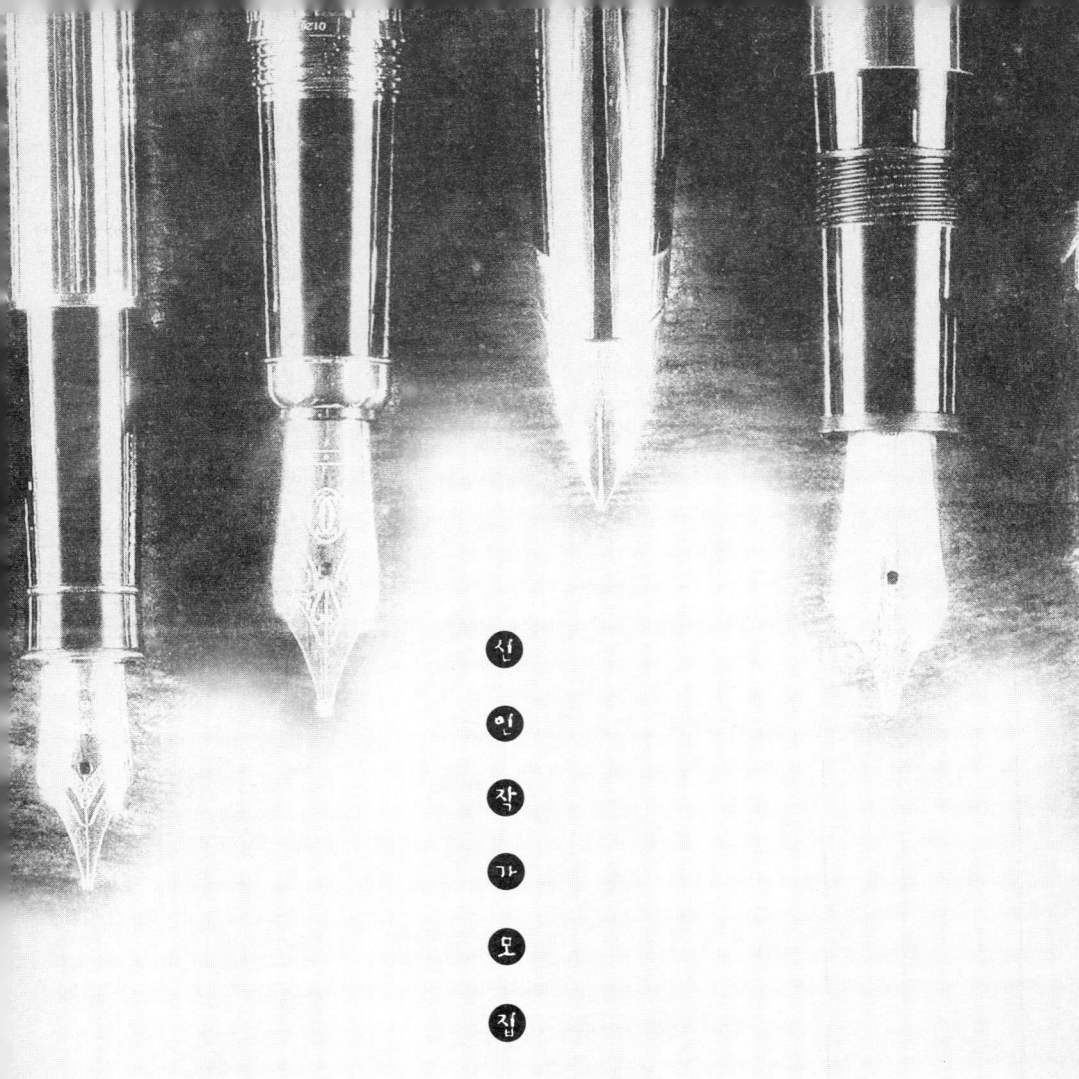

시작이 반이라고 했습니다.
작가의 길에 대한 보이지 않는 벽을 과감히 깨뜨리십시오!
청어람은 작가 지망생 여러분들의
멋진 방향타가 되어드리겠습니다.

저희 도서출판 청어람에서는
소설 신인 작가분들을 모집합니다.
판타지와 무협을 사랑하시는 분들의 많은 참여를 바랍니다.
소정의 원고(A4용지 150매)를 메일이나 우편으로 보내주시면
검토 후 출판 여부를 알려드리겠습니다.

주소:경기도 부천시 원미구 심곡1동 350-1 남성B/D 3F 우편번호420-011
TEL:032-656-4452 · **FAX**:032-656-4453
http://**www.chungeoram.com**
e-mail:chungeoram@chungeoram.com